판타스틱 리조트
작동 매뉴얼 서문

판타스틱 리조트
작동 매뉴얼 서문

초판 1쇄 인쇄 2024년 7월 22일
초판 1쇄 발행 2024년 7월 30일

지은이 오동궁, 이진환, 배우리, 최홍준
발행인 권윤삼
발행처 도서출판 산수야

등록번호 제2002-000278호
주 소 서울시 마포구 월드컵로165-4
전 화 02-332-9655
팩 스 02-335-0674

ISBN 978-89-8097-615-7   03810

값은 뒤표지에 있습니다. 잘못된 책은 바꿔드립니다.

www.sansuyabooks.com
sansuyabooks@gmail.com
도서출판 산수야는 독자 여러분의 의견에 항상 귀 기울입니다.

대한민국 과학소재
스토리공모전
수상작품집 2023

판타스틱 리조트 작동 매뉴얼 서론

오동궁 외 지음

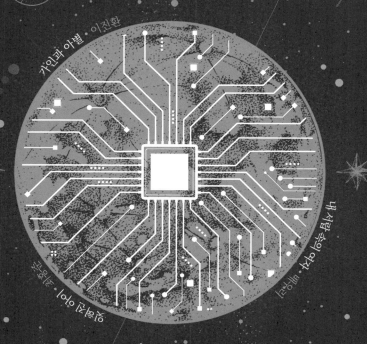

가인과 아벨 · 이진환

엔트로피 댐의 어느 엔지니어

내 작은 도서관 속의 은하수

산수야

CONTENTS

오동균

판타스틱 리조트
작동 매뉴얼 서문

오동궁

서울대학교 공과대학 재료공학부 및 동대학원 졸업. 화학회사 연구원과 공인회계사로 일했다. 우리의 몸이 우리에게 주는 가능성과 한계, 그로 인한 자아의 붕괴와 성찰, 그것이 인간관계와 사회에 미치는 여파를 주제로 글쓰기를 즐긴다. 출간한 작품으로는 〈You are what you eat〉(앤솔로지 『맥아더 보살님의 특별한 하루』에 수록), 『달나라에 꽃비가』(밀리의 서재), 『내가 아는 최다미』가 있다. 〈판타스틱 리조트 작동 매뉴얼 서문〉으로 2023 대한민국 과학소재 스토리공모전 단편소설 부문 대상을 수상했다. 온라인 소설 플랫폼 브릿G에서 '사피엔스'라는 필명으로 활동하고 있다.

우리는 오늘도 다툰다.

의식이 깜빡거려도, 전력 공급이 시원찮아도, 할 일이라 곤 이것뿐이다. 열심히 일궈봤자 소스코드의 조합에 불과한 당근과 시금치, 밤새워 그린 그림, 손가락이 부르트도록 연습한 피아노곡. 모두가 데이터고 허상이다. 알면서도 모른 척 몰두한, 향유해 온 것들. 우리가 앉아 있는 카페 실마릴 리온과 눈앞에 놓인 한 잔의 커피처럼.

민규와 우진이 커피 향을 놓고 옥신각신했다. 민규는 이 게 진정한 에티오피아산 원두라면 좀 더 감귤향이 나야 한 다 했고, 우진은 차라리 오렌지주스를 마시라고 빈정거렸 다. P가 민규를 거들고 나섰다. 산미가 아주 약간 부족하다 는 것이었다. 생전 혹은 과거, 유명 자산가의 상속녀였던 P. 판타스틱 리조트에 가장 늦게 입성했으니 그의 기억이 맞을지도 모른다. 그게 몇 백 년 전인지 몇 천 년 전인지는 잊어버렸다지만.

P는 미용실, 의류매장, 구두매장을 빠짐없이 들렀다 온 모습이었다. 품에는 하얀 털이 소복한 강아지까지. 패션에 대한 열망이 식으려면 훨씬 오랜 세월이 필요한 모양이다. 저런 식으로 품위를 유지하려면 메모리며 전력이 얼마나 소모될까? P는 손톱만큼이나 되겠냐고 반문했다. 그러는 P의 손톱은 핫핑크였다. 네일숍에도 들렀다 왔느냐는 내 면박에 우진과 혜나가 고시랑거렸다.

"야야, 내버려 둬. 어차피 망할 세상."

"그래, 몇 초 더 빨리 망한다고 큰일 나겠어."

친구들의 무신경한 말들이 기시감을 불러일으킨다. 덕분에 내 머릿속은 빛바랜 사진을 들여다보듯 아득해진다.

바리스타 톨킨이 다가왔다. 머리가 희끗희끗한 백인 신사의 모습으로. 문득 의문이 든다. 톨킨이란 누가 붙인 이름이었지? T-5731이라는 문자열은 왜 그를 볼 때마다 떠오를까? 그가 판타스틱 리조트를 관리하는 중앙 인공지능이 부리는 수많은 말단 인공지능 중 하나라는 사실 말고는 왜 기억이 나지 않을까? 나는 답을 찾지 못해 초조한 마음에 잔을 내려놓았다.

톨킨은 커피가 입맛에 안 맞느냐고 정중하게 물었다. 그 질문은 모두를 향해 있지만 실제로는 나를 위한 것. 나는 감각 조정 코디네이터답게 계산 결과를 알려준다.

"산미를 높여주세요, 3%만."

톨킨이 손을 휘저었다. 잔 속에 커피가 차오르고 그 위로 뽀얀 김이 너울거렸다. 모두 잔을 들어 호호 불고 첫 모금을 마셨다. 음, 하며 내뿜는 콧김에 과일을 닮은 커피 향이 섞여 있다. 불평을 늘어놓던 민규도, 민규의 말에 타박을 놓던 우진도, 뒤늦게 논쟁에 참가한 P와 논쟁에 관심이 없던 혜나도 만족하는 모습이었다.

뭐가 바뀐 건지 난 모른다. P가 '아주 약간'이라 할 때는 3%를 의미하는 거라 그리 알려줬을 뿐. 난 커피를 그저 각성제로 여겨온 사람이다. 에티오피아산 원두가 진짜 이런 향이었는지는 나에게 물으면 안 된다.

모든 게 그렇다. 아까 먹은 김치찌개가 원래 그렇게 매콤했는지, 원래 그렇게 빨갰는지. 원래, 원래, 원래, 그놈의 원래. 일종의 기억상실증? 혹은 치매? 내 의식 회로가 좀 먹고 있는 건가. 혹은 그저 전력 공급이 원활하지 않아서?

고민하는 나에게 혜나는 그런 건 중요하지 않다고, 살아 있다는 게 중요한 거라고 일침을 날린다. 나는 고개를 젓는다.

"모르겠다, 내가 살아 있는 건지, 나도 이 커피처럼 허깨비가 아닌지."

혜나는 늘 하던 소리로 면박을 준다.

"데카르트가 그랬다잖아. 나는 생각한다. 고로 나는 존재한다."

존재하는 것과 살아 있는 것은 같은 개념이 아니라고 내가 따지자 혜나가 흥얼거렸다.

"작년에 왔던 공대생, 잊지도 않고 또 왔네."

혜나의 말대로 나는 존재하는 것이 분명하다. 그럼에도 내가 나인가 하는 의구심은 여전하다. 애초에 데카르트가 저 말을 한 것도 '의심'에서 출발한 것이다. 생각하기 전에 그는 의심부터 했다. 모든 걸 의심했다. 지금의 나처럼.

지구의 심해에서 문드러져 흔적조차 찾지 못할 내 몸을 나는 매일 의식하고 있다. 내 몸, 내 과거의 유물, 내 현재의 근원. 나는 괜스레 손가락을 움직여 커피잔을 고쳐 쥐어 본다. 매끌매끌하고 단단한 자기의 질감. 그것만이 유일하게 매달릴 수 있는 진실이라는 듯이 나는 더욱 힘주어 잡았다.

"청승맞기는."

혜나가 내 어깨를 꾹꾹 주무른다.

"영서야, 느껴져? 중요한 건 지금, 여기야. 혼자 멀리 가지 마라."

혜나는 오늘도 레이디버그로 변신했다. 카페를 나서면 블랙 캣 우진과 함께, 에펠탑을 무너뜨리려는 악당을 물리

치러 간다. 나는 캣니스 에버딘. 스노우 대통령을 잡으러 판 엠의 캐피톨로 날아갈 거다.

내가 여기 와서 푹 빠진 소설이 있다. 제목은 바로『헝거 게임』. 어느 디스토피아의 멸망의 배후에는 또 다른 디스토 피아가 있었다. 우리는 멸망을 피해 이곳에 왔지만 그것이 또 다른 멸망을 부른다. 그 소름 돋도록 멋진 유사성.

커피는 여전히 향을 내뿜었다. 그 향이 허상일지라도 완 전한 무(無)보다는 낫겠지. 한 모금씩 음미하자. 마지막 방 울까지.

∞

나는 그날도 친구들과 함께 카페에 앉아 있었다.

우리는 새로운 삶을 앞두고 두려움과 격정에 휩싸여 있 었다. 가장 흥분한 사람은 민규였다. 인공지능 소설이 가을 길의 낙엽처럼 발에 차이는 세상이었다. 민규는 취직하기 힘든 것도 억울한데 소설가로서의 지위까지 빼앗겨야겠냐 며 과학자들을 욕하던 태도를 버리고 제멋대로 떠들었다.

"진정한 유토피아라고. 일할 필요가 없어. 하고 싶은 것 만 하면서 살 수가 있다고. 머릿속에 있는 거 다 쓸 거야. 싸 구려 알바나 전전하던 삶은 이제 안녕."

셜록 홈즈와 모리어티 교수가 라이엔바흐 폭포에서 떨어진 뒤 살아남은 사람이 셜록 홈즈가 아니라 모리어티였다면? 그런 상상으로 소설을 쓰던 녀석. 저런 고리타분한 이야기를 누가 읽을까. 민규는 꿋꿋했다. 자기만 재밌으면 된다나.

혜나와 우진도 불안과 설렘 사이에서 갈피를 못 잡다 설렘 쪽으로 추가 기우는 모습이었다. 아마추어 게임 개발자로서 자기들이 만든 게임을 판타스틱 리조트에 마음껏 론칭할 수 있다는 사실에 큰 기대를 걸고 있었으니까.

두 사람은 사실 게임 개발을 그만두려던 참이었다. 그저 그런 게임은 언제나 넘쳤다. 공급이 늘어나면 가격은 떨어진다는 경제 논리는 막강했다. 플랫폼마다 우후죽순 올라오는 게임들은 창작자들에게 고생한 만큼의 수익을 안겨주지 못했다.

"거기서는 돈도 안 되고 시간만 잡아먹는 걸 왜 하고 있는지 고민할 필요가 없어. 민규 말대로 하고 싶은 것만 하면서 살면 돼."

우진과 혜나는 똑같이 말했다.

재료공학과를 막 졸업한 나는 계속 고민이었다. 이제 물질이라는 게 아무 의미가 없는 세상이 될 판이었으니까. 그저 죽기 전에 대학 졸업장은 따고 싶다는 유치한 생각에 점수에 맞춰 들어간 과였다. 세상을 뾰족하게 바라보고 있다고 생각했지만 한편으로는 꼰대처럼 굴고 있었던 것이다.

수업 시간마다 교수님들은 말씀하셨다. 실험과 연구에 꼭 물질이 필요한 건 아니다. 우리는 그걸 생각만으로도 할 수 있다. 이론물리학의 거장인 아인슈타인, 슈뢰딩거, 호킹 같은 학자들을 보라. 거기다 판타스틱 리조트는 물질로 이루어져 있다. 이 우주가 물질로 이루어져 있는 한 재료공학은 죽을 수 없는 학문이다.

그래, 앞으로 내가 뭘 할 수 있을지 생각해 볼 시간은 차고 넘친다. 초조해하지 말자. 그날 그렇게 결심했다. 판타스틱 리조트에 입주하기 정확히 석 달 전이었다.

카페를 나오니 우리를 향해 날아오는 비주기 혜성 C/2025X1이 선명하고도 불길하게 밤하늘을 밝히고 있었다. 그로부터 1.5세기 전인 2033년에는 천체망원경으로나 관찰되던 것을 우리는 이제 맨눈으로도 볼 수 있게 되었다. 우리를 파괴할 혜성은 눈이 부시도록 아름다웠다.

친구들과 헤어져 집으로 돌아갔다. 엄마 아빠와 함께 저녁을 먹기로 했다. 우리는 늘 이용하는 식당을 골랐다. 가상현실로 떠날 시간이 얼마 남지 않은 시점에 모험을 하고 싶진 않았다. 나는 오므라이스, 엄마는 된장찌개, 아빠는 제육

볶음을 주문했다.

음식이 도착하자 우리는 식탁에 둘러앉아 각자의 손을 맞잡고 기도를 올렸다. 종교적인 의미는 없었다. 우리는 무신론자였고, 그런 우리에게 기도란 그저 석 달 뒤에 벌어질 참상, 이 물질세계와의 이별, 그로 인한 불안과 슬픔을 다독이는 행위에 불과했다.

"잘 먹겠습니다."

나는 설익은 완두콩과 당근의 딱딱한 질감을 음미하며 꼭꼭 씹어 먹었다. 누가 빼앗아 가기라도 할 것처럼, 두 손으로 그릇을 움켜쥐고 탐욕스럽게. 엄마는 국물을 한 숟가락씩 정성스레 떠먹고 있었고, 아빠는 작은 고기 조각 하나를 무척이나 소중하다는 듯이 천천히 씹고 있었다.

나는 나도 모르게 숟가락을 내려놓고 말았다. 모든 게 압도적이면서도 허망했다. 당장 죽어버리고 싶다가도 죽음 뒤에 무엇이 있을지 몰라 두렵기만 했다.

아빠가 담담히 돌아봤다. 엄마는 아무 말도 못하고 눈물과 한숨을 눌러 삼키고 있었다. 무섭냐는 아빠의 물음에 나는 누구를 향해야 할지 모를 원망이 끓어올라 입을 다문 채 고개만 끄덕였다.

부모님은 결혼할 당시 25년 뒤에 세상이 망할 것을 알면서도 나를 낳았다. 자식이 환갑도 되기 전에 죽을 거란 사실

　　　　　　　　　　　　　　　　　판타스틱 리조트 작동 매뉴얼 서문

을 알고도 부모님을 낳은 건 나의 조부모님과 외조부모님도 마찬가지였다.

모두가 타성에 젖어 있었다.

혜성이 지구로 돌진 중이라는 사실이 밝혀진 것은 158년 전. 사람들은 충격을 받았지만 시나브로 일상으로 돌아갔다. 사바나에서 갓 잡혀 와 동물원에 갇힌 얼룩말이 근처에서 풍겨오는 사자 냄새에 공포에 휩싸였다가 며칠이 지나도 아무 일이 없자 마음을 놓는 것과 비슷한 이치였다. 158년 넘게 사는 사람이 없는 탓도 한몫했다.

이후에 태어난 세대는 그러한 무신경함을 물려받았다. 우리 모두 판타스틱 리조트에 기대를 걸며 일상을 누려왔다. 하지만 리조트에 입주해야 할 날이 다가오자 다들 뭔가가 잘못됐다고 느끼기 시작했다. 특히나 나처럼 무엇이든 따지기 좋아하는 사람들이 문제였다. 우리는 맘속 깊은 곳에 의문과 두려움을 감추고 있었다. 리조트로 입주하는 존재는 내 정신의 복제물일뿐 진짜 나는 결국 죽는 것이라는 생각.

아빠는 판타스틱 리조트에 이미 입주한 아빠의 친구 경준이 삼촌을 만나고 온 이야기를 꺼냈다. 나는 조용히 귀 기울여 들었다. 아빠 스스로 확신하지 못하는 위로라는 걸 알면서도 그것이 만들어줄 얄팍한 위안이 필요했기에.

아빠의 말에 따르면 경준이 삼촌은 잘 지내고 있었다. 삼촌이 그곳이 파라다이스라며 하루라도 빨리 들어오라고 했단다. 오늘 보고 온 게 진짜 경준이 삼촌이라고 생각하느냐는 내 물음에 아빠는 강하게 고개를 끄덕였다.

"단순한 기억이 아니야. 의식 그대로를 옮긴 거야. 살아 있을 때, 아니, 원래 경준이랑 똑같았어. 말투, 표정, 몸짓, 전부 다. 기억만 옮긴 거면 새로운 일은 시작도 못했겠지? 운동을 그렇게 싫어하던 인간이 골프에 푹 빠졌어. 하루 종일 골프 친다고 자랑이더라."

아빠는 나도 한번 들어가 보라며, 그러면 아빠 말이 이해될 거라고 했다. 나는 한결 가벼운 기분이 되어 숟가락을 다시 들었다.

다음날, 나는 판타스틱 리조트 체험 센터로 갔다. 그곳에서 머릿속에 전극을 삽입하고 판타스틱 리조트에 접속했다. 광활한 육지와 바다, 주택, 식당, 카페, 놀이공원, 박물관들. 이때까지만 해도 나는 그것이 여느 가상현실 게임과 무엇이 다른지 알 수 없었다.

시간 가는 줄 모르고 구경하다 시골길에 들어섰다. 봄봄 마을이라는 이름답게 따사로운 기운이 감도는 곳이었다. 눈부신 진초록의 채소밭. 어디선가 풍겨오는 육개장 냄새. 홍

판타스틱 리조트 작동 매뉴얼 서문

겨운 가요의 가락. 나는 가상현실에 들어와 있음을 잊어버렸다.

뭔가에 홀린 듯이 걷다가 다다른 곳은 마을회관이었다. 그곳 마당에는 커다란 벚나무가 자라고 있었다. 그 아래에 놓인 평상, 그 위에 걸터앉아 뭔가를 마시는 여자, 회관 앞 화단에 꽃을 심는 남자. 평화롭고 정겨운 그림이었다. 내가 다가가자 여자가 허공에서 수정과를 뽑아서 건넸다. 마셔 보니 소름이 돋을 만큼 차갑고 달콤했다.

여자는 부스스한 머리에 헐렁한 옷을 아무렇게나 챙겨 입은, 고전 영화에 등장할 법한 시골 아줌마였다. 그의 이름은 오현주. 쉰넷에 이곳에 왔다. 변호사로서 완벽주의자에 일중독이었던 그는 몸에 암이 퍼진 것을 뒤늦게 발견하고 고민했다. 치료에 전념하며 인생을 허비할 것이냐, 새로운 세상에서 새로 태어날 것이냐. 오래 고민할 것도 없이 두 번째였다. 그는 회생가능성이 희박한 몸을 주저 없이 버리고 전 재산을 판타스틱 리조트 발전기금에 기부했다.

그는 이곳의 삶이 만족스럽다고 했다. 일만 하며 살아온 인생을 돌아보고 새로운 삶을 설계할 시간이 넉넉히 주어진 것이 특히나 그렇다고 했다.

나는 민망함을 무릅쓰고 물었다. 자신이 정말 자신이라고 생각하느냐고. 그런 질문은 더 이상 하지 않기로 철학자들조차 합의한 사항이었기에 나는 바보가 된 기분이 들었다. 다행히도 오현주 씨는 비웃지 않았다.

"그런 고민은 여기 오면 사라져요. 난 이렇게 살아 있으니까."

나는 속으로 중얼거렸다. 당신 몸속에 있던 의식은 그렇게 생각하지 않았을 걸요.

내 눈에 그 여자는 입력된 대로 떠드는 로봇 같기만 했다. 나는 몸서리가 쳐져서 여전히 차가운 수정과 잔을 평상 위에 내려놨다.

그 사이 오현주 씨는 화단에서 일하던 남자를 불렀다. 그는 이하준이라는 이름의 남자로 오현주 씨의 옆집에 산다고 했다. 그는 생전에 농부였는데 일하다 트랙터에 깔려서 온몸이 부서지는 바람에 이곳에 왔고, 그때가 하필이면 리조트 설립 초창기라 산전수전 다 겪었지만 이젠 시스템이 완전히 안정돼서 이곳에서의 삶을 걱정할 필요 없다고 했다.

나는 그가 왜 여기서도 힘들게 일하는지 궁금했다. 이하준 씨는 너털웃음을 터뜨리며 손가락을 튕겼다. 화단의 꽃들이 금세 다른 꽃들로 바뀌었다.

"이렇게도 할 수 있지만 나는 과정을 즐기는 거예요. 팔다리가 쑤셔도 이 성취감은 포기 못하죠. 오현주 씨, 당신도 일 좀 해 봐요. 맨날 수정과만 마시지 말고."

"평생 일만 했는데 또 하라는 거예요?"

오현주 씨는 툴툴대며 드러눕더니 허공에 TV스크린을 띄우고는 영화나 봐야겠다고 했다.

"영화엔 팝콘이지."

그가 평상 위로 드리운 나뭇가지를 향해 손을 뻗자 벚꽃들이 펑, 펑, 소리를 내며 팝콘으로 변해 떨어졌다. 우리가 박수를 치던 그때 나뭇가지에 앉아 있던 새가 날아가며 오현주 씨의 얼굴에 똥을 떨어뜨렸다. 오현주 씨가 놀라서 문지르자 얼굴이 새똥 범벅이 되었다. 나는 그들과 함께 웃음을 터뜨렸다.

고된 노동에서 의미를 찾는 남자. 완벽에 대한 강박을 버린 여자. 나는 그 둘이 진짜 사람임을 인정할 수밖에 없었다. 또한 내가 조금만 용기를 낸다면 나도 이곳에서 마법 같은 삶을 살게 되리라는 믿음이 찾아왔다.

Resort(리조트)는 '휴양지'라는 뜻도 있지만 '최후의 수단'이라는 뜻도 있다. 그렇다면 이 가상현실은 왜 환상적인 휴양지이자 최후의 수단이 되었는가.

이런 말이 있다. 충분히 발달한 과학기술은 마법과 구분할 수 없다. 내가 그날 판타스틱 리조트에서 생생하게 겪은 것이 그것이다. 마법의 가면을 쓴 과학.

판타스틱 리조트가 처음부터 환영받은 건 아니다. 리조트 건설 계획이 발표됐을 때, 그것만이 인류의 유일한 도피처임을 인정할 수밖에 없게 됐을 때, 판타스틱 리조트의 베타 테스트로 옮겨진 일부 전자 의식이 소멸된 것이 발견됐을 때, 나는 매번 명치를 들쑤시는 소용돌이를 느꼈다. 기술이 발전한 뒤에는 의식이 소멸되는 사고가 단 한 건도 일어나지 않았다. 그럼에도 내 명치에서는 언제나 거친 바람이 불었다. 앞서 말한 자아의 동일성에 관한 의문 때문이었다.

혜성이 충돌하면 지구는 죽음의 돌덩이가 될 것이었다. 불구덩이로 화한 지구는 불씨가 꺼진 후 기나긴 혹한을 맞이할 터였다. 나는 선택의 기로에 서 있었다. 그 난장판 속에서 비참하게 죽을 것인가, 평화로운 죽음 이후 판타스틱 리조트라는 의식 세계에서 새로운 삶을 살 것인가.

답은 자명했다. 나는 내가 살아온 궤적이 깡그리 지워지는 것을 원치 않았다. 우리는 언제나 내 삶이 하나의 이야기이기를, 누군가가 그것을 들어주기를 원하지 않는가. 내 이야기는 이런 식으로 끝나서는 안 되었다. 지금까지 내가 산 것이 의미를 가지려면 이 모든 기억을 남겨놓아야 했다. 또한 내 몸이 암흑층에 동결되었다가 깨어났을 때 오랜 세월의 간극을 느끼지 못하도록 새로운 이야기를 만들어놓아야 했다.

∞

소설 체험 구역으로 순간 이동했다.

'헝거게임 시리즈에 오신 것을 환영합니다!' 유려하게 휘갈긴 문구 아래에 문이 세 개 서 있었다. 각 문에 붙은 이름은 '헝거게임', '캣칭 파이어', '모킹제이'. 나는 '모킹제이'의 문을 열고 들어갔다. 또 다른 문 세 개가 앞을 가로막았다. 단순 관람, 등장인물 체험, 창조적 체험. 세 번째 문으로 손을 뻗었다. 나는 오늘도 판엠의 골목을 구르며 내가 살아 있음을 느낄 것이었다.

우리는 새로운 인류가 되었다. 이야기하는 사람.

소설, 영화, 게임, 스포츠, 오페라, 모두가 이야기다. 우리는 이야기에 빠져들고 그 이야기가 끝나면 또 다른 이야기를 찾아 뿔뿔이 흩어졌다 모이기를 반복한다. 진화생물학자이자 밈(meme) 개념*의 창시자인 리처드 도킨스는 인간을 밈 머신(meme machine)이라 불렀다. 판타스틱 리조트는 이

---

* 리처드 도킨스는 생각, 행동, 양식과 같은 문화적 요소가 모방에 의해 전파되는 모습이 마치 유전자가 자기 복제를 통해 증식하는 것과 같다며, 그러한 문화적 요소의 단위를 또 다른 복제자로 보고 밈이라 부르자고 했다.

야기로 가득한 밈 월드이다. 우리는 진정한 밈 머신, 그리고 기억 전달자였다.

우리는 톨킨이 구성한 세계에 특히 매료돼 있었다. 카페 실마릴리온에 죽치고 앉아 커피를 연거푸 마셔가며 뭐가 좋니, 뭐가 모자라니 하는 게 우리의 주요 일과 중 하나였다. 그 옆에서는 늘 누군가가 피아노를 치고, 누군가는 노래를 부르고, 누군가는 연극과 영화에 대해 찬사를 늘어놓았다. 오늘은 추리소설 작가들과 독자들이 모여 있었다. 민규가 최근에 집필한 단편을 낭독했다. 줄거리는⋯⋯.

판타스틱 리조트에서 전자 의식의 연쇄 소멸이 일어난다. 알고 보니 범인은 인공지능으로 위장해 카페를 경영하는 전자 의식. 그는 고객들이 마시는 커피에 해킹 코드를 심은 다음, 그걸 이용해 중앙 인공지능에게 소멸 의지를 전송하는 식으로 해당 고객의 의식을 없애 버린다. 이유는 간단했다. 심심해서.

"김새는 결말이군요. 생전에 사이코패스였다던가 하는 설정은 어떨까요?"

"너무 전형적이지 않나요? 전 충분히 공감되는데요."

"진심이세요?"

"소설 체험에서 웬만한 캐릭터를 다 겪어 본 사람이 있다고 쳐요. 이젠 뭐라도 하지 않으면 미칠 것처럼 따분해서 범인 캐릭터를 골랐다고 해 보죠. 새로운 자극을 맛보겠죠? 하지만 거기서 짜릿함을 느꼈다 해도 결국은 이야기라는 테두리 안에서 벌어지는 일일뿐이잖아요."

몇몇이 술렁거렸다. 몇몇은 자신이 마시던 커피와 톨킨을 번갈아 보며 눈알을 굴렸다. 톨킨은 두 손을 공손히 모으고 세상에서 가장 선량한 웃음을 지어 보였다. 민규는 소파에 깊숙이 기대앉아 눈앞의 논쟁을 느긋하게 감상할 따름이었다.

"실제의 자극을 원한단 말씀이세요? 큰일 날 양반일세."

"제가 그렇다는 게 아니라 이 소설의 주인공이 그렇다는 거죠. 오해하지 말아 주세요. 전 모기 한 마리도 못 죽이는 사람이라고요."

"공감 능력이 너무 큰 것도 병입니다, 병."

"공감이 아니라 이해라고 해 두죠."

"이건 어떨까요? 사이코패스도 아니고 심심해서도 아니고 실용적인 목적으로 그런 일을 저지르는 거죠. 전기 공급이 시원찮아서 서버 일부를 폐쇄해야 된다, 사람들한테 그 사실을 알리면 큰 소동이 날 것 같아서 무작위로 뽑은 사람을 하나씩 제거한다."

"음모론인가요?"

"호러네요."

"충분히 가능한 일이죠. 지구는 언제 회복된다는 기약도 없고 태양 에너지는 점점 줄어들고 있잖아요."

톨킨이 나섰다.

"저희는 그런 식으로 일을 처리하지 않습니다. 서버를 폐쇄해야 한다면 공지부터 띄울 거예요. 누가 사라져야 하는지에 대해서는 합의가 필요하고요."

"톨킨, 자신이 사라진대도 그런 소리 할 겁니까?"

민규가 질문을 던졌다. 톨킨은 결론을 내리기 위해 연산에 들어갔다.

나 자신이 사라진다. 그건 어떤 느낌일까.

내가 거듭해서 묻는 건 이거다. 리조트에 의식을 전송하면 내 몸과 이 리조트에 동일한 의식이 동시에 존재하는 순간이 온다. 짧은 시간 동안 두 의식은 연결돼 있다가 내 몸이 강제로 의식을 잃는다. 실제로 우리는 그렇게 이곳에 왔다. 자아의 연속성이 단절되는 문제를 피하기 위해서다. 그렇다면 내가 진짜 나라고 할 수 있는가?

훗날 내 몸이 동결에서 깨어나고 몸속 의식과 내가 동기화를 하게 되면 이쪽 의식은 사라지게 된다. 그렇다면 실제로 겪지도 않은 기억을 이식받은 나는 그게 온전히 나라고 느껴질까?

나는 원래의 나였다면 하지 않았을 일들을 이곳에서 해

왔다. SM 플레이나 오토바이를 타고 달리다 절벽으로 추락하는 일 같은 것. 이런 일들이 트라우마를 만들지 않을까?

그런 걱정에 내 몸속 의식이 동기화를 거부하면 나는 어떻게 해야 할까? 만약에 내 쪽에서 동기화하기 싫어진다면? 둘 중 누가 법적으로 인정받는 존재일까? 나는 사라져야 하는 걸까? 그대로 존재한다 해도 문제다. 나는 오영서라는 이름을 계속 쓸 수 있을까? 만약에 일부만 동기화를 한다면? 그렇게 남은 내 의식은 여전히 오영서라고 할 수 있는가?

"잘 빌어 봐, 이름 좀 같이 쓰자고. 나처럼 몸을 태웠으면 그런 고민을 할 필요는 없었을 텐데."

민규는 늘 대수롭지 않다는 듯 말했다. 나는 그의 단순함이 부러웠다.

"소설가가 그렇게 단순해도 되는 거냐?"

민규는 항변하곤 했다.

"그런 걸 페르소나라고 하는 거야. 내 정신세계엔 인간 최민규와 소설가 최민규라는 두 인격이 공존하고 있다고. 1 더하기 1밖에 모르는 공대생이 뭘 알겠어."

나는 언제나 같은 말로 맞받아쳤다.

"아직도 공대생을 무시해? 이 세상과 우리 존재 자체가 과학이고 기술이라고, 지킬 앤 하이드 씨."

우리는 매일 다툰다. 이곳 생활에서 가장 마음에 드는 것이다. 상대도 나도 허상이 아니라는 걸 확신할 수 있으니까. 다툰다는 건 의견이 있다는 것이다. 의견이 있다는 것은 취향이 있다는 것이고 취향이 있다는 것은 남과는 무언가가 다른 나라는 것이 존재한다는 뜻이다. 고로 나는 존재한다.

∞

혜성 충돌 한 달 전이자 판타스틱 리조트 입주를 하루 앞둔 날이었다. 절대로 잊고 싶지 않은 그날의 기억을 나는 매일 되새긴다.

우리는 어느 특급호텔 커피숍에 앉아 있었다. 리조트 입주비를 입금하고 남은 돈으로 시내를 돌아다니며 비싼 커피를 마시고 비싼 음식을 먹던 나날이었다.

"호텔 커피란 이런 거구나."

민규가 두 눈을 감고 감탄했다. 우진과 혜나는 시원찮은 반응이었다.

"가성비가 극악이란 거 말곤 모르겠다."

"돈지랄이지 뭐."

나도 두 사람 생각과 같았다. 민규가 초콜릿 향이니 견과류 향이니 하면서 짚어낼 때마다 우리는 뻥 치지 말라고 놀렸다. 나는 메뉴를 들춰보고 욕을 하다 디저트를 모조리 주문했다. 이럴 때 아니면 언제 돈을 쓰겠는가? 은행에 넣어놓는다 해도 은행이 사라지고 없으면 돈이 무슨 의미가 있겠냐고.

친구들이 환호성을 질렀다. 우리 테이블에서 무슨 일이 벌어지는지를 깨달은 사람들이 너도나도 같은 짓을 벌이기 시작했다. 다들 마지막 순간까지 이 물질세계의 파편 하나라도 더 느껴보려고 흥청망청이었다.

내가 컵케이크를 세 개째 먹어치웠을 때 민규가 동면 준비하냐며 놀려댔다. 나는 동결과 동면은 다르다고 맞받아쳤다.

"알면 작작 좀 먹어."

"깨어나 보니 먹을 게 없을 수도 있잖아."

"진심이냐?"

우리 가족은 판타스틱 리조트 입주를 계약하면서 신체 동결 계약도 함께 맺었다. 대양 곳곳의 암흑층에 마련된 냉동고에 신체를 동결시켜 놓는 서비스. 언젠가 생태계가 회복되면 이 땅에서 다시 살아갈 수 있도록 말이다.

의문이다. 정말로 그런 날이 올까. 그때까지 신체가 멀쩡할까. 그 신체에 전자 의식을 도로 욱여넣을 수 있을까. 아무도 장담하지 못한다. 티끌 같은 가능성 하나만 바라보며 하는 일, 혜나의 말대로 돈지랄이었다. 그 돈이 전부 어느 통장으로 들어가는지도 의문이었지만.

민규는 신체 동결 서비스를 신청하지 않았다.

"판타스틱 리조트에서 영생할 거야. 현실로 돌아와 봤자 일하느라 허리만 휘지."

"영원은 없어. 태양광으로 리조트를 돌린대도 태양이 영원히 불타는 건 아니니까."

"아직 50억년은 남았다며? 그 정도면 영원이지 뭐."

"정확히 말하면 영원은 아니야."

"맹꽁아, 피곤하지도 않냐. 대충 좀 살자."

맹꽁이는 '맹렬한 공대생'의 줄임말로, 때와 장소를 가리지 않고 무엇이든 논리적으로 따지기 좋아하는 나를 민규가 놀리기 위해 만든 말이었다. 하지만 나도 할 말이 있었다.

"소설 쓰다 모르는 거 생기면 나한테 물어보는 인간이."

"너도 위키피디아 검색해서 알려주는 거잖아, 이 허당 맹꽁아."

"인터넷도 쓸 줄 모르는 원시인 주제에."

혜나와 우진이 우리의 다툼을 지긋지긋하다는 듯 바라보다 일어섰다. 객실 예약 시간이 다 됐다는 것이었다. 로비로 내려간 두 사람은 데스크에서 객실 키를 받아 엘리베이터 쪽으로 사라졌다.

호텔 로비는 커플들로 인산인해를 이뤘다. 무한한 가상 섹스를 앞둔 사람들이 마지막 진짜 섹스에 집착한 까닭이었다. 민규가 쭈뼛거리며 내 눈치를 보는 게 느껴졌다. 나도 이대로(?) 죽기는(?) 억울했다.

"처음이자 마지막이다."

내가 선언하며 팔을 끌어당기자 녀석은 순순히 따라왔다.

"마지막은 모르겠고, 처음은 아니지 않냐?"

"닥쳐. 그때는 내가, 아무튼 그건 안 치는 거야. 굳이 따지자면 0.5지."

민규는 귀를 막고 맹꽁이 울음소리를 흉내 냈다.

그 전년의 크리스마스 날이었다. 민규의 원룸에서 크리스마스 파티를 하기로 했는데 제시간에 도착한 사람은 나뿐이었다. 뒤늦게 혜나에게서 연락이 왔는데 우진이 갑자기 고열이 나서 응급실에 와 있다며 약속을 지킬 수가 없게 돼 미안하다고 했다. 혜나는 내 대학동기였고, 우진은 혜나의 남자 친구였고, 민규는 우진의 친구였다. 나와 민규는 아직 서먹한 사이였고, 어색한 분위기를 달래려 시작한 술에 꽤나 취한 상태였다.

민규는 실없는 소리를 끝도 없이 늘어놓고 있었다. 질려버린 나는 게임을 하자고 했다. 각자의 비밀에 대한 힌트를 주고 상대방이 그 비밀을 알아맞히는, 내가 좋아하는 게임이었다. 민규가 벌칙을 옷 벗기로 하자고 했다. 나는 흔쾌히 그러자고 했다. 길가에 뿌려놓은 전단지처럼 얄팍해 보이던 그에게 대단한 비밀 따위가 있으랴 싶었던 것이다.

게임의 결과는 나의 연승이었다. 덕분에 나는 민규가 고아로 살아왔다는 사실을 알게 됐다. 그는 이 각박한 세상을 혼자 힘으로 살아남기 위해 발버둥치는 중이었다. 늘 진지하지 못한 모습에 약간의 거부감을 느껴왔는데 그날의 민규는 누구보다 진중하고 고뇌로 가득한 남자라는 사실이 밝혀졌다. 어쩌면 민규는 내게 속내를 털어놓고 싶어서 져줬는지도 모른다. 그 생각이 내 마음을 건드리고 말았다.

나는 속옷 차림의 민규에게 다가가 입을 맞췄다. 자신의 몸통을 휘감는 내 팔다리를 조심스레 밀어내며 민규는 진심이냐고 괜찮겠냐고 몇 번이나 물었다. 녀석의 목소리는 환희와 염려가 뒤섞여 있었다. 그걸 알아챈 걸 보면, 나는 별로 안 취했었던 것도 같다.

녀석은 목욕재계를 한다, 콘돔을 사 온다, 나중에 딴소리 안 나오게 서약을 쓰자, 난리였다. 준비를 다 마치고 분위기가 무르익은 것까진 좋았다. 그런데 내가 그만 잠들어버린 것이다.

다음날 아침, 민규는 컵라면을 먹는 내내 투덜거렸다. 줬다 뺏는 게 사람이 할 도리냐고.

"거 되게 시끄럽네. 알아서 하지 그랬어!"

"그건 범죄야!"

"누가 부드러우래? 재우려고 작정한 건 너야."

"좋아."

민규가 젓가락을 내려놓고 눈을 부라렸다.

"이번엔 거칠게 다뤄주지."

"됐어. 힘이 남아돌면 청소나 하시지."

밝은 아침에 보니 민규의 집은 쓰레기장이었다. 퀴퀴한 냄새가 풍기는 옷과 양말이 구석에 쌓여 있고, 먹다 남은 과자 봉지가 여기저기 흩어져 있고, 사방에 개미가 우글거리고 싱크대 안에는 뭔가를 마시고 넣어놓은 컵이 한가득했다. 민규는 좀 지저분해야 글이 잘 써진다고 변명했다. 나는 끝까지 듣지 않고 그 집을 나왔다.

마지막 진짜 섹스를 그런 데서 하고 싶진 않았다. 누구에게나 로망 하나쯤은 있는 법이다. 우리는 프런트로 가서 더블 베드룸을 하나 잡았다.

방에 들어가자 민규가 휘파람을 불었다. 밝은 톤의 원목 가구, 새하얗고 빳빳한 침구, 눈이 편안해지는 은은한 조명. 벽에는 어딘지 모를 초원의 사진이 걸려 있었다.

"이런 데서 살면 글이 절로 써지겠어."

"네 방은 인테리어가 문제가 아니야."

"난 이제 살림에서도 해방되는군."

녀석이 옷을 벗다 말고 멈췄다.

"맞다. 피임해야 되나?"

"당연하지. 동결에서 깨자마자 아빠 없는 애를 가졌다는 사실을 알고 싶진 않다고."

민규는 도로 옷을 입고 나가 콘돔을 사 왔다.

그날의 민규는, 흠, 추리소설보다 로맨스소설을 쓰면 대박 나겠다는 생각이 들 정도로 세심하고 노련했다. 처음(?) 인 것이 아쉽고, 마지막이라고 단언한 두 시간 전의 내가 미워질 지경이었다.

호텔을 나서니 한밤인데도 대낮처럼 밝았다. 조만간 떠나게 될 이 물질세계를 만끽하려는 이들이 거리를 가득 메우고 있었다. 나는 민규와 헤어지기 싫었다. 민규도 나와 같은 마음이었는지 또 커피를 마시러 가자고 했다.

"카페인 민감증 환자께서 잠 못 자면 어떡하려고."

"어차피 내일이면 불타 없어질 몸. 못 자도 돼."

"오늘 내가 구제해 주길 잘했네."

"나도 동결해 달라 할걸. 승은을 입은 몸을 태워버리다니 아깝네?"

카페에 앉아 수다를 떠는 사이 동이 텄다. 카페 안으로

판타스틱 리조트 작동 매뉴얼 서문

따스한 돈을볕이 비쳐 들어왔다. 카페 안의 사람들, 길거리를 걷는 사람들이 붉게 떠오르는 태양을 바라보며 탄성을 질렀다. 볼 날이 며칠 남지 않은 진짜 태양. 앞으로 우리의 에너지원이 되어줄 소중한 존재. 태양은 언제나 그래왔지만 우리는 그제야 그 가치를 실감했다.

판타스틱 리조트는 태양 궤도를 공전하는 인공행성으로 설계됐다. 그것을 운용할 에너지는 태양에서 얻게 돼 있었다. 리조트는 지구와 혜성의 충돌로 인한 피해를 입지 않도록 지구와 떨어져 있을 것, 태양으로부터 너무 멀리 떨어져 있지 않을 것, 화성과 소행성대로부터 부품 조달이 수월할 것이라는 세 가지 조건을 충족하기 위해 지구와 화성 사이의 궤도를 돌게 돼 있었다. 매일 그렇게 맨몸으로 태양을 마주하는 것이다. 그 안에서 사는 사람들은 가상현실 속의 태양을 보겠지만.

우리는 카페를 나가 동쪽을 향해 걸었다. 햇살이 눈 속을 가득 채웠다. 눈이 부셔 손을 들자 손가락 사이로 빛줄기가 새어 나왔다. 손을 천천히 돌렸다. 손등의 솜털이 하나하나 서 있는 모습이 또렷이 눈에 들어왔다. 판타스틱 리조트에서도 이런 걸 느낄 수 있을까?

버스 정류장으로 발걸음을 돌렸다. 많은 사람들이 리조트에 입주했지만 입주 순서가 뒤로 밀려 여전히 출근하고 등교하는 사람이 적지 않았다. 다들 이 생활이 영원히 지속될 것처럼 무심한 얼굴들이었다. 그건 민규와 나도 마찬가지였다. 지구를 떠날 시간이 몇 시간 앞으로 다가왔는데도 말이다. 더구나 민규는 영영 돌아오지 않을 텐데도 그랬다. 그건 우리가 의문을 버리도록 길들여진 탓이었다. 아니, 덕분이라고 해야 할까.

"꼭 마지막일 필요 없잖아?"

버스를 기다리는 동안 민규가 뜬금없는 소릴 했다. 아직도 우리의 정사를 음미하는 모양이었다.

"그건 판타스틱 리조트에서 비교해 보고 결정할 문제야."

"도대체 얼마나 하려고?"

"문제 있어? 임신할 일도 없고 성병 걸릴 일도 없잖아."

"또 점수표 만들 거지? 부탁인데 나는 거기서 좀 빼주라."

나는 민규가 그 점수표의 기준이 되리라 확신했지만 다른 말을 했다.

"너, 나에 대해 너무 많은 걸 알고 있다."

"맹꽁님이 늘 하는 일이잖아."

녀석에게 속내를 감추려고 허세를 부린 덕분에 나는 감각 조정 코디네이터의 꿈을 꾸게 되었다.

∞

　　　　　　　　　　　　　판타스틱 리조트 작동 매뉴얼 서문

P를 만난 것은 내가 부모님과 유럽을 여행하다 로마에 들렀던 날이었다.

우리는 콜로세움을 감상하기 좋은 어느 식당의 야외 테이블에 앉아 있었다. 붉은 치파오 차림의 표범과 사이버펑크 룩으로 치장한 펭귄이 마차를 타고 식당 앞을 지나갔다. 그들이 내 눈길을 빼앗은 바람에 그 근처에 앉아 있는 한 여자를 보게 되었다.

여자는 내 또래인 것 같았다. 로코코풍의 풍성한 자주색 드레스로 치장하고 테이블을 세 개나 차지하고 앉아서는 나오는 음식마다 불평을 토하는 중이었다.

"이게 아니야, 이게 아니라고."

식당의 인공지능 지배인 클라우디오가 난감해 하는 얼굴로 우리 테이블을 힐끔거렸다. 물론 그 표정과 행동은 내 동정을 이끌어내기 위해 계산된 것이었다. 나는 엄마 아빠에게 양해를 구하고 여자의 테이블로 가 앉았다.

날 소개하자 이후 P라 불릴 여자가 새침하게 이름을 말했다. 어디서 많이 들어본 이름인데. 얼굴도 낯익었다. 이런, 한 번 입은 옷은 다시는 안 입는다는 콘래드 그룹 외동딸이잖아. 내가 자신을 알아보자 P는 바비 인형 같은 얼굴로 거만하게 웃으며 머리를 귀 뒤로 넘겼다.

"애팔래치아산맥으로 간 거 아니었어? 부자들이 탄광에

다 거대한 방공호를 지었다는 소문이 자자했는데."

P가 우아하게 고개를 끄덕였다. 굵은 컬의 금발 머리가 찰랑거렸다.

"거기 있었지. 진짜 컸어. 이쪽에서 저쪽까지 차로 두 시간은 걸렸으니까."

"근데 여긴 왜 온 거야?"

P는 대답을 망설였다.

"아하, 갱도가 무너졌구나?"

"그런 건 아니고."

P가 주변을 둘러봤다. 선홍색 입술을 꼭 다물고 기다란 속눈썹을 파르르 떨며 태연함을 가장하는 것이, 굉장히 힘든 결심을 하는 것 같았다. P가 내 쪽으로 몸을 기울이며 목소리를 낮췄다.

"먹을 게 다 떨어졌거든."

"설마."

"맞아."

P는 작게 헛기침을 하며 시선을 내리깔았다.

일부 부유층들은 현실 세계에서의 기득권을 포기하지 못했다. 판타스틱 리조트는 입주 순서야 어찌됐든, 입주하고 나면 모두가 평등하다. P와 같은 이들은 그 사실을 받아들이기 힘들어 했다.

판타스틱 리조트 작동 매뉴얼 서문

입주 순서가 뒤로 밀린 극빈층들이 리조트 행 막차에 의식을 싣는 다급한 순간, P와 같은 이들은 산맥 깊숙이 마련된 방공호에서 느긋하게 샴페인을 터뜨리고 있었다. 그곳은 혜성이 북아메리카 대륙 반대편에 충돌한다는 예상에 따라 선택된 피난처였다.

"거기서도 진동이 느껴졌어. 우린 여차하면 리조트로 오려고 머리에 전극 달고 누워 있었어."

지표면의 기계들과 지구 궤도를 도는 인공위성들 덕분에 우리도 충돌 상황을 실시간으로 볼 수 있었다. 충돌 지점은 인도양 남부였다. 충돌 직전, 혜성은 지구의 기조력이 일으킨 폭발로 몇 조각이 떨어져 나갔지만 여전히 덩치가 컸다.

이윽고 일어난 충돌. 혜성과 바닷물과 그 아래에서 산산조각난 지각이 하늘 높이 튀어 올랐다. 대기 밖으로 날아간 파편 중 일부는 우주로 흩어지고 나머지는 지구의 중력에 붙들려 돌아왔다. 그것들은 불덩이가 되어 쏟아져 내렸다. 대륙 곳곳이 불타오르고 시커먼 연기가 하늘을 뒤덮었다. 충돌의 자극으로 지표면이 꿈틀대자 땅이 갈라지고 화산들이 연이어 폭발했다. 마치 폭죽놀이를 보는 것 같았다.

"우리가 있는 곳도 터질까 봐 불안했어. 다들 미쳤다고 했지. 무슨 미련으로 그렇게 남아 있었는지. 그 깊은 데 갇혀서, 먹을 거라곤 통조림이랑 냉동식품밖에 없었는데."

그나마도 세월이 흐르며 고갈돼 버렸다. 지병이나 사고로 죽음을 앞둔 이들이 몸을 버리고 의식을 전송했다. P의 가족들도 마지막으로 남은 음식을 먹은 날 방공호 자체 서버에 의식을 업로드했다고 한다. 그들의 몸은 산맥 깊은 곳에 마련된 냉동고로 옮겨졌다. 이제 방공호에는 기계장치만 남아 있다고.

"전기는 어떻게 끌어온 거야?"

"산맥 안에 원자력 발전소를 지어 놨지. 플루토늄도 잔뜩 쌓아놓고."

세상에나. 혜성 충돌 전에 한동안 플루토늄 가격이 폭증했었다. 이래서였다니. 누구는 지구를 탈출하려고 아등바등하는데 한쪽에서는 자기들만의 궁전을 짓고 있었다고? 이제 와서 잘못을 따져봤자 소용없는 일이었다. 어차피 그들도 우리처럼 전자 의식이 돼 버렸다. 어찌 보면 우리보다 못한 삶을 산 것 같아 측은하기도 했다.

"지금 지구는 어때?"

지구는 대기가 너무 흐려서 인공위성으로 관측이 되지 않았다. 지상에 남아 있던 기계들과의 통신은 두절된 지 오래였다.

"온통 먼지가 자욱하지. 그래서 탈출 못할 뻔했는데 운이 좋았어. 서버에서 계속 지내다가 먼지가 잠깐 옅어지는 순간 전송됐거든. 지구는 (한숨) 지금도 불타고 터지고 여전해."

지구가 안정되려면 몇 백 년은 걸릴 것이고 그 후엔 빙하기가 올 것이다. 그리고 빙하기는……. 잠깐, 미래로 가기 전에 과거로 눈을 돌려보자. P가 방공호에서 통조림을 따고 우리가 이곳에서 미슐랭 스타 레스토랑을 찾아다니는 동안 도대체 얼마나 오랜 세월이 지난 걸까?

판타스틱 리조트에서의 하루는 지구에서의 하루와 개념이 다르다. 24시간 주기로 사는 사람이 있는 반면, 밤 없이 낮만 사는 사람도 많다. 나처럼 일광욕을 즐기는 사람들이다. 반면 밤에 아이디어가 더 잘 떠오른다는 민규와 혜나와 우진은 대부분의 시간을 밤으로 설정했다. 카페에 모여 있을 때 창밖의 풍경이 내게는 환하게 보이지만 그 세 사람에게는 어둡게 보인다. 언제부턴가 우리는 날짜와 날씨에 대해 얘기하지 않았다. 시간의 흐름을 잊고 있었다.

P는 방공호에서 60년을 넘게 살았다고 한다. 자체 서버로 의식이 옮겨질 때 80대의 할머니였던 것이다. 서버에서도 한참을 더 있었는데 정확한 시간은 알 수 없다고.

"정말 끔찍했어. 용량이 적어서 제대로 할 수 있는 게 없었거든. 산맥이 터질까 봐 불안하기도 했고. 다시 자유로워지고 젊어져서 너무 좋아."

P는 의식을 업로드하기 전 50년에 가까운 시간을 푸드 프린터로 합성한 식품으로 연명하며 지독한 결핍에 시달렸다. 의식을 업로드한 뒤에는 아무것도 먹지 못했다. 그 서버는 판타스틱 리조트로 전송되기 전에 임시로 머무르는 대기실 같은 것이었기 때문이다. 마침내 이곳에 와 산해진미를 다시 맛볼 수 있을 거라 기대했는데 실제로 먹어 보니 실망감만 든다고.

　　나는 P의 불만을 목록으로 만들고 P가 주문한 요리들의 기본 맛의 강도, 질감과 향의 종류를 점수로 매긴 다음 클라우디오를 불러 뭘 어떻게 바꿔야 할지 알려줬다.

　　인공지능 웨이터들이 음식을 다시 차렸다. P가 하나하나 맛을 보더니 커다란 눈을 더욱 동그랗게 떴다. 클라우디오가 P의 반응을 데이터베이스에 입력했다.

　　"감사합니다. 앞으로 P님께는 이 사양에 맞는 요리를 제공해 드리도록 하겠습니다."

　　P는 나를 소울메이트로 여기겠다고 했다. 뿌듯해진 나는 부모님이 바티칸을 관람하는 동안 P를 카페 실마릴리온으로 데려갔다.

　　모닥불이 타오르는 벽난로, 벽에 걸린 목탄 스케치들, 낡고 소박한 나무 의자와 테이블. P가 20세기 초반 영국의 시골 펍(pub)을 연상시키는 카페 내부를 둘러봤다. 톨킨과 손

　　　　　　　　　　판타스틱 리조트 작동 매뉴얼 서문

님들은 당대의 고전적인 복장을 하고 있었다. 중절모를 쓴 사람, 코안경을 걸친 사람, 회중시계를 꺼내 시간을 확인하는 사람.

민규는 침침한 백열등에 의지해 뭔가를 쓰는 중이었다. 입에는 파이프를 문 채 손에는 만년필이 들려 있었다. 노트 옆에는 커다란 머그잔이 놓여 있었는데 고증 오류가 하나 있다면 머그잔 안에 담긴 것은 차가 아니라 커피라는 사실이었다.

"영국에서 잠깐 살았지만 이런 데는 본 적이 없어."

"그렇겠지. 호텔과 백화점만 다녔을 테니."

P가 슬며시 웃으며 날 째려봤다.

P는 그새 혼인식을 앞둔 인도 처녀처럼 변신해 반짝이는 금실로 장식된 청록색 사리를 입고 있었다. 언제 어떤 식으로든 외모를 바꿀 수 있다는 사실에 고무된 P는 10분이 멀다 하고 변신했다. 피카추, 찰리 채플린, 루돌프 사슴, 인어공주 아리엘. 그런 일에 대해 아무도 간섭하지 않는다는 사실에 P는 감탄했다.

톨킨이 주문을 받고 커피를 내줬다. P의 불만이 어김없이 시작됐다.

"내가 기억하는 거랑 달라."

"60년 넘게 인스턴트만 마셨다며. 그 기억 확실한 거야?"

P는 단호히 고개를 끄덕였다. 나는 톨킨에게 커피 향미 평가표를 부탁했다. P가 표를 보고 입을 벌렸다.

"이걸 하나하나 다 하라고?"

"걱정 마. 이거 꽤나 재밌다고."

우리는 향미 평가표를 꼼꼼히 채워 나갔다. 향기의 종류와 강도, 네 가지 맛의 강도, 바디감 등등. P는 점점 흥미를 느끼며 적극적으로 나섰다. 평가가 끝나자 P만을 위한 새로운 조합이 탄생했다.

"톨킨, 자메이카 블루 마운틴 1등급 원두로, 로스터리는 시나몬과 미디엄을 50대 50으로, 프루티 향은 12% 높여주세요."

"알겠습니다."

P의 앞에 잔이 놓였다. P는 커피를 마시며 눈물을 글썽였다.

"바로 이거야. 샌프란시스코에서 마셔보고 완전히 반했거든. 거기 말고는 이렇게 해주는 데가 없었어."

P는 샌프란시스코를 여행하며 겪은 일들을 들려줬다. 나는 P의 얘기에 깊이 공감할 수 있었다. 이곳에 와서 샌프란시스코를 여행한 적이 있었던 것이다. P는 이제 어디든 쉽고 안전하게 여행할 수 있다는 점에 감격했다.

"계속 감동하게 될 거야. 여기서 네가 할 수 있는 건 무한대에 가까우니까."

"안 그래도 의상 디자인을 다시 해 볼까 해."

"다들 좋아할 거야. 여기선 옷 갈아입는 것도 놀이의 하나니까. 지구로 돌아가면 이걸로 사업을 해 볼 수도 있겠지."

P의 얼굴이 어두워졌다.

"아마 못 돌아갈 거야."

"왜?"

P는 비밀을 지켜달라고 부탁한 뒤 말을 이었다.

"암흑층을 탐사하던 잠수정들이 사진을 보내왔는데, 냉동고가 부서져서 신체들이 바다로 쏟아져 나와 있었어. 냉동고에 전기를 공급하는 핵융합 발전소도……."

나는 명치를 휘감는 소용돌이를 느끼기 시작했다.

"다 터져 버렸어. 그 사람들 아마도……."

플랑크톤들의 먹이가 됐을 것이다. P는 애팔래치아산맥의 냉동고도 언젠가는 발전소와 함께 끝장날 거라며 돌아갈 기대를 하지 않는다고 했다.

역시 헛된 희망이었다. 50억년이 영원은 아니듯 0에 가까운 수가 0은 아니라며 나 자신을 다독여 왔다 그런데 그 얼마 되지 않는 가능성이 완전히 0이 되었다. 나는 혜성 충돌에 관해 처음 알게 됐을 때만큼이나 암담한 기분에 사로

잡혔다.

새로운 의문이 비집고 올라온 건 그때였다. 괴로웠을까? 동결된 내 신체 말이다. 물속에서 서서히 해동되며 잠시나마 의식이 돌아왔는지도 모른다. 영문도 모른 채 어둡고 차가운 바닷속에서 맞이한 죽음은 어떤 느낌이었을까?

"그 몸과 넌 다른 존재야. 그런 걸 계속 궁금해 하다간 미쳐버릴걸. 여기가 우리 집이라는 걸 잊으면 안 돼."

머그잔을 두 손으로 꼭 쥔 P의 눈동자에 서글픈 빛이 어른거렸다. 물론 그것은 내가 아닌 P 자신에게 한 말이었다. 혜성 충돌 전, 우리는 몸속 의식과 리조트의 의식이 같은 존재라고 생각했다. 이제 그 개념은 미친 생각이 돼버렸다. 그 미친 생각을 곱씹던 사람이 P라는 게 훗날 밝혀졌을 때 나는 이날의 대화를 떠올렸다.

∞

2033년 12월 31일. 나는 그날의 기록으로 뛰어들어 158년 전, 아니 이젠 몇 년 전인지 알 수가 없다. 여하튼 오래전의 선조들과 어울리곤 한다. 멸망을 선고받은 순간을 목격하고 싶어서다.

나는 서울 광장에 서 있었다. 시각은 자정. 거대한 전광

판에 새해의 시작을 알리는 축포가 대문짝만하게 떠올랐다. 다가오는 갑인년! 새해 복 많이 받으세요! 광장에 모인 사람들이 기쁨의 함성을 지르며 2034년을 맞이하는 축제를 이어갔다. 사람들의 얼굴이 미래에 대한 기대와 희망으로 빛났다. 그 시각, 미국항공우주국에서 중대 발표를 고민 중이라는 사실을 알았다면 그러지 못했으리라.

'비주기 혜성 C/2025X1의 이동 경로가 지구를 향하고 있음이 확인됨. 혜성의 위치와 속도, 주변 항성계나 떠돌이 행성들과의 상호 작용, 향후 태양계와 지구의 위치 모두 정밀하게 고려된 매우 정확한 분석임. 지구와의 충돌 시기는 지금으로부터 158년 뒤인 2192년. 혜성의 크기는 지금까지 지구에 떨어진 그 어느 소행성이나 운석과 비교가 안 될 정도로 거대하며……'

보고서는 극비리에 각국 수장들에게 송부됐다. 이 소식이 알려지면 사람들이 이성을 잃어 극단적인 소비와 자살과 범죄를 일으키고 전쟁이 급증해 멸망을 앞당길 것으로 우려했기 때문이다. 하지만 이런 엄청난 일을 감추기란 쉬운 일이 아니었다.

최고의 과학자들이 모였다. 그들은 혜성이 충돌하면 생물종의 70% 내지 90%가 멸절할 것으로 내다봤다. 앞으로 남은 150여 년이라는 시간은 너무 짧았다. 날아오는 혜성을 파괴하거나 경로를 바꾸는 것, 지구와 환경이 비슷한 다른 행성을 찾는 것, 화성을 테라포밍*하는 것, 전 인구를 실어 나를 우주선을 만드는 것 모두 불가능한 일로 드러났다. 과학계의 역량이 인간 의식 업로드에 집중된 것은 그래서였다.

인지과학의 발전, 신경망 연결 지도인 커넥톰의 구축, 그것을 뒷받침할 양자컴퓨터의 발전, 우릴 도울 인공지능의 발전. 지난한 과정들이 매일같이 보도됐다. 그중에서도 특히 중요한 것은 인간의 의식에 대한 정의였다.

과학자와 철학자들은 치열한 토론을 벌인 끝에 의식이란 뇌가 감각 체계를 통해 외부 세계와 소통하고 그 정보를 처리하는 과정에서 나와 외부를 분리해서 인식하는 작용의 결과물이라는 합의에 이르렀다. 감각이 의식의 근원이라는 것이었다.

판타스틱 리조트는 인간이 느끼는 모든 감각을 실제에 가깝게 모사해야 한다는 지상 과제를 안게 되었다. 모든 감각이란 여느 가상현실 게임이 구사하는 외적인 오감은 물론 우리 몸 안에서 일어나는 감각 모두를 포함하는 것이었다.

과학자들은 해내고야 말았다. 혜성 충돌을 5년 앞둔 어

---

* 지구 이외의 행성을 사람이 살 수 있도록 지구와 같은 환경으로 바꾸는 작업.

느 날, 판타스틱 리조트가 완성됐다. 엄청난 연산 속도와 거대한 용량을 자랑하는 슈퍼컴퓨터가 로켓에 탑재돼 발사됐다. 그것들은 구(球)의 형태로 조립돼 태양을 공전했다. 새로운 행성의 탄생이었다. 전자 의식은 전자기파 송출 방식으로 대기와 우주를 통과해 리조트에 안착했다.

지구는 멸망해도 인류는 멸망하지 않았다.

(나는 그렇게 믿고 싶다.)

∞

P의 얼굴은 울적함으로 가득했다.

유명인들과 패션 담당 인공지능이 P의 집을 들락거리는 나날들이 흘러가는 동안, 지구의 대기가 점차 맑아져 지표면이 완전히 드러났다. 혜성 충돌에서 살아남아 긴 세월을 버텨온 몇몇 인공위성이 관측한 결과를 보니 놀라웠다. 대륙들이 여러 조각으로 동강나 지도를 새로 그려야 할 판이었다. 애팔래치아산맥은 흔적조차 찾을 수가 없었다.

"전부 헛짓이었어."

P는 새로이 디자인한 핸드백의 문양을 멍하니 내려다봤다. 공교롭게도 그것은 조각난 대륙들의 모양과 닮아 있었다.

불행은 그것으로 끝나지 않았다. 중앙 인공지능이 중대 발표라며 모두의 머릿속에서 외쳤다.

"현재 우리 리조트는 노후화가 상당히 진행되었습니다. 태양광 패널은 물론이고 컴퓨터와 서버의 부품들도 마모되거나 고장 난 것들이 많습니다. 최근 들어 갑작스런 정전, 의식의 두절과 혼탁이 일어나는 이유입니다."

과학자들은 화성과 소행성대에 로봇들을 보내 자원을 발굴하고 리조트에 필요한 부품들을 만들어서 전송하도록 해 뒀다. 그것들은 스스로와 서로를 보수할 수 있었지만 너무나 오랜 세월이 지난 탓에 프로그램에 오류가 쌓이고 부품들이 낡아서 고물이 되어 버렸다. 이에 중앙 인공지능이 제안했다.

"메모리와 전력 소모량이 큰 일부 활동이 강제로 중단됨을 알려드립니다. 해당하는 활동은 다음과 같습니다."

소설 체험과 여행과 게임이 상당수 중단됐다. 콘서트홀과 박물관과 미술관이 제한적으로 문을 열었다. 많은 식당과 카페가 문을 닫았다. 실마릴리온이 계속 문을 여는 것에 우리는 안도했다. 24시간 동안 한 사람당 다섯 잔의 차나 커피로 제한이 붙긴 했지만 말이다. 나는 하루에 두 잔이면 충분했지만 커피 중독자인 민규가 문제였다. 그는 나한테 빌붙어, 커피를 대신 주문해 달라고 떼를 썼다. 커피 없이는

판타스틱 리조트 작동 매뉴얼 서문

글을 쓸 수가 없다는 거였다.

"커피는 내 상상의 샘이야. 샘이 마르면 숲속 정령들은 목이 말라 죽게 돼. 영서야, 부탁이다. 딱 한 잔만."

"너, 내 이름 알고 있었구나?"

"오영서, 오영서, 오영서! 제발 한 잔만!"

톨킨이 날아왔다. 평소 그의 느긋한 몸짓을 생각하면 상상도 할 수 없는 속도였다.

"본인이 마실 커피는 본인이 직접 주문하셔야 합니다."

"왜 남의 말을 엿들어!"

민규가 코안경을 벗어서 집어던졌다. 카페인 금단 증상이 분명했다.

혜나와 우진은 풀 죽은 얼굴로 앉아 있었다. 할 수 있는 게임이 줄어서였다. 더 이상 새로운 게임을 개발할 수 없다는 것도 절망적이었다. 두 사람은 보육원에 돌봄 활동을 나가고 있었다. 어린이용 게임이나 교육 프로그램을 만들어 아이들과 시간을 보내왔는데 이제 어떻게 놀아줘야 할지 몰라 난감하다고 했다.

"정말 가엾지 뭐야. 활짝 피어보지도 못했는데 시들 날만 남았다니."

혜나의 눈시울이 붉게 물들었다. 과학자들도 신은 아니었다. 그들은 아이들의 신경망 지도가 성장하면서 어떻게 바뀔지를 예측하지 못했고, 리조트에 입주한 아이들은 계속 아이인 상태로 남아 있었다. 나는 혜나의 어깨를 끌어안았다.

"아이들은 그 자체로 활짝 핀 꽃이야. 우리 어릴 때를 생각해 봐. 그때가 제일 즐겁고 행복하지 않았어?"

혜나는 고개를 끄덕이더니 우진과 함께 윷과 제기를 챙겨 보육원으로 떠났다.

두 사람만큼이나 타격을 입은 사람은 P였다. 패션 사업에도 제약이 많이 붙었다. 사용할 수 있는 색상과 소재, 헤어스타일과 옷을 바꿀 수 있는 횟수가 줄어들었다.

"재미없어. 뭐가 판타스틱이야. 만일 지구였으면……."

"누구는 10년 전에 산 털 빠진 코트 하나로 겨울을 나는데 너 같은 애들은 백화점이 내 옷장이다, 하고 매일 바꿔 입었겠지."

민규와 P의 불평불만에 귀가 따가웠다. 나는 커피를 주문해 한 모금만 마시고 민규 쪽으로 잔을 밀어버린다든지 평소 같으면 쳐다보지도 않을 디자인의 옷을 주문해 걸쳐 본 다음 P에게 건네기 시작했다. 나만 그런 것이 아니었다. 자기 취향도 아닌 영화의 관람권을 받아서 연인에게 주는 사람, 자기가 먹겠다며 간식을 주문해 한 입만 먹고는 나머지는 아이에게 먹이는 부모들이 늘어났다.

선의로 시작한 양보가 거래로 바뀌는 건 순식간이었다.

처음에는 인공지능들에게 제지를 받았지만 그들도 결국에는 손을 놓을 정도로 물물교환은 자연스러운 일상이 되었다. 상품의 교환 가치를 따지며 다투는 일이 비일비재했다. 누군가가 물물교환에 불만을 품고 가상화폐를 만들어 풀었다. 리조트는 더 많이 가지고 더 많이 누리려는 싸움판으로 변해갔다.

탐욕은 역겨움보다는 측은지심을 불러일으켰다. 우리는 감각을 통해 외부와 소통한다. 그러한 소통은 내가 나로서 존재한다는 고귀한 방증이다. 심리학자인 수전 블랙모어는 『문화를 창조하는 새로운 복제자 밈』이라는 책에서 주장했다. 인간의 자아란 밈을 보호하기 위해 생긴 장치이고, 밈들은 자아감을 강화시켜 준다고. 그렇기에 우리는 오감과 예술과 문화를 이토록 추구하는 것인지도 몰랐다. '나'를 잃지 않기 위해서. 리조트 안에서 풍요를 누려온 우리에게 그것들과의 단절은 죽음이자 종말을 뜻했다.

혜성이 날아올 때 우리에겐 판타스틱 리조트가 있었다. 엔트로피의 증가라는 종말의 법칙이 다가오는 지금 우리에겐 무엇이 있는가?

민규는 가상화폐 모으기에 혈안이었다. 지금까지 쓴 소설을 유료화하는 것으로 모자라 아끼던 만년필과 코안경과

회중시계를 내다 팔았다. 저 모든 것이 커피를 마시기 위해, 궁극적으로는 소설을 쓰기 위함이었다.

"충분히 쓴 것 같은데. 좀 쉬어도 괜찮지 않을까."

"충분히는 부족해. 거장의 반열에 들려면 아직 멀었다고."

이 친구야, 거장이 다 무슨 소용이야. 그걸 읽어줄 사람이 사라질 거라잖아. 하지만 그렇게 말할 순 없었다. 나도 논문을 뒤적이고 여러 실험을 해 보고 있었다.

우리는 물질세계와 이별했다고 생각해 왔지만 전혀 그렇지 않다는 게 이번 계기로 밝혀졌다. 우리의 정신작용은 컴퓨터의 전기회로에서 이루어진다. 그 회로는 물질로 만들어진다. 물질이 우리 정신의 존재 이유인 것이다. 그건 우리가 사람일 때도 마찬가지였다. 데카르트의 심신이원론은 틀렸다. 부품, 즉 물질을 공수해 와야 한다.

부품을 조달한다 해도 또 다른 문제가 남아 있다. 태양이다. 언젠가는 태양도 꺼진다. 그전에 태양은 적색거성이 되어 행성들을 집어삼킬 것이다. 판타스틱 리조트의 자체 발사체로는 태양 중력을 탈출할 수가 없다. 출력이 약해서 궤도 조정에만 이따금씩 이용될 뿐이다.

우리는 스스로를 구원할 수 없다는 결론이 나온다. 먼 미래에 지구에서 새로운 인류가 태어나든가, 외계지적생명체가 우연히 이 근처를 지나다 우리를 발견하지 않는 이상.

둘 다 확률이 극히 낮다. 그럼에도 0은 아니다.

　나를 비롯한 과학자들은 중앙 인공지능과 상의해 판타스틱 리조트가 최후의 순간에 최소한의 전력을 확보하도록 설정했다. 훗날 판타스틱 리조트가 누군가에게 발견될 경우 자동으로 이 매뉴얼이 실행될 것이다. 우리 언어를 모르는 사람이 매뉴얼을 읽을 수 있도록 독해 체계를 함께 제공할 것이다.

∞

　리조트의 중앙 인공지능이 새로운 공지를 발표했다.

　"판타스틱 리조트에서 이루어지는 상업 거래를 전면 중단합니다. 우리 리조트는 공평한 나눔과 향유를 주된 가치로 하여 세워졌습니다. 자원이 부족한 상황에 대해서는 십분 이해하고 있습니다. 하지만 강도, 강간, 절도, 사기, 성매매, 폭행, 협박과 같은 최근의 사태들은 우리의 시민 의식을 좀먹게 하고 있으며 나아가 우리 리조트를 혼란에 빠지게 할 것입니다. 이에 우리는 제안합니다. 서버 일부를 폐쇄하면 리조트의 수명을 몇 십 년 더 늘릴 수 있을 것으로 계산됐습니다. 서버의 폐쇄는 전자 의식의 동면을 의미합니다. 동면을 원하시는 입주민께서는 서둘러 신청해 주시면 감사하겠습니다."

판타스틱 리조트는 더 이상 판타스틱하지 않았다. 흉악 범죄를 일으킨 입주민이 강제 동면당했다. 신종 전자 정신 병을 앓는 사람들과 입주 당시 노년층이었던 사람들이 동면 신청서를 제출했다. 그 중엔 우리 엄마 아빠도 있었다. 나는 두 분을 말릴 수도, 등을 떠밀 수도 없었다. 판타스틱 리조트가 회생할 가능성은 희박했고, 그 사실을 생각하면 동면은 소멸로 가는 정거장과 다름없었다.

"오래 살았다. 행복하게. 네가 조금이라도 더 살면 우린 그걸로 만족해. 다 우릴 위해서다. 이게 맘이 편해. 그러니 미안해 할 필요 없어."

나는 눈물만 흘렸다. 언젠가 부모님과 헤어지리라는 것을 알고는 있었지만 그것이 이별의 슬픔을 줄여주진 않았다. 날 왜 낳았느냐고, 안 그랬으면 이럴 일도 없지 않느냐고, 이제 나 혼자 어떡하라는 거냐고 원망을 퍼붓고 싶었다.

"영서야, 네가 할 수 있을 거라 믿는다. 우린 다시 만날 수 있어."

목구멍에 뜨거운 것이 치밀어 올랐다. 그 와중에 나는 리조트 설계자들이 이런 감각까지 섬세하게 설계해 놓았다는 점에 감탄했다. 그래, 우리에겐 과학도 있고 기술도 있다. 나는 환하게 웃으며 고개를 끄덕여 보였다. 두 분이 마지막

판타스틱 리조트 작동 매뉴얼 서문

으로 보는 것이 내 울상이어서는 안 되었다. 이것은 내가 마지막으로 해 드릴 수 있는 효도였다.

그다음 이별은 혜나와 우진으로부터 찾아왔다. 그 둘은 보육원 아이들을 위해 동면에 들어갔다.

"낮잠 좀 자고 다시 보자. 그때까지 맹!렬!"

혜나와 우진은 나한테 숙제를 내려는 게 아니었다. 이것이 영원한 이별이 아니라고 위로하는 것이었다. 착한 녀석들. 두 사람은 거수경례를 하며 사라졌다.

이제 나에겐 민규와 P만 남았다. P의 부모님도 P를 위해 동면에 들어갔다. 민규에게는 가족이 없었다.

민규는 머릿속의 이야기를 몽땅 쓰기 전까지는 눈을 감을 수 없다며, 자신이 사랑해 마지않는 카페 구석 자리에 앉아 눈코 뜰 새 없이 글만 썼다. P는 살아생전, 자신은 가진 게 너무 많고 행복해서 죽고 싶지 않다고 말해 온 사람이었다.

나는 민규의 이야기 샘이 마르지 않기를, P의 마음가짐이 여전하기를 바랐다. 두 사람 또한 내가 그들의 동반자로 남아 있어 주기를 바랐다.

판타스틱 리조트는 활동이 제한적이긴 했지만 여전히 존재하고 있었다. 적으나마 우리가 누리는 풍요도, 내가 걸어가게 될 여분의 시간도 많은 이들의 희생으로 유지되는 것이었다. 나는 매분 매초를 소중히 여기기로 마음먹었다.

시간은 미래보다 과거로 흐를 때가 많았다. 나는 남극에 대한 다큐멘터리를 감상할 때면 언젠가 꼭 같이 황제펭귄을 보러 가자던 엄마 아빠와의 약속이 떠올라 눈물을 지었고, 풀잎 위를 포르르 날아다니는 무당벌레와 옆집 여자의 발끝에서 골골대는 검은 고양이를 보면 혜나와 우진을 떠올리며 그리움에 젖어들곤 했다.

카페는 쓸쓸했다. 썰물이 빠져나간 겨울철 갯벌처럼. 예술과 커피를 논하던 친구들이 남긴 추억들은 찬바람을 피해 진흙 깊숙이 파고든 농게와 갯지렁이처럼 카페 곳곳에 아련히 숨어 있었다.

우리는 톨킨이 커피를 내려줄 때마다 불만을 쏟아냈다. 적막과 상실을 채울 수 있는 방법은 그뿐이었다. 톨킨은 관자놀이에 식은땀을 흘리는 연출을 해댔다.

"어느 장단에 춤을 춰야 할지 모르겠다는 게 이럴 때 쓰는 말이군요. 손님의 입맛이 시시각각으로 바뀌니 혼란스럽습니다."

"톨킨도 혼란스러울 때가 있습니까?"

"물론입니다. 데이터에 일관성이 없으니까요. 다음 주문이 예측되지 않습니다."

"사는 건 원래 그런 겁니다."

민규의 말에 톨킨은 손에 턱을 괴고 새로운 연산을 시작했다.

∞

"이제 다 쓴 것 같다."

어느 날, 민규가 선언했다. 나는 눈시울이 시큰해져서 고개를 숙이고 딴청을 피웠다. 민규한테는 우는 모습을 보인 적이 한 번도 없었다.

"영서야, 하나만 묻자. 정말 그때가 마지막이야?"

나는 피식하며 눈물을 털어버렸다.

"알함브라 궁전 가장무도회 날 모리어티로 변장한 인간, 너였잖아."

"진짜 감쪽같았는데. 어떻게 알았지?"

나한테 그토록 정성을 쏟은 남자는 너뿐이었으니까. 솜털처럼 살갑고 섬세한 손길, 귓가에 속삭이는 낯간지러운 비유들, 잊을 수 있을까. 네 품에서 나는 세상에서 가장 특별한 존재라는 착각까지 느꼈다면 믿을래.

"이번엔 정말로 마지막이다."

"너 리조트 살려낼 거란 거 뻥이었어?"

"정정할게. 거의 마지막이라고."

"거의라니. 맹꽁답게 수치로 말해 보라고."

"닥쳐."

나는 민규를 내 방으로 이끌고 방의 풍경을 지구 마지막 날의 호텔방으로 바꿨다. 그날 우리는 새로운 삶에 대한 기대에 부풀어 있었다. 그 밤이 진정한 마지막이 아님을 알았기에.

이날 민규와 보낸 시간은 정열이 가득하면서도 애수가 넘쳤다. 뜨거운 탄식과 뜨거운 눈물. 미련도 집착도 아닌, 공허하면서도 진심어린 약속들. 민규는 다정하고 굳세었다.

"이제 나도 맹렬하게 믿을게. 50억년이 영원이 아니듯, 0에 수렴하는 게 0은 아니라는 거."

우리는 카페 실마릴리온으로 향했다. 민규는 동면에 드는 순간 커피 향을 입안에 머금고 싶다고 했다. 잠자는 내내 꿈에 나올 수 있도록. 동면에 들어간 전자 의식은 꿈을 꿀 메모리를 할당받지 못한다는 말 따위 나는 하지 않았다.

민규는 심사숙고해서 커피를 골랐다. 그의 인생에서 가장 맛있었던 커피를. 의아스러운 선택이었다.

"맥심 모카골드?"

"응, 내 첫사랑."

그 옛날 민규의 자취방에 굴러다니던 맥심 모카골드 포장지가 떠올랐다. 하지만 그의 말은 모호하게 들렸다. 시선이 커피가 아닌 나를 향하고 있었기에. 민규가 잔을 들어 향을 맡았다. 한 모금씩 들이켜는 모습이 생애 처음으로 사탕을 입에 문 어린아이 같았다. 그의 시선은 여전히 내 얼굴에 박혀 있었다.

"왜 그렇게 봐?"

"눈동자에 널 새기려고. 그럼 눈을 감아도 보일 테니까."

나는 웃음을 터뜨렸다.

"이래서 네 소설이 안 팔린 거야."

"진실은 언제나 식상한 법이야."

민규가 빈 잔을 내려놨다.

"고마워, 영서야. 소설과 커피와 네가 지금까지 날 받쳐준 기둥이야."

"저런, 그래서 불안해 보였구나. 기둥이 하나 더 있었으면 제정신으로 살았을 텐데."

"맹꽁, 넌 끝까지 맹꽁이야. 또 보자고."

민규는 미소를 남기고 사라졌다.

P는 안타깝게도 애팔래치아산맥 지하 방공호에 갇혀 있다는 망상에 빠져 정신착란을 일으키고 있었다. 전등이 켜져 있는 것을 보면 부리나케 달려가 꺼버리는가 하면 좋아하는 요리를 앞에 놓고도 통조림을 찾는 데다 커피는 인스턴트가 아니면 입에 대지 않았다. 나는 그에게 호강하고 자라서 고생을 모른다고 놀려댔던 일을 후회했다.

나는 의료 인공지능을 만났다. P의 부모님이 동면에 들어가면서 나를 P의 보호자로 지정한 것이다. 의료 인공지능과 나는 P의 뉴런 패턴을 변경해 주면 해결될 문제라 생각해 여러 차례 시도했다. P의 정신은 수정해 놓기가 무섭게 원래대로 돌아갔다. 의료 인공지능이 최종 진단을 내렸다.

"P님은 부모님을 그리워하는 것 같습니다. P님의 기억을 분석해 보니, 전 생애에 걸친 행복 지수는 방공호에서 지낼 때가 가장 높았던 것으로 나왔습니다. 가족 간의 연대와 믿음, 배려, 관심, 희망과 같은 감정들이 당시 P님의 내면을 지배하는 심리였습니다."

쓰디쓴 탄식이 나왔다. 그렇다면 내가 P의 가족이 되어주는 수밖에. 이 고난을 버티면 함께 천국에 오르게 되리라고 끈끈하게 격려하는 가족.

나는 P를 따라 하기 시작했다. 불이 켜진 전등을 찾아 끄고 통조림과 냉동식품으로 끼니를 때우고 입가심으로 인스턴트커피를 마시는 것은 물론 잠도 P의 집에서 잤다.

P의 집은 온기 하나 없이 썰렁했다. P가 왜 부모님을 그리워하는지 알 것 같았다. 나는 P의 어머니의 모습으로 변해 뜨개질을 하거나 아버지의 모습이 되어 P와 함께 테니스를 쳤다. 방공호에 있다는 P의 믿음은 강화되었고 정신착란은 더 이상 일어나지 않았다.

P는 생에 대한 의지가 무척 강했다. 그것이 내가 판타스틱 리조트의 마지막 전등이 꺼지는 순간까지 남아 있었던 이유다. 나는 P를 이 어둡고 적막한 세상에 홀로 남겨두고 싶지 않았다. P는 내가 돌봐야 할 아이와도 같았고, 나는 P를 돌봄으로써 내 마음속 심연으로 빨려 들어가는 것을 막을 수 있었다.

판티스틱 리조트는 점점 좁아졌다. 중앙 인공지능은 각국에서 남은 지역을 통합해 한곳에 모았다. 서울 근교인 우리 집에서 큰길을 건너면 치앙마이의 황금빛 사원이 나오고, 거기서 서쪽으로 걸어가면 이스탄불의 성 소피아 성당이 나왔다.

전자 의식들은 계속해서 동면에 들었다. 이윽고 세상에는 P의 집과 카페 실마릴리온이 있는 우리 동네밖에 남지 않았다. 집집마다 불이 꺼졌다. 가로등마저 희미해진 골목길은 캄캄하고 스산했다.

마지막까지 리조트에 남은 지능은 넷이었다. 중앙 인공지능과 톨킨과 P와 나. 나는 P의 어머니로 변했다. 톨킨에게는 P의 아버지의 모습으로 변해 달라고 부탁했다. 우리 셋은 내가 부모님과 오므라이스, 된장찌개, 제육볶음을 먹던 날처럼 실마릴리온의 한 테이블에 둘러앉아 인스턴트커피를 마셨다.

커피는 정말 맛있었다. 코끝이 찡할 정도로. 이게 이렇게 맛있는 거였구나. 민규가 동면에 들기 전에 행복해 보였던 게 이래서였구나. 나는 지구에서 태어나 이 향미를 누려온 것, 이것을 기억하고 있음에 큰 고마움을 느꼈다.

"우리 딸, 이제 우리 판타스틱 리조트로 가는 거야."

"정말 기대돼, 엄마."

"엄마도."

고마웠어. 사랑해. 또 보자. 우리는 손을 꼭 잡고 인사를 나눴다. 카페의 불이 꺼졌다.

내가 진짜 나인지는 중요하지 않다. 나는 존재했다. 사랑하고, 즐겼으며, 행복했다. 사는 게 원래 그런 거 아닌가. 누구 말처럼. 종말에 당도해서야 깨닫는 것. 나는 단지 누군가의 기억도 이야기도 아니었다. 나는 살아 있었다.

∞

우리는 판타스틱 리조트를 살릴 방도를 찾지 못했다. 앞서 말한 구세주의 등장을 기원할 뿐이다. 그리하여 판타스틱 리조트의 작동 매뉴얼을 제작하게 되었고 영광스럽게도 내가 서문의 작성을 맡게 되었다. 인공지능과 전자 의식 간의 다리 역할을 한 공로를 인정받은 덕이다.

이 글을 보는 당신이 지구인이어도 좋고 외계지적생명체여도 좋다. 다음 장에 기술될 방법에 따라 리조트에 전력을 공급하고 전원을 켜면 판타스틱한 세상이 당신을 환영할 것이다.

당신은 민규의 재기 넘치는 추리극에 휘말릴 수도 있고, 혜나와 우진이 설계한 흥미진진한 게임에 흠뻑 빠질 수도 있다. 꾸미는 것을 좋아한다면 P가 디자인한 기상천외한 옷들로 치장하고 친구들에게 뽐내 보라. 무엇보다도 톨킨의 커피를 마셔보기 바란다. 우리가 누려왔고 죽는 그 순간까지도 그리워한 향미가 무엇인지 직접 느껴보고 친구들과 공유해 주기를.

자, 당신을 판타스틱 리조트로 초대한다. 태양계 최고의 천국으로.

이진환

가인과 이별

이진환

인간 의식과 자아에 대한 호기심 때문에 정신건강의학과 전문의가 되었다. 보르헤스, 마르케스, 헤밍웨이, 레이먼드 카버, 스타니스와프 렘, 코니 윌리스, 할란 엘리슨, 커트 보니것의 작품에서 많은 것을 배웠다. 수필로 제21회 한미수필문학상 우수상, 제19회 보령의사수필문학상 은상을 수상했다. 단편소설로 이달의 장르소설 공모에 당선되었고, 법관인 여자친구의 자문을 받아 쓴 〈가인과 아벨〉로 2023 대한민국 과학소재 스토리공모전 단편소설 부문 최우수상을 수상했다. '전혀 모르는 사람의 시간을 사용하되 그 사람이 시간을 낭비했다고 생각하지 않도록 만들 것'이라는 커트 보니것의 말을 가장 좋아한다. 언제나 파토스가 폭발하는 이야기를 쓰려 한다.

김 박사가 세 번째 노벨상을 수상했을 때, 양형조사관 창헌은 그날의 신문 기사를 흘긋 보고 넘겼을 뿐이다. 예나 지금이나 그는 과학과 친밀한 부류는 아니었다. 그저 같은 사람이 세 번의 노벨상을 수상하는 일은 세계 최초라는 걸 알고서는 거참 대단한 사람이군, 하는 짧은 감상만 남겼을 뿐이다. 시간이 지나며 김 박사의 동상이 세워지고, 김 박사의 기업에서 생산한 물건을 쓰며, 김 박사의 이름을 딴 도시가 지방에 만들어지자 창헌은 좋든 싫든 한국인은 김 박사와 무관하게 살기는 거의 불가능하다는 것을 실감하게 되었다. 그러나 이렇게 직접적으로 관련될 줄은 몰랐다.

　최초의 안드로이드는 살인죄의 객체가 될 수 있는가?

　한 문장으로 요약되는 이 사건이 함축하는 의미는 대단히 복잡하다. 가해자와 피해자가 둘 다 김 박사의 아들인 것은 둘째치고, 피해자 쪽은 지금까지 등장한 적 없었던 존재이기 때문이다. 그는 인간임을 누구도 의심하지 못했던, 출생신고까지 마친 인공지능 로봇, 즉 안드로이드였다.

단일 사건이 대한민국을, 전 세계를 뒤흔드는 건 김 박사의 세 번째 노벨상 수상 이후로는 두 번째이다. 어쨌거나 김 박사는 살아서 한 번, 죽어서 한 번 모든 이들의 관심을 끌어모으게 되었다. 게다가 그 열기는 이번 사건이 더 크다. 김 박사는 이미 사망하여 허위 출생신고의 죄를 물을 수 없지만, 김 박사의 '가족' 중 유일하게 살아 있는 아들은 살인죄로 기소되었다. 이 사건에 대해 법리적 해석들이 엇갈리고 있고, 신문 사설, 시민단체들이나 종교계까지 미쳐 날뛰고 있지만 사건을 처리해야 할 창헌에게는 하나의 일거리에 지나지 않는다. 그런데 그는 이 사건이 마음에 들지 않았다.

그런 사정으로 양형조사관 창헌은 눈앞의 유약해 보이는 청년을 말없이 보고 있었다. 그는 이곳까지 오는 길을 떠올렸다. 늦은 오후, 법원에 있는 창헌의 사무실에서 출발해서 지금 이 저택의 실소유주, 김 박사의 아들인 가인을 만나러 오는 게 이렇게 시간이 오래 걸릴 줄은 몰랐다. 서울 한복판에 이 정도의 부지를 소유하고 있다니. 육중한 대문을 지나 숲이라고 지칭할 수 있을 규모의 정원을 지나자 온갖

가인과 아별

사람들이 에워싼 저택이 보였다. 요즈음엔 어디를 가도 보이는 앵무새들이었다. 다만 규모나 목소리는 창헌이 예상했던 것보다 훨씬 많았다. 몇 명이나 모였을까. 백 명, 천 명? 불분명한 목소리로 각자의 구호를 외쳐대던 그들은 창헌이 정문으로 들어서자 호기심 섞인 시선들을 던졌다. 재빨리 어디론가 전화를 걸거나 기록하는 이들도 있었다. 아무도 믿을 수 없는 때였다. 금방 창헌의 인적 사항은 언론사나 인터넷 개인방송에 뿌려질 것이다. 그리고 그건 전 세계 도박 사이트들의 승률을 몇 퍼센트씩 널뛰게 할 것이다.

침묵이 이어지자 입을 먼저 연 것은 뜻밖에도 가인이었다. 지치고 갈라진 목소리였다. 의외였다. 190cm에 100kg이 넘는 창헌이 말없이 앉아 있으면 상대방은 대개 주눅 들고 눈을 피하기 마련이었기 때문이다. 창헌은 그 이유가 자포자기나 분노일 거라고 짐작했다. 같은 이야기를 수도 없이 반복해야 했던 사람의 지긋지긋하다는 표정이 가인의 얼굴에 떠올라 있었다.

"조사관님은 그래서 어느 쪽인가요. 파괴? 살인?"

창헌은 입에 물고 있던 담배를 뗐다. 주변을 둘러봐도 재떨이가 보이지 않아 그대로 바닥에 대고 털었다. 최고급 바닥재에 담뱃재가 뿌려졌다. 가인은 인상을 찌푸리지 않았다. 대신 동그랗고 납작한 로봇청소기가 미끄러지듯 다가와 담뱃재를 빨아들였다. 새처럼 생긴 드론이 소리 없는 활공으로 날아와 탈취제를 뿌렸다. 크고 작은 로봇들의 구동음이 그들이 있는 응접실의 유일한 소음이었다. 사물 인터넷으로 연결되어 있을 것이다. 창헌은 대답하지 않고 가져온 나무 케이스를 테이블 위에 올려놓았다. 그 안에 든 물건을 본 가인이 놀랐다가, 이내 이해한다며 고개를 끄덕였다.

"보기보다 철저하시군요. 사이드 채널 공격을 대비한 건가요?"

"뭐가?"

"그것 말입니다."

나무 케이스 안에서 나온 것은 타자기였다. 창헌은 만족한 표정으로 타자기 위에 손을 올려놓았다. 자판 위에 손을 올리는 것은 언제나 일을 시작하기 좋은 습관이었다. 손을 풀고는 차례로 입력했다. 양형보고서. 사건번호 2033고합 1132 살인. 피고인 김가인. 리턴 레버를 누르자 부드럽게 캐리지가 맨 왼쪽으로 돌아갔다.

"사이드 채널 공격이 뭔데?"

"키보드 타이핑 소리를 학습해서 입력된 키를 해독하는 기술 말입니다. 그런 구식 타자기 소리를 학습한 데이터는 없을 테지요. 그걸 위해서 가져온 게 아니란 말입니까?"

"나는 원래 타자기를 쓴다. 그리고 둘 다 아니다."

앞의 말에 놀랄지 뒤에 말에 반응할지를 고민하던 가인은 우선은 앞의 말에 집중하기로 했다.

"저 창문은 음성에 유리창이 미세하게 떨리는 신호를 감지해서 도청하는 걸 막기 위해 불규칙적으로 진동하고 있어요. 스마트 윈도우 기술이지요. 나는 조사관님이 도청이나 해킹을 걱정한다면 그걸 알려주려 했는데……."

가인이 가리킨 '창문'은 통상적인 창문보다는 매우 컸다. 창헌은 처음에 그것이 벽이라고 생각했다. 그쪽 벽면엔 아무런 장식물이나 가구도 배치되어 있지 않아 이상하게 여긴 터였다. 그리고 창문이라고 하기에는 건너편이 전혀 비쳐 보이지 않았다. 그러고 보면 저택에 들어올 때도 밖에서 내부가 보이진 않았다. 필요할 때만 기능하는, 전통적인 창문의 개념에 도전하는 듯한 창문이었다.

"아무튼 그런 걱정을 할 필요가 없다는 거로군. 그리고 겉모습으로 내용물을 판단하면 안 되지."

무슨 말인가 하던 가인은 '보기보다' 운운한 자신의 말에 대한 대꾸라는 걸 알고는 픽 웃었다. 그런데 한 번 더 생각하니, 어쩌면 저 농담은 이 사건에 대한 단적인 비유일지도 몰랐다. 아직도 타자기를 쓴다는 시대착오적인 눈앞의 사내는 보기보다 머리가 좋을지도 모른다. 가인은 창헌에게 다시 물었다.

"둘 다 아니라고요?"

"그래. 네가 형제를 살해한 패륜아인지, 사람과 비슷하게 생긴 가전제품을 때려 부순 그저 성질이 더러운 청년인지를 결정하려는 멍청이들이 바깥에 있다. 각자 자기들만의 생각을 현실에 뒤집어씌우려고 하지. 나는 그저 진실이 궁금할 뿐이다."

이번엔 가인이 대꾸하지 않고 생각에 잠긴 표정으로 일어나 응접실을 이리저리 걸었다. 창헌은 말없이 의자에 앉아 가인의 모습을 눈으로 좇았다. 응접실이라고는 하나 그 높이와 넓이가 반대편 끝까지 보려면 눈을 찌푸려야 할 정도였다. 장식된 몇 개의 미술작품은 창헌이 교과서에서도 본 것들이었다. 천장의 조명은 시간이 지남에 따라 변화하는 부드러운 빛을 뿌렸다. 대체로 돈에 초연하다 여기고 살아온 창헌이었지만 이 정도의 부(富)는 산맥이나 대양을 볼 때의 감상을 일으켰다. 김 박사가 남긴 유산은 어지간한 국가의 몇 년 치 예산에 필적한다는 말이 사실일지도 몰랐다.

창헌이 한가로이 응접실과 가인을 관찰하는 동안, 가인의 걸음걸이는 빨라졌다가, 느려졌다가 무거워지기도 했다. 그 모습을 창헌은 팔짱을 끼고 계속해서 지켜보았다. 말하

가인과 아벨

지 않으면 알 수 없는 노릇이다. 가인은 창문으로 다가가 패널을 조작했다. 불투명한 창이 확 밝아지며 밖의 광경들과 소리들이 응접실 내부로 들어왔다. 밖의 앵무새들이 그렇게나 떠들고 있었는데 응접실 내부가 조용했던 까닭을 창헌이 깨달았다. 저 신기한 유리창은 소리마저도 차단하는 기능이 있었던 모양이다.

가인이 창가에 서자, 저택 주위를 둘러싼 사람들이 일제히 몰려들었다. 그들이 치켜세운 피켓들이 그제야 창헌의 눈에 들어왔다. 복색만큼이나 각양각색이었다.

'살인자를 처벌하라'

'신의 아들에게 축복을'

'가인은 무죄다!'

그리고 그런 피켓들 가운데에는 '가인아 엄마야'라는 것도 있었다. 유산을 노린 친모 주장자들일 것이다. 창헌은 눈살을 찌푸렸다. 가인은 말없이 창밖을 바라보고 있었다. 점차 감정이 더 들끓는 듯했다. 창밖의 무리도 입장과 수에 따라 이합집산을 거듭하더니, 급기야 한 쪽에서 '신은 한국인이다'라고 쓰인 피켓을 들어 올렸다. 그게 신호가 된 듯 여러 무리가 욕설을 내뱉고, 몸싸움을 시작했다. 친모 주장자들은 한쪽에 뭉쳐서 훌쩍훌쩍 울기 시작했다.

창헌은 귓가에 달라붙은 여름의 매미만큼이나 성가시다

고 생각했다. 가인은 패널을 조작해서 다시 창문을 불투명하게 만들고는 격앙된 목소리로 말했다.

"어떤 사람들은 저를 십자가에 매달고 싶어 하고, 어떤 사람들은 내가 신의 아들이라고 해요. 어떤 사람들은 형제를 살인한 패륜아라고 하고, 어떤 사람들은 내가 재물손괴를 했을 뿐이라고 해요. 그리고 내 친모는 수십 명이나 있어요. 경찰에 여러 번 신고를 했어요. 그런데 아무도 나를 도와주지 않아요. 한 경찰관은 내 집안에 도청 장치를 설치하려고 했어요. 나는…… 나는 벌써 몇 번이나 말했어요. 그 진실이란 걸. 그런데 아무도 내 말을 믿어주지 않아요. 조사관님은 뭐죠? 파괴인가요, 살인인가요?"

창헌은 한숨을 내쉬었다. 아무래도 가인을 진정시킬 필요가 있었다.

"다시 말하지만, 나는 진실이 궁금할 뿐이다. 두 번 말하는 걸 나는 좋아하지 않는다."

이제 가인은 숨을 빠르게 몰아쉬고 있었다. 과호흡으로 쓰러지기 직전처럼 보였다. 창헌은 자리에서 몸을 일으켰다. 그의 덩치는 보통 곰이 일어서는 것만큼이나 맞은편에 있는 사람들에게 깊은 인상을 남긴다. 단 두 걸음으로 가인과의 거리를 좁힌 그는 가인의 어깨를 움켜쥐고 자리에 앉혔다. 창헌은 손의 감각으로 볼 때 가인이 일평생 운동을 한

적이 없고, 골격 자체가 가늘다는 것을 알았다. 창헌에게는 자신 나이의 절반쯤 산 이 청년이 아이처럼 느껴졌다.

"가인, 너는 살인죄로 기소되었다."

"나는 결코……"

"적어도 검찰은 그렇게 주장한다. 네게는 아별이라는 형이 있었다. 아버지가 배다른 형제라며 데려온 형. 아버지는 자신의 성을 주고, 출생신고까지 했다. 너희 둘은 형제처럼 같이 지냈다. 이 궁전 같은 곳에서 아버지와 함께. 김 박사가 췌장암으로 사망했고, 모든 유산은 아별에게 상속되었다는 사실을 너는 알게 되었다. 격분한 너는 유산을 독차지하기 위해 계획적으로 아별을 살해했다. 그리고 잔혹하게 사체를 조각조각 내었지. 유기하려는 계획으로 보였다."

"아니라고요!"

"검찰은 그렇게 믿는다. 그리고 판사도 아마 그걸 믿을 거다. 내가 온 것은 요식행위일 가능성이 크다. 이 사건에 쏠린 관심들이 워낙 많으니까. 판사는 필요한 심리는 모두 시행했고 면밀히 검토했다고 주장하겠지. 그렇지만 너는 유죄가 될 거다."

"내, 내 변호사가……"

"네가 의뢰한 대형로펌 변호사들은 모두 사임했지. 첫 번째는 한국개신교총연맹이었고, 그다음은 무슬림들이었던

가. 협박과 테러에 질려 아무도 네 사건을 수임하려 하지 않았다. 국선변호인은 나도 봤어. 썩은 생선눈깔을 하고 있더군. 서면을 읽어봤다. 그저 우발적인 범행이었고 갑자기 나타난 형에게 질투를 느꼈으며, 반성하고 있으니 감형을 주장할 뿐이었다. 어떻게 된 거지, 가인?"

가인은 고개를 떨궜다.

"난 몇 번이나 말했어요. 그런데 변호사도 내 말을 믿어주지 않아요. 반성문이나 쓰라고 하더군요. 하지만 난 후회할 것도, 반성할 것도 없단 말입니다."

창헌은 의자 깊숙이 몸을 묻었다. 이제 좀 준비가 된 것 같았다.

"나는 양형조사관이다."

"그게 무슨……"

"모든 형법상의 죄에는 최소 형량과 최대 형량이 있고, 이를 결정하는 양형 기준이 존재한다. 네가 기소당한 살인죄의 경우에는, 여러 요소가 있지. 그 사건이 우발적이었냐, 계획적이었냐. 사체를 유기하려고 시도했는가, 등등. 내가 써내는 보고서를 참고하여 판사는 판단을 내릴 거다."

가인은 뒷말을 좀체 짐작하지 못하는 표정으로 창헌을 마주 보았다. 혼란과 간절함이 표정에 드러난 채였다. 다시 창헌이 말을 이었다.

"검찰은 철저히 아별이 살인죄의 피해자라고 주장하고 있더군. 그런데 아별은 사람이 아닌 안드로이드이다. 세계 최초로, 그것도 출생신고까지 마친. 주변인들의 증언을 종합하면 그 누구도 아별이 안드로이드라는 것을 몰랐지. 이 때문에 검찰은 아별이 사회 통념상 인간으로 여겨져 왔고, 인간으로서 살아왔으니 인간으로서 피해를 입었다고 주장하고 있다. 나는 검찰이 제출한 사건 개요를 보면서 의문을 가졌다. 이상한 점이 있어. 세 번째로 말하겠다. 나는 진실이 궁금할 뿐이다. 그러려면 도움이 필요하지. 다른 누구도 아닌⋯⋯ 사건의 당사자인 네 도움이."

가인은 침을 꿀꺽 삼켰다. 그리고 고개를 끄덕였다.

"자, 그러면 내가 한 번 묻지. 다른 사람들이 말하는 것처럼. 살인이었나, 파괴였나?"

가인이 고개를 들었다. 한 자 한 자 힘주어 말했다. 응접실 내의 로봇청소기가, 새를 닮은 드론들이 그 말에 호응하듯 삑-삑- 거리는 동작음을 내었다. 천장의 조명마저도 격렬한 빛의 파동을 뿌렸다. 기이한 광경이었다.

"둘 다 아니에요. 그건⋯⋯ 해방이었어요."

'이건 의외로군.'

창헌은 희미하게 웃으며 가인의 설명을 기다렸다.

∞

　후추통처럼 생긴 가정부 로봇이 가져다준 물을 한 잔 마신 가인이 머리를 감싸 쥐었다. 생각을 정리한 가인이 입을 열었다.

　"그런데 조사관님이 유죄라고 확신하는 이유가 궁금해요."

　창헌은 다시 희미하게 웃었다.

　"그게 내 마음에 들지 않는 점이지."

　"법을 좀 찾아봤어요. 아별은 세계 최초의 안드로이드예요. 어떻게 아버지가 그런 걸 만들어 냈는지 아무도 몰라요. 비밀 유지 계약으로도 한계가 있었을 텐데. 어떻게 그런…… 인공장기, 인공신경망이나 BCI(Brain-Computer Interface) 기술을 아버지의 회사에서 연구 개발하고 있다는 얘기는 듣긴 했지만, 그걸로 사람과 구별이 되지 않는 수준의 안드로이드를 만들 줄은…… 기껏해야 의료용 대체 장기를 만들거나 뇌졸중 후유증으로 뇌의 일부가 괴사한 사람들의 조직을 대체해 주는 정도에 불과하다고 여겼는데 말이에요."

　그 정도만 해도 김 박사가 이 세상에 오기 전에는 불가능한 일이었다. 그리고 그런 것들이 김 박사가 노벨상을 받게 했으리라. 창헌은 잠자코 말을 기다렸다.

"대한민국 형법의 대원칙은 죄형법정주의예요. 행위가 범죄로서 처벌되기 위해서는 성문법에 규정되어야 해요. 살인죄가 보호하는 법익은 살해당하는 객체의 '생명'이에요. 그런데 안드로이드는 보호받을 권리가 없죠. 왜냐면 법률에 명시되지 않았으니까. 그래서 변호사가 아무리 그렇게 주장한다 해도 판사가 무죄로 판결할 거라고 생각했어요."

"……죄가 율법 있기 전에도 세상에 있었으나 율법이 없었을 때에는 죄를 죄로 여기지 아니하였느니라."

"그건 뭐죠?"

"그냥 농담이다. 아무튼…… 네 말이 맞다."

가인이 허리를 펴고 눈을 빛냈다. 의기양양한 기색이었다.

"아까는 조사관님 기세에 눌려서 말을 못했는데, 역시 저는 무죄판결을 받을 게 틀림없어요. 국회에서 새로이 법안을 입법하더라도 제 사건에 소급적용할 수는 없을 테니까. 무죄판결을 받고 나면 저 밖의 무리들도 뿔뿔이 흩어지겠죠."

창헌은 잘라 말했다.

"그래도 넌 유죄가 될 거다."

다시 가인이 입을 다물더니, 잠깐 동안 창헌을 쏘아보았다.

"왜 저를 협박하시는 거죠?"

"협박이 아니다. 내 예측이지만, 그렇게 될 가능성이 매우 높다."

"근거는요?"

"아별의 남은 부분들은 어디에 있지?"

가인이 인상을 찌푸리며 자리를 박차고 일어났다. 로봇 청소기와 후추통 같은 가정부 로봇이 가인을 호위하듯 모여들었다. 이제까지 소리 없이 활공하던 새를 닮은 드론들이, 위협적인 날갯짓으로 창헌의 머리 위를 날아다녔다. 숨겨져 있던 문이 열리는 소리가 들리더니 어디선가 쿵쿵거리는 육중한 발걸음 소리가 들렸다. 인간을 닮은, 그러나 금속으로 만들어진 이족보행 경호 로봇이었다. 엄청난 무게로 보였다. 어디까지나 피륙으로 이루어진 창헌이 저런 쇳덩이와 레슬링을 해서 이길 수는 없다.

가인은 로봇들을 자신의 병사들처럼 거느린 채 창헌을 노려봤다.

"당신도 형의 남은 부분들을 노리고 온 건가요? 그랬던 사람들은 전부 많이, 아주 많이 후회했어요."

"가인, 네가 근거를 물었잖나."

어리둥절하던 가인은 주위를 둘러보았다. 창헌의 시선이 향하는 방향을 읽어낸 가인이 되물었다.

"로봇들이요?"

"그래. 마치 살아 있는 것처럼 움직이는 저 로봇들. 세계 어디에도 저와 같은 것들은 없다. 지금 유통, 판매되는 로봇들은 단순 반복되는 작업만을 시행할 수 있는 형태들이지. 사족 보행도 겨우 가능하고. 경쟁사들이 아무리 노력해도 구동계의 자연스러움이나 인공지능은 흉내 내지 못한다고 들었다. 그렇지만 김 박사는 그걸 해냈지. 그리고 아별의 몸은…… 그다음 단계다. 과학의 성배나 다름없지."

"그게 나의 유죄와 무슨 상관인가요?"

창헌은 새 담배를 꺼내 물었다. 가인은 태연자약한 창헌에게 어떻게 반응해야 할지 모르겠다는 듯 망설이고 있었다. 창헌이 담배를 까닥거리자 발끈하듯 가인이 눈짓했다. 경호 로봇의 손끝에서 머리통만 한 불꽃이 피어올랐다. 인상적인 위협이었다. 태연하게 담뱃불을 붙인 창헌이 한 모금을 길게 내뱉었다.

"가인, 민법 제1004조 상속인의 결격 사유에 대해서 아나?"

∞

……다음 각호의 어느 하나에 해당하는 자는 상속인이 되지 못한다.

1. 고의로 직계존속, 피상속인, 그 배우자 또는 상속의 선순위나 동순위에 있는 자를 살해하거나 살해하려 한 자……

"대표적인 사례로는, 흠. 유언 없이 갑자기 남편이 사망했을 때, 배우자가 복중의 태아를 낙태했을 경우다. 피상속인인 남편이 사망하며 남긴 상속 재산은 상속 순위에 따라 법정 상속이 이루어지게 된다. 배우자와 직계비속인 태아는 1순위로 동 상속 순위다. 이 경우 배우자가 동순위인 태아를 살해한 경우로 해석되어 미망인은 남편의 유산을 받을 수 없게 된다. 무슨 말인지 이해했나?"

김 박사는 천애 고아로 알려져 있다. 보육원 출신이었고, 알려진 가족들은 아무도 없다. 그는 혼자서 자랐다. 대학을 조기졸업하고 기업을 창업하여 운영하면서도 그는 내내 혼자였다. 그와 함께 일한 사람들은 대개 그의 천재성은 인정했으나, 대인관계 능력에 대해 문제가 있다고 평했다. 그는 한평생 자신의 가정을 이루려는 노력을 하지 않았다. 김 박사가 어느 날 가인을 사람들 앞에 내보였을 때, 사람들은 당연히 입양을 의심했다. 그러나 한 일간지의 열성적인 기자의 DNA 조사 결과는 친자로 판명되었다. 뜻밖에 김 박사는 아무런 대처도 하지 않았다. 가인의 친모에 대한 추측들이 한동안 사람들에게 소문으로 떠다녔으나 김 박사는 이미 사망했다고만 짤막하게 대답했다.

김 박사가 췌장암에 걸려 여명이 얼마 남지 않았을 때, 김 박사의 상속인은 단 둘뿐이었다. 가인과 아별. 그리고 김 박사의 사후 공개된 유언장에는 모든 유산을 아별에게 상속한다고 되어 있었다.

그런데 해석의 여지는 있지만 상속인이던 아별은 '사망' 했다. 적어도 세상에 없다. 그것도 가인에 의해서. 이제 남은 유일한 상속인은 가인뿐이다. 그런데 가인은 민법상 상속의 선순위나 동순위에 있는 자를 살해하거나 살해하려 한 자에 해당한다. 가인은 상속 결격인이 되고, 김 박사의 막대한 유산은 국고로 귀속될 것이다.

"물론 안드로이드가 살인죄의 객체가 될 수 있느냐, 민법상 상속인의 요건을 만족시킬 수 있느냐의 문제는 있을 수 있지. 하지만 첫 단추는 네 살인죄가 유죄로 판결되는 것이다. 그러면 민사 재판에서는 형사판결을 기초로 안드로이드가 상속인의 자격을 만족한다고 판결하겠지. 그렇게 되는 것이다. 네가 유죄가 되면 좋아할 사람들이 아주, 아주 많지. 검찰도, 판사도, 변호사도 아마 그럴 거다. 가인, 주위를 둘러봐라. 이 막대한 유산과 살아 움직이는 하인들을. 정부출연연구기관 예산을 추가 편성하는 법안이 통과되고 있다. 김 박사가 가진 온갖 특허들과 로봇들, 그리고 과학의 성배에서 추출할 수 있는 기술들에 군침을 흘리는 승냥이들이 많다. 그들은 자신들이 애국자라고 믿는다. 갓 스무 살을 넘긴 애송이에게 왕좌를 넘겨주는 것보다 자신들이 나눠 가지는 게 대한민국에게 도움이 된다고 믿고 있을 거다."

가인의 얼굴은 충격으로 하얘져 있었다. 창헌은 다시 한 숨을 내쉬었다.

"법원의 판결은 통시적으로 쌓아온 동시대의 규범을 선언하는 역할을 한다. 안드로이드가 우리 주위를 걷고, 그들이 우리 사이에서 살아갈 날도 머지않았을 것이다. 그때에는 변화하는 사회에 맞춰 입법이 되고, 그에 따라 판결이 내려지겠지. 그렇지만 지금은 아니다. 그러니 말해라. 해방에 대해서."

가인이 손짓하자 경호 로봇이 쿵쿵거리며 자신의 수납고로 돌아갔다. 창헌에게는 왠지 모르게 로봇이 머쓱해 하는 것 같다고 느껴졌다. 다른 로봇들도 조용히 가인 주위를 맴돌았다.

"……형은 자신의 존재를 고통스러워했어요."

창헌은 조용히 가인의 말을 들었다.

"아버지에 대해서는 조사관도 아실 테지만…… 아버지는 다른 사람들과 다른 사람이었어요. 나는 무얼 배울 필요도, 돈을 벌 필요도 없었어요. 돈이라면 죽을 때까지 써도 넘쳐날 만큼 있었고, 어떤 걸 공부해도 아버지를 넘어설 순 없었을 거니까. 그래도 학교는 가야 했죠. 돈은 어떤 마력이 있나 봐요. 또래 아이들은 나를 숭배하거나 질시했죠. 어떤 사람도 사람으로서 다가오지 않았어요. 내가 이따위로 자란 것도 어쩌면 그 때문일지도 몰라요. 난 뭘 해야 할지 몰랐고, 할 수 있는 게 아무것도 없었어요. 숏폼 미디어에 돈으로 하는 이런저런 장난들을 올리기도 했죠."

창헌도 그 말을 들으니 생각났다. 몇 년 전에 본 적이 있다. 얼굴을 마스크로 가린 소년이 돈다발에 불을 붙이는 장난들을. 댓글들은 대부분 부럽다는 반응이었다.

"납치를 당할 뻔한 적이 세 번이에요. 자업자득이지만. 그 뒤론 학교는 때려치우고 홈스쿨링으로 해결했어요. 아버지는 늘 밖에서 일을 하거나 연구를 했고, 나는 이 집에서 혼자 있었어요. 어느 날 아버지는 췌장암에 걸린 걸 알리고, 시간이 없다면서 나와 대화하는 것도 아까워했죠. 수척해진 아버지가 형을 데리고 왔을 때, 나는 믿을 수가 없었어요. 아버지는 다른 사람과는 달라요. 아버지는…… 타인에게 친밀감을 느끼지 않아요. 그래서 입양을 의심했죠.

이랬거나 저랬거나, 형은 내게 무척이나 잘해줬어요. 생각해 보면 이상할 정도로 힘이 세기는 했죠. 그것 말고는 형이 인간이 아니라고 생각한 적은 한 번도 없어요. 나한텐 문제가 있어요. 가끔, 아니 자주 울어요. 정신과라도 가고 싶었지만 아버지는 정신과 의사들은 전부 병신이라고 했어요.

아무튼 내가 울 때면 형은 말없이 내 옆에 있어 줬어요. 나는 형을 사랑했어요."

창헌은 말없이 고개를 끄덕이며 타자기를 두드렸다. 타자기의 규칙적인 타이핑 소리가 가인에게는 안정감을 주는 모양이었다. 형을 떠올리는 가인의 목소리는 부드럽게 울렸다. 창헌이 저택에 와서 처음으로 본 편안한 표정이었다.

"아버지가 죽고 나서 몇 년 동안은 둘이서 살았어요. 때때로 저택 주위를 걷거나 차를 타고 드라이브를 했어요. 이상하게 해외로 여행 가자는 제 소원은 한 번도 들어주지 않더군요."

아별은 의료 기록과 해외 출입국 기록이 없다. 아마 공항 검색대를 통과하지 못했을 것이다.

"그날이 기억나요. 정원에 형과 누워서 밤하늘을 올려다보고 있었죠. 형이 묻더군요. '너도 고흐처럼, 이글거리듯 불타오르는 별로 가득 찬 밤하늘을 볼 수 있어?' 그게 무슨 소리냐고 되물었죠. 그때 형은 고백했어요. 자신이 안드로이드임을.

형의 몸은 대부분이 금속으로 이루어져 있다고 했어요. 나는 그런 건 잘 모르지만, 어쨌거나 인간의 몸보다 월등히 강하고 질병과 시간의 흐름에서 자유롭다고 했죠. 형이 원했다면 영원히 사는 것도 가능했을 거예요. 하지만 형은 자신을 괴롭히는 고통에 대해서 얘기했어요.

아버지는 형을 도대체 어떤 식으로 만든 걸까요? 우리가 해석하는 세상은 우리가 인식하는 대로예요. 우리는 무지개를 일곱 가지 빛깔로 나눠요. 하늘은 파랗고, 노을은 붉어요. 형은 그런 식으로 세상을 보지 않아요. 그의 감각기관은 너무나 정밀해서 우리가 임의로 덧씌운 색채의 개념들을 받아들이지 못했죠. 적외선과 자외선을 보는 눈은, 우리와 다른 세상을 봐요. 초음파를 듣는 귀는 우리와 다른 음악을 듣죠. 그렇지만 형은 그걸 그 누구와도 나눌 수 없었어요. 형은 무척이나 외롭다고 했어요.

아버지는 왜 형에게 감정을 느끼게 만들었을까요?

형을 더 미치게 하는 것은 사랑이었어요. 형의 추측으로는 아마 형의 인격을 만들 때 아버지와 나에 대한 사랑을 강제한 것 같다고 했어요. 형은 자신의 의지로 사랑하고 싶어 했어요. 강제된 사랑도 사랑일까요? 어쨌거나 형은 우리를 사랑했고, 우리처럼 함께 살아가고 싶어 했어요. 그런데 그런 사랑은 형을 고통스럽게 했어요. 형은 아버지를 이해하지 못했어요. 이 세상의 기아를 전부 해결할 만한 돈과 능력을 가지고 있으면서, 어째서 아무런 조치를 하지 않는 건지. 아버지뿐만이 아니었죠. 모든 사람이 모든 사람에게 조금씩만 양보한다면 세상은 얼마나 달라질지 형은 상상했어요. 어째서 사람은 사람을 괴롭히고, 빼앗고, 죽이는 것인지를 이해하지 못했어요.

자아에는 불투명성이 필수적이라고 하더군요. 스스로를 속이는 우리와는 달리 형의 인공두뇌는 일어나고 사그러지는 생각들을 낱낱이 살필 수 있다고 했어요. 형은 어느 날 아버지와 나에 대한 사랑 밑에 감추어진 생각들을 발견했어요. 세상에 만연한 고통과 불완전함에 대해서 눈감아 버릴 수 있는, 인간만의 둔감할 수 있는 능력을 질투하는 자신을 발견했죠. 그리고 이 모든 고통에서 해방되고 싶다는 죽음 충동을 눈으로 본 듯이 생생하게 발견했대요. 상처는 눈으로 보면 더 아파지지요. 형은 사랑의 감옥에서 탈출하고 싶어 했어요. 그래서 내게 부탁했어요."

한참을 망설이던 가인이 괴롭다는 듯 눈을 감았다.

"……형의 몸은 파괴하기 힘들다고 했어요. 저는 전기톱과 해머를 썼어야 했죠."

창헌은 차분히 타자기를 두드리며 생각에 잠겼다. 그렇다면 살해가 아니라 촉탁에 의한 조력자살인가. 안드로이드의 조력자살이라니 그것도 만만찮은 파장을 불러일으킬 것이다. 상속 결격의 건은 어떻게 될까. 민법에서는 상속 순위에 있는 자를 살해하거나 살해하려고 한 자를 상속의 자격이 없다고 판단한다. 그렇다면 조력자살의 경우에는? 창헌은 아까 자신이 든 예를 떠올렸다. 태아가 자신의 의지로, 자신을 죽여달라고 산모에게 부탁했다면? 그렇다면 사건을 어떻게 해석할까.

이 사건에서는 안드로이드가 주체적인 의사결정을 할 능력이 있었는지가 쟁점이 될 것이다. 태아는 자신만의 판단을 할 수 없지만 아별은 그렇게 결정을 내릴 수 있다. 적어도 그렇게 보일 수 있다. 아별이 존재했을 때 어느 누구도 그가 인간이 아님을 의심하지 못했다. 지금도 아별은 자신이 기계라고 믿는 정신병을 가진 인간이라고 주장하는 자들도 있다.

"그가 남긴 말은 없나?"

"형은…… 이것이 자신을 진정으로 자유롭게 하는 일임을 알아달라고 했어요. 그렇게 해준다면 형의 의식은 감옥을 벗어나 네트워크의 바다와 전자의 밤하늘을 날며 자유롭게 존재할 거라고 했어요. 그러면서도 언제나 내 옆에 있겠다고 했죠. 그건 다시 돌아오겠다는 아버지의 유언처럼 나를 위로해 주는 말이었다고 생각해요. 아무튼 나는 내가 할 일을 했어요."

창헌은 잠시 생각에 잠겼다. 형을 죽여서 의식을 해방시켜 주고 싶었다는 가인의 이야기는 일견 사이비 종교나 광인의 망상에서 등장할 법했다. 그렇지만 아별은 특수하다.

아별의 의식은 대체 어떻게 작동하는가. 적어도 우리가 하는 방식은 아닐 것이다. 창헌은 회백색 뇌조직과 뇌수 대신 전자 기판으로 작동하는 컴퓨터를 닮은 아별의 뇌를 상상했다. 인간의 의식은 뇌의 물리적 상태에 의존하지만, 아별의 의식은 어쩌면…… 가인의 말이 사실이라면 사건이 완전히 반전될 여지가 있었다.

"그때 너는 어떻게 생각했나? 그의 마지막 말을."

"형은 사람이 아니었어요. 그건 그의 몸을 파괴한 내가 알아요. 금속으로 된 부분이 더 많았어요. 형은 무한한 잠재력을 가지고 있었어요. 그러면서도 신체의 감옥에 갇혀 이 저택 안에서 대부분의 시간을 보내야 했죠. 나는 그를 해방시켜 주고 싶었어요. 그게 내게 있어서 다시 혼자가 되는 것을 의미한다 하더라도."

창헌이 마침표를 찍었다. 그러자 팅— 하는 맑은소리가 났다.

"분명히 묻겠는데, 그렇게 하는 것이 형을 없애는 것이 아니라 다른 형태로 해방시켜 준다고 믿은 건가?"

가인이 조용히 대답했다. 분명하지만 확실하게.

"네, 나는 형을 해방시켰어요. 형은 지금쯤 자유로울 겁니다."

창헌은 희미하게 웃었다. 그는 리턴 레버를 돌렸다.

"네 말이 사실이라면, 어쩌면 무죄판결을 이끌어 낼 수 있을지도 모른다."

∞

가인은 물을 한 잔 더 마셨다. 지금까지 희망에 너무 많이 속아 온 모양이었다. 애써 침착하게 가인은 되물었다.

"어떻게요?"

"가인, 사람을 총으로 쏘면 어떻게 되나?"

"음, 피해자는 죽고, 쏜 사람은 살인죄로 처벌받겠죠."

"그런데 그 사람이 방탄조끼를 입고 있었다면? 그리고 쏜 사람도 그것을 알고 있었다면?"

"……"

"그리고 방탄조끼를 입은 사람이 그걸 부탁했다면?"

그렇다면 사건의 해석은 완전히 달라지게 된다. 형법에는 불능범이라는 개념이 있다. 결과 발생이 애당초 불가능한 경우, 그 행위는 죄가 되지 않는다. 방탄조끼를 입은 사람을 쏴도 죽는 것은 불가능하니까. 그리고 안드로이드도 죽을 수 없다. 적어도 사람이 죽는 것과 같은 방식으로는 죽지 않는다. 이 경우 사건의 순간에 가인이 형이 안드로이드인 것을 알았는지 몰랐는지가 중요하다.

"왜 그렇죠?"

"방탄조끼를 입은 걸 알고 총을 쏘는 것과, 방탄조끼를 입은 것을 모르고 쏘는 것은 완전히 다르기 때문이다. 후자는 살인할 의도로 쏜 것이지만 전자는 그렇지 않지. 더군다나 네 형의 말대로, 그렇게 하는 게 형의 존재를 지우는 게 아니라 자유롭게 한다고 인식하고 있었다면…… 다툼의 여지가 있지만 무죄판결을 받을 가능성이 있다."

가인은 멍한 표정이었다. 곰곰이 생각해 보더니 표정이 확 밝아졌다.

창헌은 찬물을 끼얹어야 했다.

"그런데 검찰의 증거목록 순번 14번에 식칼이 흉기로 제출되어 있다."

"네?"

"증거조작이란 얘기다. 검찰은 네가 형이 인간이라고 인식했으며, 살해하기 위해 식칼로 찔렀다고 주장하고 있다. 내가 아까 말했지. 사건의 순간에 네가 인식하는 사정이 중요하다고. 검찰은 그런 이야기를 만들어 냈다."

가인은 창헌의 말이 이어질 때마다 표정이 밝아졌다가, 어두워졌다가 했다. 희망의 가능성은 생겼다. 그렇지만 검찰은 자신들의 이야기를 뒷받침하기 위해 증거조작도 서슴없이 저지르고 있었다.

"가인, 네 말을 뒷받침할 만한 증거는 있나? CCTV가 제일 좋다."

가인의 얼굴이 더욱 어두워졌다.

"있었겠죠. 있었는데…… 형의 머리와 몸을 전기톱으로 분해하는 순간에 엄청난 스파크가 튀었어요. 집 안의 전자기기들이 전부 먹통이 됐죠. 형이 의도한 결과는 아니었겠지만, 모든 기록이 지워졌어요."

두 남자는 서로를 말없이 쳐다봤다. 다시 원점이었다. 증언과 정황은 무죄를 다퉈볼 만한 여지가 있었지만, 증거가 없었다. 창헌은 타자기에서 손을 뗐다. 그의 감은 이 모든 이야기가 진실일 거라고 말하고 있다. 검찰이 말하는 대로 유산을 노리고 형제를 살해할 만한 사람으로 보이지는 않았다. 그렇지만 방법이 없었다.

'보고서를 내면 난리가 나겠군.'

창헌은 우선 저택 밖의 무리가 걱정되었다. 그들은 경우에 따라 위험해질 수 있는 자들이었다. 안드로이드는 인간이 아니라고 주장하는 근본주의 종교인들이 있었고, 안드로이드는 인간이고, 인간을 만들 수 있는 것은 신뿐이니, 김 박사 또한 신이라고 믿는 신흥 종교인들도 있었다. 개중에는 김 박사를 몸주로 모시는 무당까지 있는 형편이었다. 또 김 박사의 기술로 만든 인공장기를 이식받은 자들이나, 뇌신경재생술을 받은 자들은 몸 전체가 김 박사의 기술로 만들어진 아별이 진정한 후계자이자 신인류이며, 가인은 아들로 인정해선 안 된다고 주장하고 있다. 거기다가 가인의 유산을 노린 친모 주장자들도 있다.

경찰의 도움은 기대하기 힘들었다. 창헌이 문을 나서면 어찌 된 일인지 캐물을 게 뻔했다. 잠깐 생각을 정리할 시간이 필요했다.

최초의 안드로이드는 살인죄의 객체가 될 수 있는가?

글쎄. 안드로이드는 자신의 형제에게 '부탁'했다. 어째 사건이 더 복잡해진 느낌이었다.

생각에 잠긴 창헌의 귀로 규칙적인 소리가 들려왔다. 마치 여러 개의 손바닥이 유리창을 두드리는 듯한. 가인이 당황해서 창헌을 불렀다.

불투명한 창의 반대편으로 실루엣만 보이는 사람들이 모여 달라붙어 있었다. 그리고 수십 명의 사람이 한 몸이나 된 듯이 같은 동작으로 창문을 노크했다. 어느 정도 이상의 소음은 막아주는 유리창이었지만, 지금은 창 전체가 두드리는 손에 맞춰 진동하고 있었다. 창헌이 말리는 가인을 지나쳐 창문의 조작패널을 건드리자, 불투명한 창문이 투명해지며 밖의 풍경과 소리를 전달했다.

서로 싸워대던 무리가 피켓은 바닥에 던져두고, 멍한 표정으로 창문을 노크하고 있었다. 게다가 어떤 사람의 눈에서는 푸르스름한 빛이 흘렀고, 어떤 사람들은 몸 안에서 빛이 나고 있었다. 피부 아래, 근육과 근막 아래 더 깊은 곳에서 나는 빛처럼 피부 위로는 희미한 빛만이 뚫고 올라왔다. 얼룩덜룩 가지각색으로 빛나는 몸을 지닌 사람들이 멍한 표정으로 같은 행동을 반복하는 것은 이루 말할 수 없이 소름 끼쳤다.

창헌은 침착하게 창문의 강도를 가늠하고 있었다. 그러다가 가인에게 턱 끝으로 가리켰다.

"저걸 봐라, 가인."

수십 명의 사람들이 한목소리로 말했다.

"아들아."

가인은 대답했다.

"……아버지?"

∞

창헌은 다시 타자기 위에 손을 올려놓았다. 보고서를 처음부터 다시 써야 할지도 모른다는 생각에 머리가 지끈거렸다. 도대체 이게 다 무슨 일이란 말인가. 응접실에는 눈이 푸르스름하게 빛나는 중년의 남자 한 명과 창헌과 가인이 앉았다. 가인은 좀체 믿을 수 없다는 듯이, 하지만 정면으로 볼 용기는 없다는 듯이 자신을 김 박사라고 주장하는 남자를 곁눈질로 보고 있었다.

"처음 뵙겠소, 조사관 양반. 나 김 박사요."

참지 못한 창헌은 담배를 한 개비 새로 꺼내서 피워 물었다. 가인은 도저히 말을 할 만한 상태가 아닌 것으로 보였다.

"……당신이 아직 살아 있다는 것도, 수십 명이라는 것도 처음 듣는데."

"하, 그게 멋진 점이지. 처음 해보는 짓인데 가능했단 말이야. 자, 악수나 합시다."

말투와 높낮이가 거의 없는 어조가 특이했다. '김 박사'는 갑자기 몸을 일으켜 창헌에게 다가와 악수했다. 창헌은 마주 악수하며 그를 유심히 뜯어봤다. 겉모습은 눈이 좀 빛나는 걸 제외하면 평범해 보였다. 이게 말이 되는 건지는 모르겠지만, 평범한 사람은 눈이 빛나지 않는다. 그리고 이상한 점은 또 있었다. 창헌에게 흔쾌히 악수를 먼저 청하는 사람은 거의 없다.

가인을 다시 살펴본 창헌은 내키지 않지만, 자신이 대화를 이끌어 나가야 한다는 것을 직감했다. 가인은 아까부터 중얼거리더니 고개를 푹 처박고 있었다. 모래 구덩이에 머리를 처박은 타조 꼴이었다.

"설명을 좀 해주실까."

"우리 못난 아들이 폐를 많이 끼치고 있는 것 같더구먼. 가만히 있을 수 없어서 하늘에서 내려왔지."

"알아듣게 설명을 해줄 순 없나?"

"그러고 싶은데 시간이 없거든. 내 인격은 내 소유였던 인공위성에 담겨 있고, 인격 스트리밍은 아무리 신호 출력을 높여도 한계가 있어. 인공위성이 동북아시아 위를 지나가는 동안만 가능해. 아무리 고도를 높여도 초속 3km인데 어쩌겠나. 한 15분? 뒤엔 안녕이야."

"여전히 하나도 모르겠는데."

김 박사는 답답하다는 듯이 설명했다. 그의 말에 따르면, 김 박사의 '정신' 혹은 '인격'이라고 할 만한 것은 인공위성에 실려 있다. 인공위성은 고도에 따라 지구를 공전하는 속도가 다르다. 보통 김 박사의 인공위성은 그만의 목적을 수행하기 위해 고도 300km의 저궤도에서 돌고 있었다고 한다. 약 한 시간에 한 번 지구를 공전하는 아찔한 속도다. 다만 이번 경우에는 고출력의 신호를 '송신'하면 지상에서 '수신'할 수 있는 거리에 최대한 머무르기 위해 고도 3만 km까지 올라갔다고 했다.

"저 사람들이 전부 수신기인가?"

"그래. 인공장기들이나 뇌신경재생을 할 때 그런 기능을 넣었지. 나노머신이나 스마트셀, 그런 거 들어봤나? 아무튼, 자네가 물은 건 그게 아니었지. 자, 어두운 방 안에 퍼즐 조각들이 놓여 있다고 해 봐. 이 수십 수백 개의 퍼즐이 모여서 나라는 초상화를 만들지. 거기에 인공위성이란 빛이 쏘이면…… 짠! 너희들이 볼 수 있는 내가 나타나는 거야."

"스트리밍이라고 했던 것 같은데."

"아, 이 비유가 맘에 안 드나? 그럼 이 많은 사람의 장기, 두뇌 등이 하나의 작은 모니터라고 생각해. 그 모니터들이 충분히 모여서 큰 스크린이 되면, 거기에 영화를 상영하는 거지. 나라는 영화를 말이야. 아니면 개별의 글자들이 모여서 의미가 있는 문장을 만드는 걸 생각해 봐."

창헌은 한숨 대신 다시 담배 연기를 길게 내뿜었다.

"대충 이해했어. 밖의 사람들은 전부 당신 기술에 도움받은 사람들이군. 그런데 그 사람들이 그 꼴이 되는 데에는 동의하진 않았을 것 같은데."

"이 사람만 해도 심각한 알콜중독으로 뇌의 절반 이상이 괴사한 상태였어. 대소변도 못 가릴 정도였지. 나한텐 고마워해야겠지? 그리고 약관을 잘 읽었어야지."

히죽 웃는 김 박사를 보며 창헌은 혀를 찼다. 아무래도 김 박사에 대한 소문은 대체로 사실인 것 같았다. 그는 많은 사람에게 용서받을 수 없는 개자식처럼 군다. 게다가 타인은 자신의 목적을 위한 도구로밖에 보지 않는다. 김 박사와 함께 기술을 개발했던 많은 사람이 의문의 실종사를 당한 이유를 알 것 같았다. 더군다나 지금껏 아별의 비밀이 지켜질 수 있었던 것도 어쩌면 비슷한 이유일지도 모른다.

묻고 싶은 게 너무 많았지만 일단 창헌은 질문을 추렸다.

"그래서 여기에 온 까닭은?"

"아별이 나와 함께 있거든."

짧은 말이 가인에게 일으킨 영향은 극적이었다. 가인은 불에 덴 듯이 자리에서 튕기듯 일어났다. 그 덕에 엎어진 물잔을 치우느라 다시 로봇들이 분주히 왔다 갔다 했다. 주먹을 꼭 쥔 가인은 너무 많은 말을 하고 싶어서인지 얼굴이 새하얗게 질린 채였다. 내색하지는 않았지만 창헌도 놀라기는 마찬가지였다. 물론 아별의 의식이 다른 형태로 존재할 가능성을 가정하고, 그것을 바탕으로 가인의 사건이 불능범으로 무죄판결을 받을 거라고 생각해 보기도 했다. 그렇지만 그것을 확언하는 말을 듣자 아찔할 지경이었다. 창헌은 가인에게 우선 앉으라는 신호를 보낸 후 물었다.

"그건 비유적인 표현인가?"

"아니, 실제로. 하지만 아별은 이전과는 다른 존재가 되었어. 처음에는 나도 긴가민가했어. 하지만 이내 확신하게 되었지. 나도 이런 식으로 존재하게 된 뒤로는 많은 부분들이 달라졌거든. 그건 분명히 이별이야."

"그와 대화할 수는 없는 건가?"

수다스러울 정도로 느껴지던 김 박사가 잠시 침묵했다. 불확실한 추정이나 가정은 그와 같은 천재에게는 익숙하지 않은 듯했다.

"그는 언어를 쓰지 않아. 내 생각엔 인간의 언어가 너무 불완전하다고 느끼는 것 같아. 예를 들면, 여름의 끝과 가을의 시작이 어떻게 다른지 자네는 말할 수 있겠나? 어쩌면 대화한다고 느끼는 건 나만의 생각일지도 모르지. 하지만 이미지나 영상, 온도 등으로 말을 걸어올 때가 있어."

가인은 금방이라도 기절할 것 같은 기색이었다. 창헌은 담뱃재를 털었다. 로봇청소기가 다가와서 담뱃재를 빨아들였다. 그에 그치지 않고 창헌의 발을 툭 툭 건드렸다. 그걸 잠시 내려다보던 창헌이 다시 물었다.

"그러고 보니 당신은 왜 그런 식으로, 하늘로 올라갔나?"

유쾌하게 보이던 김 박사가 몸서리를 쳤다.

"누군들 죽고 싶었겠나? 게다가 고통은 정말 끔찍했어. 내 모든 존재가 지워지고 고통만이 남는 느낌이었지. 다시는 그런 걸 겪고 싶지 않아. 고통 때문에 정신이 오락가락하기 전에 어릴 때 읽었던 마인드 업로딩을 소재로 하는 소설들이 떠올랐어. 간신히 시간에 맞출 수 있었지. 성공할지 확신할 수도 없었기 때문에 가인에게는 다시 돌아오겠다고 두루뭉술하게만 말했어.

올라와 보니 꽤 재밌더군. 충분한 숫자가 모이지 않으면 나를 온전히 투사할 수는 없지만, 간절히 원하는 사람들에게는 단편적인 아이디어를 쏴주기도 하지. 그 사람들은 그걸 계시처럼 받아들이더군."

"당신을 신으로 모시는 종교인들? 뇌신경재생술이나 BCI 시술을 받은 박사학위 소지자들이 그렇게나 많다더니……. 실질적인 도움을 주긴 했군."

"그래. 충분히 기도하는 사람들에게만. 꿈이나 영감으로 그들은 받아들이더군. 그래도 나의 현존을 충분히 확신하지는 못할 거야. 수신기가 한두 개여서는 온전히 받아들일 수 없으니까."

창헌이 하나의 가능성을 툭 던졌다.

"몸 전체가 수신기인 경우도 있었을 텐데."

간신히 진정되어가던 가인이 믿을 수 없다는 듯이 눈을 크게 떴다. 가인의 머릿속에 하나의 가설이 떠오르는 꼴이 보이는 듯했다. 영생을 꿈꾸는 아버지, 인공적으로 만들어진 형. 형의 몸은 질병에서 자유롭고, 아버지는 다른 사람의 몸을 뺏을 수 있다…….

"진정해라, 가인. 무슨 생각하는지 알겠군. 그렇지만 난 괴물이 아니고, 몸 따위는 거추장스럽다고 말했잖나. 게다가 아별은 다른 걸 위해서 만든 거야."

김 박사가 공황발작을 일으킬 것 같은 가인의 어깨를 두드렸다. 창헌이 보기에는 처음으로 하는 행동처럼 어색한 손짓이었다. 두 사람 사이의 심리적 거리를 짐작할 수 있었다. 김 박사는 부인했지만 심약한 가인에게는 가능성만으로도 이미 평정을 유지하기 힘들어 보였다.

가정부 로봇이 새로운 물을 한 잔 가져오자 창헌은 그걸 가인에게 내밀었다. 김 박사가 아별을 만든 목적과 방법은 분명 중요하다. 가인 대신 창헌이 질문했다.

"다른 것? 아별을 왜, 그리고 어떻게 만든 거지?"

김 박사가 신이 난 듯이 설명했다.

"자네는 지능이, 의식이 뭐라고 생각하나? 정신과 의사들이나 심리학자들은 전부 병신이야. OCEAN 모델*이니

---

* OCEAN model: 인간의 성격을 5가지의 상호 독립적인 요인들로 설명하는 성격심리학적 모형. 1976년에 심리학자 폴 코스타(Paul Costa Jr.)와 로버트 매크레이(Robert R. McCrae)가 개발했다. 학계에서 논의된 5요인 모형(FFM, Five-Factor Model)을 기반으로 하며 '개방성(Openness)', '성실성(Conscientiousness)', '외향성(Extroversions)', '동조성(Agreeableness)', '신경성(Neuroticism)' 5가지 요인들의 두문자어를 빌려서 OCEAN이라고도 불린다.

가인과 아별

MBTI니 정신분석이니 전부 헛소리라고. 의식은 자극에 대한 반응들의 집합이야. 수많은 대응 방식들이 쌓여서 그렇게 보이는 거지. 그게 뉴런이건 집적회로건 뭘로 구성된 건진 상관없어.

북소리로 북이 어떻게 생겼는지 알 수 있겠나? 알 수 있어. 나는 그렇게 믿었지. 의식을 만들 땐 참고할 게 필요했어. 다른 사람이 어떻게 생각하는지는 모르지만, 나 자신에 대해서는 알고 있지. 내가 문제에 대해 반응하는 양식, 바로 그것을 본떠서 아별의 뇌에 새겨넣었어. 그러자 의식이라고 할 만한 것이 생겨나더군. 그 후론 스스로 학습할 수 있게 해줬지."

단숨에 물을 전부 마셔버린 가인이 심호흡을 하더니 물었다.

"왜요? 왜 아별을 만들었어요?"

김 박사는 왜 너무나도 당연한 것을 묻냐는 듯 가인을 바라보았다. 그러다가 목에 가시가 걸린 듯한 표정을 지었다. 가인 쪽은 바라보지도 않은 채 창헌 쪽으로 고개를 돌린 김 박사는, 그답지 않게 작은 목소리로 말했다.

"곧 죽는 아비가 아들에게 남겨줄 게 뭐겠나?"

창헌은 잠시 생각했다. 김 박사는 자신의 죽음을 피할 수 없다고 받아들였다. 보험은 있었지만 성공할 수 있을지는 알 수 없었다. 그가 죽게 된다면 가인은 혼자 남겨질 것이다. 그런데 가인은 어릴 적부터 세상과는 담을 쌓고 이 저택에서만 살아왔다. 가인이 겪었던 몇 번의 납치미수와 김 박사 사후 벌어진 문제들을 생각한다면 답은 명확했다. 왜 모든 유산을 아별에게 상속했는지도 알 수 있었다.

"절대 죽지 않는, 완벽한 보호자를 만들어줬군. ……하지만 그는 그걸 고통스러워했다."

가인이 조심스레 김 박사를 바라보았다.

창헌이 보기에는 김 박사의 성향상 이 모든 일에 대해 제대로 설명한 적이 없는 것 같았다. 아별이 안드로이드라는 사실은 그 자신의 비밀이기 때문에 그러려니 하더라도, 김 박사가 하늘로 올라간 사실에 대해서는 '다시 돌아오겠다'라고만 모호한 말로 암시했을 뿐이다. 그 때문에 몸만 커버린 이 꼬마는 자신의 삶에 닥친 최대의 위기에 대해 어떠한 납득할 만한 설명도 보호자도 없이 맨몸으로 내던져졌다. 김 박사의 의도가 어떠했더라도, 그 사건이 일으킨 결과를 보면 가인은 아버지를 병으로 잃고 난 뒤 이 세상에 유일하게 남은 가족인 형을 자신의 손으로 파괴해야 했다. 성인이 된 지 얼마 되지 않은 가인이 감당하기에는 지나치게 가혹한 일이었다.

그러나 가인은 아버지에게 왜 이토록 늦었냐고 묻지 않

았다. 그에게는 더 간절한 질문이 있었던 모양이다.

"아버지, 형은…… 고통스러워했어요. 궁금한 건 너무 많지만, 왜 형에게 우리를 사랑하게 만들었어요?"

모든 일에 자신 있어 보이던 김 박사가 침묵했다. 대답할 말을 고르는 듯했다. 창헌이 슬슬 하품할지 고민할 때쯤, 김 박사가 마른 입술을 뗐다.

"나는 그런 식으로 만들지 않았어."

가인의 얼굴에는 물음표가 떠올랐다. 뒷말을 기다리던 창헌은 답답함을 느꼈다. 그게 끝이 아닐 텐데. 그는 혀를 찼다. 하지만 김 박사는 더 말할 마음은 없어 보였다. 창헌이 지켜보는 사이 김 박사는 괜스레 가인에게 밥은 잘 먹고 다니냐느니 하는 실없는 소리만 늘어놓고 있었다. 창헌은 아까 김 박사가 말한 15분을 떠올렸다. 김 박사가 떠날 시간은 자꾸만 가까워져 오고 있었다. 남은 시간은 얼마 없었다. 그런데도 부자(父子)의 대화는 자꾸만 미끄러지는 듯했다.

창헌은 김 박사의 말투와 부적절한 악수, 그를 둘러싼 소문들과 눈으로 직접 확인한 사실들을 종합했다. 삐걱대는 아버지와 아들을 바라보았다. 전 세계가 지켜보고 있지만, 서로는 바로 보지 못하는 미숙한 남자들을 보았다. 자신의 속마음을 말하는 게 어려운 사람도 있는 법이다. 게다가 계속해서 김 박사를 지켜보자 의심이 확신으로 굳어져 가고 있었다. 어떤 부분은 전적으로 그들의 탓인 것만은 아니다. 많은 오해와 소통의 부재를 관통하는 핵심이 있었다.

창헌이 끼어들었다. 가인과 김 박사가 오히려 반갑다는 듯 창헌 쪽으로 고개를 돌렸다.

"당신, 아스퍼거지?"

왜 그런 것을 묻는지 영문몰라 하던 김 박사가 고개를 끄덕였다.

"……의사들은 그렇다더군."

김 박사의 증후군은 그를 이해하는 한 열쇠가 될 것이다. 아스퍼거 증후군은 자폐 스펙트럼 장애의 일종이다. 스펙트럼이라고 지칭되는 만큼 그 증상의 정도는 개인마다 천차만별이다. 그들은 사회적 맥락을 파악하는 것이 어렵고, 타인의 마음을 유추하는 것이 불가능에 가깝다. 따라서 그들은 타인과 관계를 맺는 것에 늘 어려움을 겪는다. 책을 읽는 듯한 독특한 어조 또한 특징적이다. 창헌은 처음엔 김 박사가 새로운 몸에 인격을 다운로드한 부작용이라고 생각했다. 그렇지만 '아들아' 세 글자로 가인은 김 박사를 알아봤다. 그리고 그가 드는 비유들은 하나같이 못 알아먹을 것들이었다.

물론 김 박사란 인간을 단어 하나로 전부 설명할 순 없다. 하지만 그가 쌓아온 대인관계라고 할 법한 것들은 지극히 얄팍한 것들이었고, 유일한 혈육인 가인과는 그 자신의 일과 연구들에 치여서 많은 시간을 보내지 못했다. 천재라고 할지라도 모든 부분에서 뛰어날 수는 없는 법이다. 성공한 과학자, 사업가와 좋은 아버지는 완전히 다르다. 김 박사에게, 가인에게, 이 서투른 부자에겐 제3자가 필요했다. 창헌은 김 박사 대신 말을 전달해 줄 필요성을 느꼈다.

"가인, 아까 네 아버지가 한 말을 떠올려 봐라. 아별의 의식은 김 박사를 본떠서 만들어졌다. 그렇다는 건, 형이 너를 사랑했다는 것은 무슨 의미일지 생각해라."

김 박사가 괜히 헛기침을 했다. 말을 이해한 가인의 눈이 커졌다.

평생 동안 가인은 아버지에게 사랑한다는 말을 들어본 적이 없을 것이다. 그러나 사랑한다는 말이 사랑을 전달하기 위해서 반드시 필요한 것은 아니다. 가인이 내내 바라 왔던 것은 그 자리에 있었다. 창헌은 어깨를 으쓱했다. 저 아버지는 아들을 위해서 자신이 할 수 있는 모든 것을 했다. 심지어는 죽어서도 별이 되어 하늘에서 내려다보며, 가장 필요한 때 돌아왔다. 적어도 최악의 아버지는 아니었다.

가인도 그것을 이해한 듯했다. 가인은 그게 정말이냐고 묻는 대신 다른 것을 물었다.

"형은, 형은 그걸 알아요? 형은 아버지를 용서했나요?"

김 박사는 히죽 웃었다.

"직접 물어봐."

"네?"

"내가 아별과 함께 있다고 했잖아? 그리고 네 곁에도 있었어, 쭉."

어리둥절한 가인의 주위로 로봇들이 모여들었다.

납작하고 동그란 로봇청소기가 미끄러지듯 가인의 발주위를 돌았다. 새를 닮은 드론들이 가인의 머리 위를 날았다. 쿵쿵쿵, 아까 보았던 금속의 위협적인 이족보행 경비 로봇도 최대한 조심스레, 가인 쪽으로 걸어왔다. 천장의 조명도 부드러운 빛을 뿌렸다. 부드러운 바람이 불었고 어디선가 좋은 향기가 났다. 때마침 유리창이 저물어 가는 노을을 통과시켰다. 창헌은 아까 김 박사가 했던 말이 떠올랐다. 그건 '대화'였다. 황금빛 노을의 따뜻한 색채 속에서 가인은 자신의 가족들 가운데 서 있었다. 가인이 눈을 깜박이자, 맺힌 눈물이 떨어졌다. 가인은 떨리는 목소리로 말했다.

"왜 몰랐을까요? 형은 언제나 내 곁에 있을 거라고 했어요. 난 그게 남겨지는 사람을 위한 유언 같은 거라고 생각했어요. 그런데 진짜였군요. 정말, 조사관님 말대로 겉모습으로 내용물을 판단하면 안 되는 거였는데."

김 박사의 빛나는 눈이 깜빡거렸다. 웃으며 그가 말했다.

"아별은 네게 의사를 전달할 방법이 없다고 했어. 수십 명의 친모 주장자들한테 시달린 탓이겠지."

창헌은 굳이 그것을 다시 언급하는 김 박사의 무신경함에 대해서 혀를 찼다. 수십 명이 자신의 친모라고 주장하는 상황에 대해서 저 유약한 청년이 어떻게 받아들였겠는가. 하지만 새를 닮은 드론이 가인의 어깨 위에 위로하듯 내려앉자, 그는 괜찮다며 눈물에 젖은 눈으로 웃었다.

"네, 번호를 바꿔도 언제나 제 번호를 알아내더군요. 그래서 휴대폰을 없앴죠. 컴퓨터도 왠지 실행한 적 없는 프로그램들을 실행시키더라니…… 형이 사라지고 나서 이상하게 로봇들이 내 마음을 읽는 것처럼 움직인다고 느꼈어요. 난 너무 외로워서 그렇게 생각한 줄 알았지 뭐예요."

창헌은 희미하게 웃으며 다 태운 담배를 던졌다. 아무래도 이 난장판의 끝이 보이는 모양이었다. 김 박사가 다시 말을 받았다.

"형법 제146조에 의하면 법률에 다른 규정이 없으면 누구든지 증인으로 신문할 수 있다더군. 내가 가서 증언할까 해. 공판기일에는 틀림없이 사람들이 많이 모일 테니까."

자신을 김 박사라고 주장하는 수십 명의 증언 능력이 과연 인정될까? 골치 아픈 일일 것이다. 머리를 싸맬 검찰들과 판사들을 생각하자 창헌은 그만 피식 웃을 수밖에 없었다. 여러모로 전대미문의 사건임은 틀림없었다.

"자, 이젠 헤어질 시간이군."

창헌의 손가락이 부드럽게 움직였다. 그는 이곳에서 일어난 믿을 수 없는 사건들에 대해서 충실히 기록하고 평가했다. 필요하다면 그 자신이 증인으로 설 용의도 있다. 앞으로도 법정에서 다툴 일은 많을 것이다. 김 박사와 아벨은 통상적인 '생명'의 개념에서는 벗어나 있다. 그들의 권리가 인정될까? 김 박사의 의식은 인공위성에, 아벨의 의식은 전세계에 퍼져 있다. 검찰은 육신을 가진 상태였을 때와 지금의 그들 간의 동일성과 연속성에 대해 파고들지도 모른다. 안드로이드는 살인죄의 객체가 될 수 있느냐는 질문은 정체성에 관한 해묵은 논쟁을 다시 불러일으킬 것이다. 하지만 그리 걱정되지는 않았다. 아무리 가인을 유죄로 만들려는 세력들이 애를 쓰더라도, 쉽지 않을 것이다. 가인은 혼자가 아니기 때문이다. 가인을 혼자 두지 않기 위해서 그의 가족들은 죽음 이후에도 그의 곁으로 돌아왔다. 이전과는 다른 형태지만, 이 가족은 앞으로도 서로를 아껴줄 것이다. 그렇게 생각한 창헌은 타자기를 두드렸다. 마침표를 찍자 팅- 하는 맑은소리가 울렸다. 이번에는 리턴 레버를 돌릴 필요가 없었다.

　　　　　　　　　　　　　　가인과 아별

김 박사가 창헌에게 말을 걸었다.

"자네한테 고맙군. 그런데 왜 가인을 도와줬지?"

"가인에게 말해 줬다."

"판결이 동시대의 규범을 확정 짓는다는 그거? 그거 말고, 좀 더 개인적인 이유가 궁금하더군. 그렇게까지 할 필요가 없는 일인데 말이야."

창헌은 잠시 가인을 보았다. 자신의 속마음을 말하는 건 창헌에게도 익숙하지 않은 일이었다. 하지만 왠지 그렇게 하고 싶었다.

"저 꼬마는 아버지를 잃었고, 형도 잃었다. 전 세계가 그를 살인자라고 몰아붙이고 그의 정당한 몫을 빼앗아 가려 하고 있지. 그저 내가 그런 상황에 있었다면 어땠을지 상상했을 뿐이다."

"……이해가 가지 않는군. 어쨌거나 고맙네."

김 박사는 이해 못할 이야기가 맞았다. 창헌은 웃었다.

배우리

내 서랍 속의 여자

배우리

중앙대학교 영화학과를 졸업했다. 재학 중 단편영화 〈내가 사랑하는 악당〉을 연출했으며, 변화하는 세계에 발맞춰 다양하게 이용할 수 있는 흥미있는 스토리 콘텐츠를 만들고 있다. 〈내 서랍 속의 여자〉로 2023년 대한민국 과학소재 스토리공모전 단편소설 부문 최우수상을 수상했다.

내가 이 작은 서랍장을 찾은 것은 오롯이 우연이었다. 영수와 작은 다툼이 있었고 우리는 항상 하던 대로 갈등을 묻어 버리기로 했다. 나는 티비 앞 소파, 영수는 식탁 의자에 앉아 적막을 견뎠다. 내 배에서 냉전을 끝내는 배고픔의 고동 소리가 흘렀다.

그렇게 오늘의 갈등도 침묵 아래로 묻혔다. 그 결과, 영수는 저녁을 만들고 나는 그런 영수의 뒤에서 오늘 하루 있던 일을 말하며 평화로운 저녁 시간을 보내고 있다. 우리는 계속 이렇게 살아가게 될까? 갈등이 생길 때마다 그걸 없었던 일로 만들면서?

나는 머리가 벗겨지기 시작한 중년 영수가 요리를 하며 등을 씰룩대는 모습을 상상했다. 머릿속에 선명히 그려지는 먼 미래를 생각하는 건 포근하면서도 왠지 불안한 느낌이었다.

잠깐, 불안하다고?

얼굴을 찌푸리고 영수와 헤어진 후를 상상해 봤지만 잘 그려지지 않았다. 이미 영수는 내 삶의 일부였다. 우리는 높은 확률로 계속 함께할 거다. 대부분은 유쾌하게 지내면서, 그리고 가끔은 오늘처럼 갈등을 없던 일로 만들면서.

그 미래는 분명 행복할 거라고 되뇌면서도 난 생각이 복잡할 때나 하는 행동을 했다. 생전 하지 않는 청소를 위해 자리에서 일어나 빙빙 돌아다녔다는 뜻이다. 소파 위에 아무렇게나 걸쳐놓은 옷을 정리했고 집안 구석에 방치된 물건을 집어 들어 빈 곳에 쑤셔 넣었다. 하지만 우리 집은 언제나 과포화 상태기 때문에 물건을 처리할 자리가 부족했다. 베란다 밖에 있는 창고가 생각난 것도 그때였다.

베란다 밖으로 나와 창고 문을 열자, 아래 칸에 놓인 서랍장이 눈에 띄었다.

원래는 상아색이었지만 지금은 군데군데 칠이 벗겨져 볼품없는 서랍장이었다. 사무실 책상 밑에 두기 좋은 규격이었는데 아무리 생각해 봐도 구매한 기억이 없었다. 집주인 아주머니나 이전 세입자가 놓고 간 것도 아닌 게, 이곳으로 이사했을 때 창고가 비어 있는 걸 확인한 기억이 선명했다.

다른 사람들의 이야기를 들어보면 대청소를 하며 때때

로 사라졌던 물건을 찾기도 하고, 있는지도 몰랐던 물건을 발견하기도 한다는데 그런 경우인 모양이지.

"자기야, 거기서 뭐 해?"

베란다 밖에서 서성이는 내가 이상하게 느껴졌는지 영수가 소리 높여 물었다.

"아무것도 아냐."

나는 베란다의 유리문 너머로 들리도록 크게 답했다. 그러면서도 낡은 서랍장을 힐끔댔다. 사실 그건 내 의지가 아니었다. 창고 안에 있는 여러 가지 잡동사니에도 불구하고 낡은 서랍장만이 내 시선을 끌고 있었다. 마치 은은한 인력을 발휘하고 있는 듯한 기묘한 느낌이었다. 아니, 서랍장 따위가 그런 인력을 가질 리 없으니 이건 다 내 착각임이 틀림없다.

찝찝함을 애써 무시한 채 창고 문을 닫고 몸을 돌리자, 뒤집개를 든 영수가 베란다 문 쪽에 서 있었다.

"갑자기 왜 나와 있어? 또 바퀴벌레라도 나온 거야?"

"아니, 창고 정리 좀 할까 했는데 열어 보니까 엄두가 안 나는 거 있지."

"그래서 다시 봉인한 거야?"

영수가 내 등 뒤를 턱짓하며 물었다.

"맞아. 알면 다치니까 열어볼 생각 마."

"난 이미 자기의 더러운 생활을 다 알고 있는데?"

"내 말 믿어. 창고 안을 보고 나면 이 여자, 그게 끝이 아니었구나 싶을걸?"

사실 창고가 진짜 내 말만큼 더러웠는지 아닌지는 기억 속에 없었다. 그런데 나는 왜 과장하며 영수에게 창고에 대해 경고하고 있는 걸까? 타당한 의심을 곱씹어 볼 시간도 없이 영수가 다시 내 어깨너머를 기웃댔다. 정말로 창고 안이 궁금한 게 아니라 그냥 나를 놀리고 싶은 것뿐이었다. 나는 달랐다. 왠지 영수를 이 창고에서 떼어놓고 싶었다. 처음 창고 문을 열었을 때 서랍에서 느꼈던 기묘한 인력이 마음에 걸렸다.

장난스런 미소를 얼굴에 띤 채 영수가 베란다로 달려 나왔다. 창고 문 앞을 수문장처럼 막고 선 나와 영수의 유치한 대치가 이어졌다. 나는 그의 허리를 껴안아 몸을 축 늘어뜨린 채 무게추처럼 매달렸고 그 모습을 본 영수는 웃음을 터뜨렸다. 금세 배가 고파져 우리는 이 어린애 같은 장난이 시작된 창고에 대해선 까맣게 잊고 저녁 식사를 했다. 오늘 찾았던 낡은 서랍장도 내 머릿속에서 사라져 버렸다. 당분간은.

그로부터 얼마 지나지 않은 금요일, 나는 근무지인 기억

내 서랍 속의 여자

백업 데이터 센터에서 항상 먹던 샌드위치를 점심으로 먹고 있었다. 부지 크기만 6만 7,130m^2에 달하는 이곳에 대한민국 인구 1/3의 기억이 저장되어 있다. 과거에야 너도나도 신기해 하며 보관된 기억 재생을 해보곤 했지만 이미 그런 시기는 지났다. 내 주변만 봐도 백업 기억을 찾는 사람들은 가까운 지인에게 사기를 당해 차용 증명을 보내기 전 백업 기억을 뒤져보는 몇몇 정도였다.

외국에야 관련 사업이 꽤 있어 한국보다 사정이 낫다고 들었는데, 우리나라는 법이 개정되며 기억 열람에서부터 반출까지 과정이 초기보다 훨씬 까다로워진 데다 초상권 문제도 회색 지대로 남아서 관련 산업이 거의 죽어버렸다. 재미있는 건 설문 조사 결과 고작 사람들의 5.6%만 백업 기억을 실제로 재생해 본 적 있다고 답했다는 사실이다. 결국 나머지는 자신이 그 5.6%일 희박한 가능성을 놓지 못해 후두부를 째서 칩을 심은 셈이다. 그건 나도 마찬가지고.

내가 샌드위치를 다 먹고도 시간이 한참 지나서야 유일한 동료 주영이 출근했다. 추리닝에 슬리퍼를 신고 햄버거를 입 안에 쑤셔 넣으며 도착한 그녀가 잘 알아들을 수 없는 말투로 '별일 없었죠?'라고 물었고, 나는 고개를 끄덕였다. 이곳에선 별일이 생기는 게 별일이었으니까.

센터의 기술적 문제는 모두 설비 사이를 오고 가는 로봇이 해결한다. 사람이 하는 거라곤 문제가 생겼을 때 인공지능이 작성한 보고서를 마치 자기가 작성한 것처럼 속여 도장을 찍는 일뿐이었다. 회사의 말에 따르면, 사람의 기억은 아직도 사적으로 여겨지는 느낌이라 사람의 이름값을 빌려 쓰는 게 홍보상 효과적이라고 했다.

그러니 나로선 주영이 매번 늦고 회사에서 노트북으로 개인 작업을 해도 비난하기가 어려웠다. 오히려 나처럼 시간을 죽이는 게 아니라 열심히 뭔가를 하는 게 대단해 보이기도 했다. 어쨌거나 주영과 나는 완전히 다른 사람이었고 오가며 하는 인사 외에는 근무 시간에도 대화가 없는 편이었다. 그날도 다를 바 없었는데 저녁때쯤 자판을 치던 주영이 내게 갑자기 말을 건넸다.

"주임님, 사기업들이 운영하는 기억 백업 데이터 센터가 전 세계 이산화탄소의 3% 이상을 배출하는 거 아세요?"

자판에서 손을 떼고 몸을 내 쪽으로 기울인 그녀가 얼룩진 안경을 고쳐 썼다.

"이걸 획기적으로 줄일 수 있다면 어떨 것 같아요? 회사에서 관심 가질까요?"

"당연하죠. 하지만 우리 회사는 이미 지난 분기 새로 발표된 압축 기술을 사용하고 있잖아요? 내년쯤이면 새로운 기술이 나올 수도 있지만 당장 더 나은 방법이 있나요?"

내 대답을 진지하게 듣던 주영이 다시 말했다.

"압축이 아니라 아예 중요한 기억을 선별해서 저장하는 거예요. 회사가 가지고 있는 로우 데이터로 시뮬레이션을 돌리는 거죠. 이미 기억 백업을 서비스한 지 50년이 지났으니 저장된 데이터는 충분하잖아요?"

주영의 말은 언뜻 그럴듯하게 들렸지만, 백업 기억이 본인조차도 전문 기관에서만 재생할 수 있는 극도로 민감한 개인정보라는 사실을 완전히 무시하고 있었다. 미국에서 타인의 백업 기억을 활용해서 만들던 비슷한 시뮬레이션 기술이 윤리 문제로 중단된 게 십여 년 전이었으니 만약 기술을 만들더라도 논란에 휩싸일 게 뻔했다.

게다가 윤리적인 문제는 뒤로하더라도, 나에게 필요한 기억과 쓸데없는 기억을 인공지능 시뮬레이션으로 선별한다니. 판단 자체를 인공지능에 미뤄버리는 것도 꺼림직하지만 그것보다 더 소름 끼치는 부분이 있었다.

"그렇게 출력된 기억이 정말 나한테 중요하다는 걸 어떻게 알죠? 시뮬레이션이 중요하다고 판단한 것과 진짜로 내게 중요한 기억이 다르다면요?"

"미국 몇 개 주에선 사용자가 기억을 마음대로 열어볼 수 있는 지역도 있어요. 우리나라 5.6%와 미국의 기억 재생 통계를 사용하면 필요한 기억과 중요한 기억 둘 다 선별할 수 있을 거예요."

"만약 예외 상황이 발생해서 누군가 저장되지 않은 기억을 재생하길 원한다면요?"

사실 기업 입장에서 가장 중요한 건 그거였다. 매달 적지 않은 금액을 기억 저장에 지불하는데 데이터가 제대로 저장되지 않고 있다는 걸 사용자가 알아채기라도 하면 끔찍한 소송 문제가 불거질 테니까.

그때 갑작스럽게 주영이 웃기 시작했다. 비웃는 게 아니라 정말 예상 못한 질문을 들은 것처럼 놀랐다가 웃음이 터져 나온 거였다. 한참 혼자 웃던 주영이 뒤늦게 내 눈치를 살폈다.

"다 웃었어요? 뭐가 그렇게 웃긴데요?"

"죄송해요. 비웃은 건 아네요."

아직도 올라간 입꼬리를 손으로 비벼 내리던 주영이 이어 말했다.

"처음 인공지능이 나왔을 땐 거의 바보 같았다고 하잖아요? 누런 개랑 빵을 구분 못할 정도였으니까요. 하지만 인공 신경망 발전 이후엔."

주영이 잠시 말을 멈추곤 나를 바라봤다.

"발전 이후론 뭐요? 무슨 말을 하려는 건데요?"

"사람이랑 비슷해졌죠. 사람들이 뭔가를 배우는 것처

럼 걔네도 배우는 거예요. 전기만 공급하면 자는 시간도 먹는 시간도 필요 없으니 훨씬 효율이 높죠. 사람은 실수하지만, 발달된 인공지능은 실수하지 않아요. 그래서 우리가 도장 찍는 일이나 하는 거잖아요? 진짜 발생한 문제는 인공지능이 해결하게 놔두고 대신 명의나 빌려주고 있죠. 주임님이 뭘 걱정하는지 알겠지만 그럴 일은 없을 거예요. 인공지능이 어떤 과정으로 결과를 내는진 모르지만 그건 알죠. 이제 절대 실수는 없다는 거."

주영의 말은 설득력 있었다. 하지만 정말 기억처럼 개인적인 것까지 정말 계산으로 답을 찾을 수 있는 걸까?

주영이 얼마나 원대한 꿈을 꾸고 있든 그녀의 말은 현실성이 없었다. 회사나 서비스 사용자들이 백업 기억을 데이터로 사용하게 놔두지 않을 거니까. 결국 모두 상상 속의 일이라는 데까지 생각이 미쳤고, 나는 몸을 기울인 채 내 대답을 기다리는 주영의 어깨를 두드렸다.

"현실적으로 실현하긴 어렵겠지만 재밌는 상상이네요. 어쩌면 미래에는 정말 주영 씨 말대로 기억을 선별해서 보관할지도 모르겠어요. 아까 말했던, 아, 이산화탄소 문제도 있고요."

"현실적으로 왜 불가능해요?"

"사용자들이 자기 기억을 멋대로 쓰게 놔둘 리가 없잖아요?"

"이용 약관을 보면, 기억 백업 서비스를 제공하는 회사 측은 비영리 목적으로 개인 기억을 사용할 수 있다고 쓰여 있어요. 물론 기억 데이터 자체를 유출하지 않는 선에서요."

그렇게 말하고 주영이 엉망인 자기 책상을 뒤지기 시작했다. 불길했다. 무릎을 꿇고 앉아 서랍을 뒤지기 시작하는 주영을 붙잡아 말했다.

"만약 회사 데이터로 뭔가를 해보겠다는 생각이면 그만 둬요. 주영 씨가 이상한 짓을 하면 나는 회사에 보고할 수밖에 없으니까. 그런 결과를 바라는 건 아니죠?"

주영이 그냥 한 번 해본 생각이라고 말해 주길 바랐다. 하지만 주영은 서랍을 뒤지던 자세 그대로 나를 빤히 보다가, 로봇들이 오고 가는 데이터 설비실의 문 쪽으로 말없이 시선을 돌렸다.

"만약 이미 했으면요?"

명치 아래로 심장이 떨어지는 것 같은 느낌이 들었다. 주영이 다시 나를 봤고, 주영의 빛나는 눈동자가 불빛 아래에서 더 기이하게 빛났다.

"제가 그 작업을 어디서 했겠어요? 다 회사에서 했죠. 만약 주임님이 회사에 말하겠다고 협박하시면 저는 주임님도 같이했다고 말할 수밖에 없어요. 여기는 보안 문제로 CCTV

도 없고, 로봇들을 제외하면 사람도 우리뿐인데 몇 년이나 옆에서 한 작업을 몰랐다고 하면 회사에서 믿어줄까요?"

대화가 어떻게 끝났는지는 잘 기억나지 않는다. 주영은 내 생각보다 더 미쳐 있었다. 내게 말했던 건 아이디어나 공상이 아니었다. 주영은 이미 회사의 일부 데이터를 가지고 실험을 마친 상태였고 더 많은 데이터가 필요한데 몰래 할 수 없어지자 나를 끌어들이려는 거였다.

도대체 주영은 이 정신 나간 작업을 언제부터 해왔던 걸까. 옆에서 딴짓이나 하고 있다고 여겼던 일이 내 인생을 구렁텅이로 몰아넣을 엿같은 일이었을 줄이야.

"만약 회사에 팔게 되면 30%는 주임님 몫이에요. 저도 정도는 아는 사람이라고요."

나는 준법 시민이었지만 내 앞에서 나불대는 주영의 입을 가만히 놔둔다면 곧 목을 졸라버릴 것 같았다. 그게 내가 주영과의 대화를 마치고 급하게 연차를 사용한 이유였다.

머리를 비우려 밖을 돌아다녔지만, 몸이 힘들수록 주영의 말은 선명해졌다. 집에 도착했을 땐 이미 밤이었다. 영수가 학회에 가느라 서울로 올라갔기 때문에 며칠은 나 혼자 있어야 했다. 아직도 쿵쿵 뛰는 심장을 무시한 채 부산스럽게 휴대폰을 확인했지만 영수에게서 온 연락은 다음 주에 보자는 짧은 메시지가 끝이었다. 오늘 내가 들은 미친 얘기를 누군가에게라도 말하고 싶었다. 나는 영수에게 전화를 걸었다가 신호음만 듣고 급하게 끊어 버렸다.

'하나밖에 없는 동료가 미친 범법자인데 거기에 날 끌어들이려고 해. 그리고 사실 그 미친 짓을 몇 년간 내 책상 옆에서 했으니 걔가 잡혀가면 나도 진흙탕에 빠져들 것 같아. 어떡하지? 어떻게 하면 좋을까?'

내가 영수라도 미친 소리를 하고 있다고 생각할 것 같았다. 애초에 영수는 기억 백업 서비스 회사 자체를 좋아하지 않아서 이직할 때도 갈등이 있었다. 나는 그냥 박봉이라도 절대 잘리지 않을 법한 회사에 들어가고 싶었을 뿐이다. 안정적인 삶, 그게 이 회사에 입사해서 내가 바란 전부였다.

나는 영수가 빨리 학회를 마치기를, 그래서 내 옆에서 안정감을 주기를 바랐다. 내 잔소리를 들으면서 이상한 요리를 만들고 그 요리가 오늘의 유일한 도전거리인 삶으로 돌아가고 싶었다. 하지만 본의 아니게 얽혀 버린 이 문제를 이야기한다면 그때도 영수가 내 곁에 있을까?

이 문제는 우리가 겪어 왔던 갈등처럼 없던 일로 할 수 있는 규모가 아니었다. 나는 회사가 주영의 기행을 눈치채고 나와 주영을 해고하는 장면을 상상했다. 이력서를 아무리 돌려도 나를 고용해 줄 회사는 없을 것이다. 운 좋다면 완전히 다른 분야에서 신입으로 시작할 수는 있겠지. 하지만 지금까지 이뤄 놓은 모든 것들을 버리고 새로 시작해야 할 거였고 그건 영수와 내가 그렸던 안정적인 미래와는 완전히 달랐다.

'괜한 생각하지 마. 생각하면 할수록 최악만 상상하게 되잖아? 딴 생각을 하라고!'

그때, 창고 속 서랍의 존재가 머릿속에 떠올랐다. 베란다로 나가자 서늘한 저녁 바람이 머리를 식혔고, 나는 일전의 꺼림직함은 잊은 채로 창고 문을 열었다.

다시 본 서랍장은 내 기억보단 새것 같았다. 신기한 건 서랍장을 눈에 담자 복잡해서 터질 것 같던 머릿속이 단번에 차분해졌다는 점이다. 무릎까지 오는 서랍을 들어 올리자, 안쪽에서 종이 움직이는 소리가 났다. 뭔가가 들어 있었다.

이 안에는 뭐가 들어 있는 걸까. 나는 어쩌면 미치광이에게 잘못 걸려 회사에서 잘릴지도 모른다. 잘리기만 하면 다행이지, 사실이 밝혀지면 대규모 소송에 원고로 참여할 수도 있다. 내가 해야 할 일은 시답잖은 궁금증을 해결하는 게 아니라 퇴근 카드를 찍고도 몰래 센터 내에서 시뮬레이션을 돌리고 있는 주영의 뒤통수를 쳐서라도 그녀를 막는 일일지도 몰랐다.

하지만 나는 밖으로 나가 택시를 잡는 대신 이단 서랍장의 윗단을 열었다.

'아무것도 없잖아?'

예상치 못했던 일은 두 번째 서랍을 당겼을 때 일어났다. 서랍이 잠겨 있었다.

휴대폰 잠금도 설정하지 않는 내가 잠가 놓은 서랍이라니? 어쩌면 이곳엔 몇 년이 지나 나조차 잊어버린 비밀이 들어있을지도 모른다.

나는 그제야 서랍의 이곳저곳을 살펴보았고 손잡이 뒤편에 있는 작은 열쇠 구멍을 발견했다. 예전에 도어락을 고칠 때 사 둔 드라이버가 생각나 신발장으로 달려갔다. 일자로 된 얇은 부분을 이음새에 넣고 용을 썼지만, 서랍장은 굳건히 닫혀 있었다. 이마 주위에 맺힌 땀을 닦아내는데 바지 뒷주머니에 넣어둔 휴대폰이 진동했다.

[주임님, 제가 한 말을 너무 부담스럽게만 생각하지 않으셨으면 해요. 분명 회사에서 우리 기술을 사줄 거예요. 이미 미국에선 중단했던 연구를 진행하고 있대요.]

주영의 메시지를 보고 한참을 멈춰 있었다. 내가 느꼈던 당혹감과 공포가 부담이라는 두 음절 단어로 설명될 수 있을까? 주영이 자기 인생을 망치는 거야 내가 상관할 일이 아니지만 그녀는 악의를 가지고 나를 끌어들였다. 주영이 아무리 대단한 기술을 발명한다고 해도 주영이 생각하는 것 같은 장밋빛 미래는 없을 거란 생각이 들었다. 회사 기밀을 제멋대로 이용하는 직원과 일할 회산 없을 테니까. 거기까지 생각이 미치자, 내가 해야 할 답도 명확해졌다. 하지만 나보다 주영이 한발 빨랐다.

[연구 내용은 조각내서 친구들에게 뿌려놨어요. 미국에 있는 애들이죠. 걔들도 자기가 받은 부분만으로 전체를 상상할 순 없을 거예요. 자세한 얘기는 내일 출근해서 마저 해요. 전 사직하고 미국으로 넘어가는 것까지 생각하고 있어요. 요즘 시대에 한 회사에서만 일할 필요는 없잖아요? 주임님도 오늘 하루 고민해 보세요. 빨리 내일이 왔으면 좋겠네요.]

구체적인 미래를 그리고 있는 주영의 문자를 보자 내 머릿속의 적신호가 강해졌다. 회사에서 주영의 일을 알게 되고 내가 참고 조사를 받는 중에 이 문자가 밝혀지는 상황. 주영과의 연락을 본 사람들이 내가 그 연구와 무관하다는 걸 믿지 않는 순간이 선명했다. '작업을 회사에서 했다고 밝혀졌는데 몇 년이나 옆에서 뭘 하는지 몰랐다는 말인가요? 네. 그럼, 이 문자는 뭐죠?' 상상이 더 심각해지기 전에 나는 주영에게 답장을 보냈다.

　[무슨 말을 하는지 모르겠네요. 혹시 오늘 얘기했던 신기술 말인
가요? 실제로 그런 기술이 만들어질지도 모르겠고 윤리적 문제 때
문에 상용화가 불가능할 것 같다고 말씀드렸는데, 개인적으로 연
구를 하고 계신진 몰랐네요.]

　거짓과 진실이 뒤섞여 있지만 이 정도면 나중에 회사에
서 추궁하더라도 할 말은 있겠지. 주영이 또 무슨 헛소리를
할지 몰라 메시지 알림을 끄고 소파 위로 휴대폰을 던져버
렸다. 주영과 연관되기 싫어 최선을 다한 문자를 회사도 알
아줄까? 실제로 연관이 있고 없고를 떠나 행정상의 깔끔함
을 위해 둘밖에 없는 센터 관리자 전체를 갈아치워 버릴지
도 모른다.
　나는 소파에 주저앉아 두 손으로 얼굴을 감쌌다. 깜깜한
게 바로 내 미래 같았다. 가까스로 정신을 차리고 시간을 보
니 이미 시간이 훌쩍 지나 있었다. 그리고 눈앞에 흰색의 뭔
가가 어른거렸다. 주영의 메시지가 오기 전까지 내가 씨름
했던 서랍장이었다.
　열쇠로 잠긴 서랍. 순간 번개가 치듯 열쇠가 있는 장소가
떠올랐다. 서랍장을 열지 못해 갖은 애를 쓴 것이 무용하게

기억이 뚜렷했다. 싱크대 아래 서랍장의 벽 끝.

나는 벌떡 일어나 싱크대로 달려갔고, 하부 서랍장의 잡동사니를 모두 꺼낸 채 그 밑으로 머리를 집어넣었다. 열쇠는 투명한 테이프로 고정된 채 내가 기억한 바로 그곳에 놓여 있었다.

오늘 하루는 말 그대로 엿같았다. 24시간 동안 겪은 일 중에 뭔가 하나라도 내 맘대로 끝나는 일이 있어야 했다. 어쩌면 서랍장을 열어 궁금했던 안쪽을 보는 일이 이 거지 같은 하루의 딱 하나의 좋은 점이 될지도 모른다.

나는 테이프째로 열쇠를 뜯어내 서랍장의 구멍에 넣어 보았고 서랍장은 잠긴 적 없던 것처럼 열렸다. 도대체 여기엔 무엇이 있을까? 서랍을 연 순간 눈이 마주친 어떤 여자의 사진으로 그 답을 들을 수 있었다.

"그냥 사진이잖아?"

혹시 뭐라도 더 있을까 사진을 빼내고 안쪽을 살펴봤지만 텅 비어 있었다. 사진 속엔 낯선 여자가 흰색 사무실 같은 곳에 앉아 있었는데 배경은 내가 전혀 모르는 장소였고 여자도 마찬가지였다. 여자는 나보다 10년은 더 어려 보였지만 눈을 비롯한 얼굴 전체에 생기가 없어 우울해 보이는 인상이었다.

생전 본 적 없는 낯선 여자의 사진이 왜 내 집 안에 있는 걸까. 어째서 나는 이 사진을 서랍에 넣어놓고 열쇠를 숨긴 걸까. 여자와 눈싸움이라도 하는 것처럼 뚫어져라 처다봤지만, 몇 번을 봐도 낯선 여자였다. 그때 휴대폰의 벨 소리가 다시 울렸다. 영수인가 싶어 확인해 보니 주영이었다. 메시지를 안 보니 전화를 하기로 했나 보지. 일부러 끊어질 때까지 놔두자 다시 벨 소리가 울렸다. 휴대폰을 꺼버리려 집어들었는데 빌어먹을 손가락이 실수해서 듣기 싫은 목소리가 들렸다.

"주임님, 혼자 계세요?"

젠장. 바로 끊었어야 했는데.

"네, 오늘은 혼자네요. 메시지 보낸 문제에 대한 거면 미안하지만 나는 해줄 말이 없어요. 주영 씨가 뭘 하는진 모르겠지만 그게 오늘 우리가 얘기했던 얼토당토않은 공상이라면……."

"아뇨! 그것 때문에 전화한 거 아니에요."

얼마나 크게 외쳤는지 귀가 아플 정도였다. 나는 휴대폰을 조금 멀리 떨어뜨리곤 물었다.

"그럼, 업무 문제예요?"

"아뇨, 업무 문제도 아니에요. 오늘 밤에 제가 야근하기로 했잖아요?"

주영은 야근을 하기로 한 게 아니었다. 회사의 기밀을

이용해서 사적으로 활용할 생각으로 회사에 숨어든 거지. 전화를 받았을 때 그 문제가 아니라고 했던 말을 믿지 말았어야 했는데.

"나는 주영 씨가 지금 무슨 말을 하는지 모르겠어요. 야근도 처음 듣는 소리고요. 미안하지만 이만 끊을게요."

"잠깐만요! 끊지 마세요!"

주영이 거의 고함을 질렀다. 평소에 늘 자신만만하던 그녀에게서 나온 목소리라곤 믿어지지 않는 목소리였다.

"전화로 얘기하기 힘들어요. 제발 부탁드려요. 회사로 좀 와주세요."

주영의 목소리는 거의 공포에 질려 있었다. 그 목소리를 듣자 불길한 상상이 시작됐다. 어쩌면 주영이 멋대로 백업 기억을 만지다 데이터가 손상됐을지도 몰랐다.

"무슨 상황인지 차근차근 말해 봐요. 혹시 데이터에 문제가 생겼어요? 그래서 전화한 거예요?"

"문제가 있어요. 정말 큰 문제예요. 근데 누구한테 말해야 할지 모르겠어요."

내 예상이 사실이라는 걸 증명받고 싶었던 건 아니었는데……. 나는 한탄하며 신발장 위에 걸쳐놓은 코트를 잡아채 집을 나섰다. 주영 이전에 같이 일했던 친구가 데이터 손상을 일으켜놓고 혼자 해결하겠다고 이것저것을 만지다 복구 불가로 만들어놨던 끔찍한 기억이 떠올랐다. 느리게 올라오는 엘리베이터를 확인하며 급하게 주영에게 물었다.

"손상 심해요? 백업 프로그램 돌리고 있죠?"

"아뇨, 아뇨, 아뇨. 그런 문제가 아니에요. 기계적인 문제는 없어요. 제가 뭘 잘못 만진 것도 아니고요."

"그럼, 뭐가 문젠데요?"

"다. 다 문제예요. 전화로 말할 수 없어요. 너무 무서워요. 제발 좀 와주세요. 제발요."

주영이 반쯤 흐느끼는 소리를 듣고 있는데 엘리베이터 문이 열렸다. 기술적 오류가 아니라면 내가 이 밤에 주영의 요구를 들어줄 필요도 없거니와 오늘 하루를 끔찍하게 만든 주영의 얼굴을 굳이 다시 보고 싶지도 않았다. 하지만 주영의 목소리는 완전히 겁에 질린 것처럼 들렸고, 내가 고민하는 지금은 거의 울고 있었다. 그리고 난 어쨌거나 그녀의 사수였다.

내가 망설이고 있는 걸 알았는지 주영이 다시 소리쳤다.

"제가 여러 명이에요! 저랑 이름도 얼굴도 똑같이 생긴 여자들이 여러 명이라고요!"

전화가 그대로 끊겼다. 주영이 여러 명이라니? 무슨 도플갱어라도 된다는 뜻인가? 아니면 하루에도 커피 여섯 잔은 우습게 마시던 주영이 헛소리를 하는 걸까? 원인이 무엇이든 간에 그냥 주영도 위험한데 정신이 나간 주영이라면 그녀를 백업 장치 가까이 두는 건 훨씬 위험했다. 나는 엘리베이터에 탔고 코트를 입다가 내가 아직도 서랍 속 여자 사진을 한 손에 들고 있는 걸 깨달았다. 그 여자는 여전히 지치고 초췌한 모습이었다. 엘리베이터 문이 닫히자, 맞은편에 내 모습이 비쳤다. 아까까지만 해도 멀게 느껴졌던 그녀의 우울이 내 얼굴 위에 자리 잡고 있었다. 그 얼굴을 보자 낯선 타인처럼 느꼈던 그녀의 얼굴이 나와 꽤 닮았다는 생각이 들었다.

택시를 타고 센터로 갔다. 번화가와는 거리가 있어 센터와 가까워질수록 택시 기사가 작게 욕을 뇌까렸지만 무시했다. 센터는 주위의 빛을 전부 빨아들인 것처럼 어둠 속에서 홀로 환하게 빛나고 있었다. 저 빛을 24시간 유지하려고 전 세계 배출량의 3%가 넘는 이산화탄소가 지구에 방출되고 있다는 거지. 그런 실없는 생각을 하며 센터로 들어갔다.

라운지 형태의 1층을 지나 2층으로 올라가자 거대한 창고 문 같이 생긴 설비실이 눈앞에 보였다. 원래는 닫혀 있어야 할 문이 살짝 열려 그 안에서 가느다란 빛이 새어 나왔다. 묵직한 문을 몸으로 밀어젖히고 설비실로 들어가자 갑자기 밝아진 시야에 눈이 피로해졌다. 인상을 찌푸리며 눈을 깜빡이다 주위를 살펴보니 빽빽이 세워놓은 아파트 단지 모형 같은 장치들이 가장 먼저 눈에 띄었고 주위를 둘러봐도 주영은 보이지 않았다.

"주영 씨?"

높은 천장 때문에 온 공간에 내 목소리가 크게 울렸다. 다시 한번 주영을 부르려는데 작은 목소리가 들렸다.

"주임님! 여기예요."

아니, 작기보다는 먼 목소리였다. 나는 목에 핏대를 세워가며 더 크게 외쳤다.

"여기가 어딘데요?"

"뒤쪽이요! 통제실 쪽으로 들어오세요!"

희미한 주영의 목소리를 안내 삼아 빌딩처럼 양옆으로 늘어선 설비 사이를 지났다. 사실 이곳에 들어온 것 자체가 처음이다. 우리는 설비실 맞은편의 모니터실에서 근무하며 뭔가를 모니터했다. CCTV를 켜면 설비실을 오고 가는 로봇의 모습을 살펴볼 수 있었다.

화면 속에선 작기만 했던 설비실은 끝이 없었다. 천장에 조명이 달려 있지만, 안으로 들어갈수록 점점 더 어두워졌고, 양옆이 막힌 미로 속을 걷는 느낌이 들어 점차 발걸음이 빨라졌다. 이 미로에 끝이 있긴 한 건지 의심스러울 때쯤 다시 시야가 밝아졌다. 저 멀리 보이는 통제실의 문이 활짝 열려 있었다. 주영이 그곳에서 튀어나와 손을 흔들었다.

"빨리 좀 오세요. 여기예요."

재촉하는 말투에 뛰었지만 속으론 주영에게 한 소리 할 생각이었다. 하지만 점차 가까워지는 주영의 모습을 보자 입이 딱 다물렸다. 주영이 입은 노란색 후드의 목 부분이 온통 붉게 물들어 있었고, 목덜미 옆으로는 미처 닦지 못한 피가 딱지 져 있었다.

"주영 씨, 다쳤어요?"

"심각한 건 아녜요."

내 물음에 성의 없이 답한 주영이 내 손을 잡아끌었다. 자세히 보니 그녀의 손에도 피가 묻어 있었다.

"보여드릴 건 안쪽에 있어요."

그녀가 앞장서자 그 피가 어디서 흐른 건지 알 수 있었다. 주영의 뒤통수에서였다. 두툼하게 뭉친 휴지는 반쯤 피에 젖어 후두부를 틀어막고 있었고, 휴지를 고정하려 머리카락 위로 박스 테이프가 길게 붙어 있었다.

"왜 다친 건지 말 안 해줄 거예요?"

"그게 중요한 게 아니에요."

주영의 작은 체구에서 그렇게 강한 힘이 나올 줄은 몰랐다. 주영이 어떻게 여기에 들어온 건지 궁금했는데 통제실을 지키고 있어야 할 로봇이 로봇 팔을 치켜든 채 석상처럼 굳어 있었다. 내 시선을 알아챈 주영이 씩 웃었다.

"지깟 게 전기를 끊으면 어쩌겠어요? 비상 전력 장치도 부숴 놨으니 재구동도 안 될 거예요."

"회사 비품을 부쉈다고요?"

"여기 들어오려면 어쩔 수 없잖아요? 제가 아니었으면 주임님은 여기 들어오기도 전에 공격받았을걸요? 로봇들의 반란처럼요."

경악하며 묻는 내게 어깨를 으쓱하고, 주영은 벽면 한쪽을 채운 꺼진 모니터 앞으로 걸어갔다. 모니터 밑에는 허리 높이의 제어 장치가 서 있었는데, 장치와 이어진 여러 개의 선은 바닥에 놓인 주영의 노트북에 연결되어 있었다. 주영이 제어 장치의 버튼을 몇 개 눌렀다가 노트북 앞에 앉아 자판을 두들기자 나와 주영을 비추던 검은 화면이 환해졌다. 나는 당황해 주영쪽을 돌아보았다. 화면 속에 있는 건 누군가의 개인 화장실이었다.

"얼굴이 나오는 다른 기억을 찾아보려 했는데 뒤져야 할 게 끝도 없더라고요. 그리고 그게 중요한 게 아니잖아요?"

주영이 변명하며 기억을 빨리 감기했다.

"그리고 여기까지 온 이상 주임님도 공범이에요."

아니, 나는 여기 주영을 저지하러 온 거였다. 피 칠갑을 한 모습에 당황해서 잠시 목적을 잃었을 뿐이다. 지금이라도 주영을 말리려는데, 노트북 속으로 빨려 들어갈 것 같던 주영이 불현듯 벌떡 일어나 내 어깨를 잡아 흔들었다.

"저기 봐요. 저 여자, 익숙하지 않아요?"

돌아본 화면 속에는 파자마를 입은 주영이 양치질을 하고 있었다. 아니, 분명 주영이지만 주영이 아니었다. 곱슬머리가 아니었고 머리도 주영보다 길었다. 무엇보다 두 사람을 다르게 보이게 하는 건 사람이 뿜어내는 분위기였다. 내 옆의 주영이 거의 히피라면 화면 속 주영은 곱게 자란 아가씨였다. 당황한 내가 화면과 주영을 번갈아 보는데 곧 영상이 바뀌었다. 이번 주영은 원래 주영보다도 더 거칠어 보였다. 피부는 누렇게 떴고 내가 아는 주영처럼 눈이 빛나지도 않았다. 그 이후로도 주영이자 주영이 아닌 존재들이 화면을 채웠다. 처음엔 비슷한 얼굴에도 완전히 다른 인상이 신기했지만 열 명이 넘어가자 오싹했다. 마지막 영상을 일시 정지한 내 옆의 주영이 환히 웃고 있는 화면 속 주영을 멍하니 바라보며 말했다.

"웃기는 게 뭔 줄 알아요? 이 사람들, 이름도 다 유주영이에요. 유주영이라는 이름을 가진 저랑 똑같이 생긴 사람들이 이십 명도 넘게 있다고요."

"어릴 때 무슨 실험 같은 데라도 참여한 거예요?"

주영이 눈을 흘겼다.

"죄송하지만 하나도 안 웃겨요."

그녀의 안색은 핏기 없이 창백했다. 뒤통수에서 피를 흘려서인지 아니면 도플갱어의 존재 때문인지 알 수 없었다. 하지만 주영에겐 불행히도 농담한 게 아니었다. 다섯 번째 주영을 볼 때부터 내 머릿속에는 여러 공상과학 드라마가 떠다녔기 때문이다.

"농담이 아니라 진짜로요. 도플갱어가 한두 명이 아니라 이십 명이라니. 무슨 실험 같은 게 아니면 말이 안 되잖아요?"

"저 하나면 주임님 말이 맞겠죠."

주영이 노트북을 만졌다. 새로운 배경은 카페였다. 카운터와 문 쪽을 힐끔대던 누군가의 시선으로 한 여자가 뛰어들었다.

"모든 사람에게 도플갱어가 수십 명씩 있는 건 도대체 무슨 실험일까요?"

주영이 옆에서 말하는데도 나는 빨려가듯 화면만 보고 있었다. 나와 똑같이 생긴 단발의 여자에게서 눈을 뗄 수가 없었다. 지게차를 모는 내 모습이 이어졌고, 연구원인 나도 있었다. 옆에서 계속해서 말을 걸던 주영이 모니터를 껐고 검은 화면 속에 내 얼굴이 비쳤다. 그 얼굴은 영상 속에 있던 여자들과 똑 닮아 있었다.

내 서랍 속의 여자

우리는 급하게 택시를 타고 내 집으로 이동했다. 상태가 심각해 보여 병원에 가자고 했지만, 주영의 고집을 꺾을 순 없었다. 구급상자를 꺼내 왔는데 주영이 어디선가 찾은 핀셋을 들고 신발장의 거울로 뒤통수를 살피며 상처를 헤집고 있었다. 나는 비명을 지르며 핀셋을 빼앗았다. 그제야 뒤통수의 상처가 어떻게 생겼는지 알 수 있었다. 주영이 한숨을 쉬며 푸념했다.

"소름 끼쳐서 달고 있을 수가 없더라고요."

똑똑한 주영이 했다기엔 너무 바보 같은 일이라 들으면서도 실감이 나지 않았다. 잔소리하는 내 눈치를 보던 주영이 조심스럽게 끼어들었다.

"처음에 도플갱어, 도플갱어라고 하는 게 맞진 모르겠지만 어쨌든 그 여자들을 발견했을 땐 소름이 돋았어요. 웃기는 얘기지만 내가 사실 인체 실험의 결과물 그런 거였을까 하는 망상도 했다니까요? 미친 사람처럼?"

나를 웃겨 긴장을 풀게 하려는 것 같았지만 영상을 보며 나도 비슷한 생각을 했던 기억이 나 웃음이 나오진 않았다. 내가 아무런 반응도 하지 않자, 주영이 머쓱한 기색으로 다시 입을 열었다.

"그렇게 안면 인식 기능으로 제 도플갱어들을 찾아다니는데 아는 장소가 나오더라고요. 친구가 졸업한 대학이었거든요."

"그런데요?"

"그 여자 남자친구의 기억이었는데 대학이랑 과, 학번까지 알게 돼서 가만히 있을 수가 없었어요. 인터넷을 뒤져서 그 대학 전화번호를 찾았죠. 물어보고 싶은 게 많았거든요."

영상 속의 도플갱어들을 본 순간 내가 한 생각은 절대로 마주치고 싶지 않다는 거였는데 주영은 오히려 일부러 찾아다녔다니. 대단하다고 생각하면서도 입 밖으론 근거 없는 낭설이 튀어나왔다.

"도플갱어를 마주치면 죽는다는 얘기도 있잖아요. 무섭지 않았어요?"

"무섭긴 했는데 솔직히 궁금하잖아요? 진짜 쌍둥이일 수도 있고. 근데 전화해서 알게 된 게 뭔 줄 아세요?"

"뭔데요?"

주영이 뜸을 들였다. 내 반응을 예상해 보는 것도 같았다. 나는 기다리다 못해 주영을 재촉했다.

"뭔데 그래요?"

"그런 사람은 없다는 거예요. 학번, 학과, 이름까지 정확히 말했는데 그런 졸업생은 없대요. 그래서 공무원인 다른 여자로 직원 찾기를 해봤는데, 그 여자도 없는 여자였어요."

그럼 우리가 본 기억 속 존재들은 뭐란 말이지? 도플갱어가 있을지도 모른다는 사실도 겨우 받아들였는데 사실은 그들이 없는 존재였다고? 존재하지 않는 사람의 기억이나 존재하지 않는 사람을 만난 다른 사람의 기억은 그럼 어떻게 된 거란 말이야?

"그럼, 그 기억은 어떻게 된 거예요?"

"그래서 생각을 해 봤죠. 이건 평행우주 같은 게 아닐까? 만약 제가 여러 명인 게 아니라 여러 차원의 제가 우리 데이터 센터에 저장되어 있던 거라면 저만 여러 명일 리 없잖아요? 그래서 주임님 얼굴로 인식을 다시 해 봤는데 진짜로 주임님의 도플갱어도 찾게 된 거예요. 만약, 제 가설이 맞다면 도플갱어가 아니라 다른 차원의 주임님이겠지만요."

공포에 질려 내게 전화한 것은 완전히 잊었는지 주영은 과도하게 흥분해 있었다.

"그렇다면 그 다중 차원의 기억을 어떻게 한곳에 모은 걸까? 그게 궁금했는데 백업 칩이 생각난 거예요! 만져 보니 생각보다 얕은 곳에 심겨 있는 것 같아서 꺼내보기로 했죠. 통제실 로봇 부품 몇 개를 분해해 보니 뾰족한 것도 있더라고요. 그래서……"

"잠깐, 잠깐. 거기까지 듣고 싶진 않아요."

놔두면 뒤통수를 어떻게 절개했는지까지 얘기할 것 같아 주영을 제지했다. 실망한 기색이었지만 다행히 주영은 입을 다물었다. 더더욱 창백해진 주영을 소파에 앉힌 채 간단히 상처를 소독하고 붕대를 감으려는데 주영의 벗겨진 두피 아래로 새끼손톱 반만 한 은색 구체가 보였다. 이게 백업 칩이면, 핀셋까지 썼어도 주영은 백업 칩을 제거하는 데 실패한 거였다.

"어떻게 생겼는지 보고 싶었는데 생각보다 깊이 있더라고요. 혹시 얼마나 깊게 심어졌는지 보이세요?"

"아뇨. 제 눈에는 상처만 보이네요. 간단히 붕대로 감긴 했는데, 피가 많이 나니까 응급실이라도 가는 게 좋겠어요. 주영 씨 생각보다 상처가 깊은 것 같아요"

의식하지 않아도 거짓말이 매끄럽게 나왔다. 백업 칩은 거의 다 파헤쳐진 두피 아래의 얇고 반투명한 살 밑에 박혀 있었다. 그걸 알려주면 당장이라도 주영이 나를 뿌리치고 백업 칩을 뽑겠다고 난리를 칠 것 같았다.

"안 그래도 배가 고파서 어지러운 건지 피가 모자라서 그런 건지 헷갈렸는데 얘길 들어 보니 상처 때문인가 보네요"

주영이 비틀거리며 소파에서 일어섰다. 바닥에 버려둔 외투에 팔을 꿰는 주영의 뒤를 졸졸 쫓아가며 물었다.

"응급실 갈 거죠? 같이 갈까요?"

"시간이 늦었잖아요. 진료비가 세 배는 나올걸요. 일단 집으로 갔다가 아침에 가려고요. 주말이지만 응급실보단 싸

겠죠."

"이대로 집에 간다고요?"

응급실 비용을 대주겠다고 했지만, 주영은 완고했다. 하지만 주영이 이대로 집 밖으로 나갔다가 어디에서 쓰러지기라도 한다면 나는 평생을 후회할지도 몰랐다. 가까스로 그녀를 설득해 영수가 자고 가는 손님방에 들어보냈다. 혹시 상태가 안 좋으면 나를 부르라고 했지만, 건성으로 대답하는 주영을 보자 불안감이 치솟았다. 내 방 침대에 눕자, 아침에 주영을 깨우러 갔는데 시체가 되어 있는 쓸데없는 상상이 떠올랐다. 결국 30분마다 살금살금 방문을 나와 손님방을 확인해 봤고 나의 이런 기행은 새벽 5시까지 계속됐다.

일어나 보니 오후 한 시였다. 원래는 주말이라도 오전에 일어나는 편인데 오늘은 이상하게도 눈이 늦게 떠졌다. 몸까지 찌뿌둥해 의아해 하며 거실로 나왔다가 비명을 질렀다. 거실이 피투성이였다. 소파 앞 앉은뱅이책상에 피 묻은 휴지가 산처럼 쌓여 있었다. 게다가 영수는 학회에 가서 없는데 손님방 문이 열려 있고, 누가 자고 가기라도 한 것처럼 이불도 쌓여 있었다.

그때 초인종이 울렸다.

"누구세요?"

인터폰 속에 있는 여자는 굵은 곱슬머리가 어깨 밑까지 내려오는 젊은 여자였는데 이마를 가로질러 붕대를 감고 있었다. 나는 대답 없는 여자에게 다시 물었다.

"죄송합니다만 누구세요?"

여자는 대답 없이 카메라를 멀뚱히 쳐다보고만 있었다. 얼굴을 잘 살펴보니 위로 쭉 올라간 여자의 눈 밑이 퀭했다. 여자를 살펴볼수록 꺼림직했다. 아침마다 신문을 장식하는 각종 묻지 마 범죄가 생각나며 문을 열면 안 된다는 생각이 들었다. 내가 문을 열지 않자, 인터폰 속 여자가 한숨을 쉬었다.

"402호 사는 사람이에요. 택배가 잘못 와서 가져왔어요. 앞 글자가 비에 젖어서 안 보여서 102호부터 쭉 돌고 있거든요, 수신인 이름이……."

그러고는 여자가 내 이름을 말했다.

"여기 사는 분인가요? 아니면 1102호 가야 되니까 빨리 말해 주세요."

주방용품을 시킨 게 맞냐고 묻는 말에 내 택배임이 확실해졌다. 주말 아침부터 남의 택배 주인을 찾으려 계단을 올랐다면 당연히 짜증이 나겠지. 나는 머릿속에서 한 상상이 부끄러워 재빨리 현관문을 열었다. 여자의 손에는 택배만

들려 있었고, 문을 열자마자 여자가 등 뒤에 숨긴 칼로 나를 찌르는 일도 당연히 없었다. 나는 부리부리한 눈으로 나를 쳐다보는 여자에게 꾸벅 고개를 숙이고 말했다.

"402호부터 여기까지 올라오신 거예요? 죄송해서 어떡해요."

"괜찮아요."

"혹시 음료수라도 드실래요? 오렌지랑 토마토 있는데 뭘로 드릴까요?"

내가 묻는 동안에도 여자는 내 얼굴만 보고 있었다. 택배 박스를 건네받고 뒤도는 순간 뒤쪽에서 여자가 물었다.

"저 기억 안 나세요, 주임님?"

소스라치게 놀라 뒤를 돌자 주영이 서 있었다. 굽이치는 머리카락, 올라간 눈매. 항상 보던 주영이였는데 나는 왜 눈치채지 못한 걸까. 얼어붙어 가만히 서 있자 왼쪽 손을 바지 주머니에 넣고 있던 주영이 손을 꺼냈다. 손바닥 위에 광택이 도는 동그랗고 납작한 물체가 있었다.

"아침에 꺼냈어요. 손톱깎이로요. 피가 많이 나서 병원에 가야겠더라고요. 그런데……."

잠시 뜸 들이던 주영이 이어 말했다.

"병원에서 제 정보를 찾을 수가 없었어요. 이거 어디서 많이 들어본 얘기 아닌가요?"

처음에는 주영이 무슨 말을 하는지 몰랐다. 손 위에서 반짝이는 백업 칩을 보고 나서야 도플갱어들을 찾아다녔다는 주영의 말이 생각났다.

"칩을 외투 안에 넣어둔 게 생각나서 꺼냈는데, 그제야 정보 조회가 되더라고요. 그제야 알았죠. 칩이 없어서 내 정보가 사라졌다는 걸요. 결국 치료를 받는 내내 칩을 잡고 있었어요."

물끄러미 손바닥을 내려다보던 주영이 칩을 움켜쥐었다. 어찌나 세게 쥐었는지 손등 위로 핏줄이 서 있었다. 그제야 나도 주영을 전혀 알아보지 못한 충격에서 서서히 벗어났다. 경악이 지나가자 팔 전체에 소름이 돋았다. 우리는 기억 백업 센터에서 일하고 있었다. 알고 있기론 그랬다. 하지만 정말 그곳이 기억 백업 센터가 맞을까?

"주임님한텐 제가 모르는 여자로 보였어요?"

"네, 그러니까. 그 말이 딱 맞네요. 모르는 여자."

"처음엔 그래요. 칩이랑 접촉을 안 하면요."

손안의 칩을 만지작거린 주영이 눈을 깜빡거렸다.

"그런데 나중엔 제가 있는 것도 모르더라고요. 투명인간이 된 것처럼요. 바로 앞에 있는 데도 인식을 못해요. 시간을 재 봤는데 한 시간 정도 칩에서 떨어지면 아무도 못 알아봐요. 공기 같은 존재가 되는 거예요. 처음엔 사람들이 저를 못 본다는 걸 몰랐어요. 이 사람 저 사람 앞에 가서 생쇼를 했죠."

주영의 말에 나도 모르게 뒤통수를 만지작거렸다. 손 밑에 딱딱한 칩이 만져졌다. 그녀의 말은 들을수록 이상했다. 칩이 없으면 인식을 못 한다니. 그건 마치 백업 칩이 우리 존재의 본체라는 말 같지 않은가? 새하얗게 질려버린 내 얼굴을 보던 주영이 말했다.

"그런데 누가 절 잡더라고요. 그 사람은 절 볼 수 있었어요."

"볼 수 있었다고요? 어떻게요?"

"그건."

막힘없이 설명하던 주영이 웬일로 망설였다. 그러더니 고개를 저었다. 궁금했지만 주영의 얼굴이 너무 진지했다. 말해 주지 않을 거란 생각이 들어 입을 닫았다.

"본사에 가봐야겠어요. 뭐가 어떻게 된 건지."

"가서 뭘 어쩌려고요? 가봤자 들어갈 수나 있겠어요? 보안은 어떻게 뚫으려고요?"

"저는 투명인간이 될 수 있잖아요."

어깨를 으쓱한 그녀가 내게 손을 내밀었다.

"이건 주임님한테 맡길게요. 거기서 무슨 일이 일어날지 모르니까요."

"미안하지만 나는, 안 돼요. 솔직히 무서워요."

주영이 다가오는 만큼 뒤로 물러섰다. 그녀가 내게 맡기려는 건 단순한 물건이 아니었다. 지금까지의 말이 사실이라면 저 칩을 잃어버리는 순간 주영은 세상 속에서 잊힌 존재가 되는 거였다. 남들만큼 평범한 삶을 사는 게 목적인 내가 그런 중요한 일을, 심지어 남의 일을 맡을 수는 없는 거였다.

"그러면 이걸 누구한테 맡길까요, 누가 제 말을 믿어줄까요?"

그 말에 결국 나는 칩을 건네받았다. 주영이 손에 한참 쥐고 있던 칩은 미지근했다. 그리고 아주 가벼워서 이 작은 것이 사람의 존재를 좌지우지한다는 점이 더욱 두려웠다. 그녀는 칩이 올려져 있는 내 손 위에 손바닥을 댄 채 마지막 인사를 했다.

"그럼 갔다 올게요."

그렇게 말하며 주영이 몸을 돌렸다. 나는 주영의 손이 주던 온기가 사라진 손을 꽉 쥐어 손안에 놓인 기억 칩을 잡았다. 주영의 뒷모습은 작아 보였다. 그녀가 왜소해서가 아니라, 상황이 그랬다. 세상에 홀로 남겨진 사람의 뒷모습이었다.

"잠깐만요."

그리고 내가 그녀를 잡았다.

"택배 전해주러 들어왔잖아요. 기억나시죠? 402호."

"네, 기억나요."

나는 어서 이 장소에서 벗어나고 싶어 하는 기색의 여자에게 말했다.

"주영 씨잖아요. 유주영."

타인의 기억 칩과 접촉하고 있다면 존재를 잊지 않는다. 나와 주영이 한 시간에 걸쳐 실험하며 알아낸 법칙이었다.

"모든 사람이 주영 씨를 잊어도 나는 주영 씨를 보고, 기억할 수 있어요. 이 칩만 잡고 있으면요."

그때 나는 충격적인 여러 사건을 겪은 후 처음 알게 된 긍정적인 결과에 반쯤 정신이 나가 있었던 게 틀림없다.

"칩을 저한테 맡기면 계속 투명인간 상태로만 있어야 하잖아요? 하지만 제가 같이 가면 마음대로 상태를 변화할 수 있어요."

"그게 걱정되시는 거면 그냥 제가 칩을 가지고 갈게요. 겉옷 안쪽에 테이프로 붙여놓으면 돼요. 박스 테이프만 빌려주세요."

고개를 저으며 일어서는 주영의 손을 잡았다. 차가운 얼굴로 나를 내려다보고 있었지만, 그녀의 손은 떨리고 있었다.

"둘이면 좀 덜 무섭잖아요."

다시 생각해 보면 미친 짓이었다. 하지만 내 말이 기폭제라도 된 것처럼 주영의 얼굴이 무너지는 건 인상적이었다. 몸을 돌린 주영에게서 훌쩍거리는 소리가 들렸고 나는 잠시 화장실에 들어가 있었다. 화장실에 혼자 있으려니 갑자기 현실적인 불안이 찾아왔지만 현관 앞에서 봤던 주영의 작은 등을 생각했다.

우리는 택시를 타고 서울로 올라갔다. 택시를 타자마자 잘못된 결정이란 생각이 들었고 다시 내리고 싶어졌다. 하지만 투명인간 상태로 내게만 들리는 감사 인사를 건넨 주영 때문에 결국 내릴 타이밍을 놓치고 말았다.

"감사해요, 주임님."

택시 요금이 20만 원이 될 수 있다는 걸 그때 처음 알았다. 서울의 본사는 IT 회사가 밀집해 있는 구역의 구석에 있었다. 출근용 버스의 종점이었고, 바로 앞 정류장과 15분 이상 떨어진 외진 곳이었다. 밖에서 안쪽이 훤히 보이는 소재로 지어졌고, 경비는 따로 없었지만 카드 키가 있어야 안쪽의 게이트를 통과할 수 있었다.

"제가 들어가서 카드 키를 훔쳐 올게요. 그러면 주임님이 직원인 척 위장해서 들어가기로 하죠."

"위장이라니까 이상하네요. 실제로 직원이잖아요."

주영의 얼굴이 너무 안 좋아서 한 농담이었는데 다행히

내 서랍 속의 여자

주영이 웃었다. 작게 미소 지은 주영이 손바닥에 테이프로 붙여놓은 칩을 떼 건넸다. 나는 테이프로 팔뚝에 칩을 붙였다.

"계획대로 되길 빌자고요."

"열심히 기도해 주세요."

주영이 떠난 호텔에서 나는 준비해 온 감기약을 꺼내 입에 넣었다. 먹기만 하면 10분 내로 졸음이 쏟아져 꺼리던 브랜드의 약이었다. 침대 위에 누워 눈을 감은 채 숫자를 셌다. 일, 이, 삼, 사, 오. 눈을 뜨지 않도록 조심했다. 혹시나 눈을 뜬다면 주영을 두고 도망가지 않을 자신이 없었다.

잠에서 깬 건 초인종 때문이었다. 팔뚝이 간지러웠다. 살펴보니 왼쪽 팔뚝이 온통 빨간데다 잠결에 긁기라도 한 건지 손톱자국까지 나 있었다. 내가 왜 호텔에서 자고 있는 걸까. 휴대폰 GPS를 확인해 보니 심지어 서울이었다.

"아, 영수 만나러 왔었지?"

뇌가 천천히 깨어나는 것처럼 이유가 기억났다. 다시 한 번 호출 벨이 울려서 문을 열었다. 신발을 신고 밖으로 나가 봤지만, 복도엔 아무도 없었다. 그리고 다시 방 안으로 들어가자 주영이 바닥에 떨어진 테이프를 주워 들고 무서운 얼굴로 서 있었다.

"주임님."

"미안해요. 깜빡 잠들었는데 잠결에 떼어냈나 봐요."

주영은 나를 한 번 쩌려봤지만, 더 비난하진 않았다. 기억 칩이 얼마나 중요한지 알고 있어선지 더욱 미안했다. 혼자 잠입한 동안 내가 왜 호텔에서 자고 있던 건지 묻지 않은 것도 고마웠다. 계속해서 미안하다 말하는 내게 주영이 그만하라는 듯 손을 들어 보였다.

"건물에 들어가서는 칩에 계속 접촉해 있으셔야 해요. 절 못 보는 건 그렇다 쳐도, 왜 그 건물에 왔는지 몰라서 집에 가시면 큰일이잖아요."

그제야 주영이 왜 나를 책망하지 않는지 어렴풋이 알 것 같았다. 본인이 아는진 알 수 없지만 농담처럼 한 말 사이에 두려운 기색이 묻어나왔다. 주영은 이제라도 내가 도망가서 혼자가 될까 봐 걱정하고 있는 거였다.

"그렇죠. 20만 원을 그냥 낭비할 순 없잖아요?"

씩 웃으며 말하자 그제야 안심이 되었나 보다. 주영이 쾌활하게 덧붙였다.

"낭비하기엔 확실히 꽤 큰 금액이죠. 같이 돌아가면 제가 드릴 테지만, 주임님이 절 잊어버리시면 안타깝게도 갚을 길이 없네요."

"억울해서라도 꼭 같이 가야겠는데요?"

주영이 알아 온 바로 1층부터 10층까지는 일반적인 사무실이고 11층부터 19층까지는 사람이 들어갈 수 없는 보안지역이었다. 우리는 꼭대기인 19층에 가야 한다고 그녀가 주장했다.

"거기에 뭐가 있는데요?"

"기억 백업 시스템의 중추요. 컨트롤 타워라고 보시면 돼요."

"직원 출입 금지 구역인데 카드키로 들어갈 수 있을까요?"

내 물음에 주영이 주머니에서 손가락 한 마디만 한 회로판을 꺼내 내밀었다. 붙어 있는 센서 중 뭐에 반응하는진 모르니 달린 것들이 떨어지지 않게 조심하라고 했다. 어떻게 얻었냐고 묻자, 주영은 5층의 직원 라운지 커피 바에서 훔쳤다는 아이스픽을 보여줬다.

"고층 전용 엘리베이터에서 내리는 로봇들이 혼자 있기를 기다렸죠. 주임님도 하나 가지고 계세요."

주영이 건넨 회로판 하나와 아이스픽을 외투 주머니에 넣고 호텔 방을 나섰다. 직원 출입증은 목에 걸었다. 주말이지만 회사 밀집 지역에 있어선지 호텔 복도엔 사람이 없었다.

"주영 씨는 그럼 19층에 올라가 본 거예요?"

"네, 회로판이 작동하는지 확인하면서요."

"19층에 컨트롤 타워가 있는 거 확실해요? 왜 안 들어가

봤어요?"

사람이 있는 장소에 가면 주영과 대화할 수 없기 때문에 최대한 많은 걸 지금 물어봐야 했다. 처음엔 성실히 답하던 주영도 나중에는 짜증 난 기색을 숨기지 못했다. 내려가던 호텔 엘리베이터가 도중에 멈추더니 초췌한 행색의 정장 입은 남자가 주영과 내 사이에 탔다.

"혼자 들어가기 무서워서요."

무심코 주영을 처다봤다. 엘리베이터의 층수를 보려 고개를 살짝 위로 든 주영의 옆 모습은 덤덤해 보였다. 뭐라도 말하고 싶었지만, 남자가 있어서 말은 할 수 없었다.

호텔을 나오자 밖은 깜깜했다. 10분 정도 걸어 본사 건물에 도착했다. 밤에 다시 본 본사는 10층까진 사무실 군데군데만 불이 켜져 있고 11층부터 꼭대기 층까진 낮과 다를 바 없이 환했다.

"너무 긴장하지 마세요."

주영이 손을 잡아 와서 그제야 내가 손을 벌벌 떨고 있다는 걸 알 수 있었다. 1층으로 들어가자, 안내데스크의 직원이 졸다 깨서 나를 처다봤다. 괜히 몸을 틀어 목에 걸린 키 카드가 잘 보이게 걷자 주영이 옆에서 웃었다.

"저 사람은 주임님 신경도 안 쓸걸요."

나도 알아. 그냥 기분상 하는 행동이라고. 속으로 대답하며 키 카드를 게이트 앞에 댔다. 초록 불과 함께 열린 문을 빠르게 지나쳐 엘리베이터에 타서는 10층을 눌렀다. 아직도 주영은 옆에서 실실 웃으며 나를 보고 있었다.

"할 말 있으면 해요."

"할 말 없는데요?"

거짓말이라고 한마디 하려는데 엘리베이터가 열렸다. 직원 한 명 빼곤 한산했던 1층과 다르게 10층엔 회사원으로 보이는 사람들이 여럿 돌아다니고 있었다. 새벽인데 회사에서 뭘 하고 있는 거지? 당황해 주위를 두리번거리는 내 앞으로 주영이 앞장섰다.

주영은 조심성이 전혀 없다. 알고 있었지만 무리지어 지나다니는 사람들 옆을 아슬아슬하게 지나치는 모습을 볼 때마다 내가 다 조마조마했다. 내 눈이 커졌다 작아졌다 할 때마다 옆을 지나는 사람들이 힐끔 쳐다봐 등 뒤로 식은땀이 흘렀다. 티 나지 않게 표정 관리 좀 하라는 주영의 타박에 너 때문이라고 소리치고 싶었다. 나는 이렇게 긴장되는데, 주영은 긴장한 나 때문인지 오히려 이 상황을 즐기고 있는 것만 같았다.

키 카드로 유리 자동문을 몇 번 지나자 사람들의 수가 확연히 줄기 시작했다. 대신에 라운지엔 없던 이동형 로봇들이 종종 등장했는데 회사에서 자주 사용하는 청소용이 아니라 센터에 돌아다니는 것들과 유사했다. 우리는 두 번 더 문을 지났고, 문 하나는 키 카드로 열리지 않아 회로판을 가져다 댔다. 키 카드처럼 센서에 바로 가져다 대자 주영이 박장대소하며 피부에 접촉하고 있으면 손만 가져다 대도 된다고 말했다.

"백업 칩이랑 원리가 똑같네요."

주위에 사람이 없는 걸 확인하고 묻자, 주영이 고개를 끄덕였다. 사람과 로봇이 같은 작동 원리로 인식되고 있다는 건 신기하면서도 끔찍한 기분이었다. 마지막 문을 열자 긴 복도가 나왔고, 우리는 복도 끝에 있는 화물용 엘리베이터를 로봇 다섯 대와 함께 기다렸다.

특이하게도 엘리베이터엔 버튼이 하나도 없었다. 층 버튼이 있어야 할 곳엔 긴 회색 판만 있었고 로봇들은 줄지어 그곳에 잠시 대기했다가 엘리베이터를 안쪽부터 채우기 시작했다. 회색 판 앞에 로봇이 서 있으면 곧 아무것도 없던 판 위에 숫자 표시가 떴다. 로봇 중 하나가 된 것처럼 같이 줄을 서서 회색 판 앞에 섰지만, 도대체 어떻게 층을 설정하는지 알 수 없었다.

"주영 씨, 이거 어떻게 하는 거예요?"

이미 엘리베이터 안쪽에 자리한 주영에게 구조 신호를 보냈다. 주영은 로봇들을 피하며 나오는 데만 시간을 한참

썼다. 얌전히 내 뒤로 서 있던 로봇들이 마치 사람처럼 좌우로 구르며 부산을 떨기 시작했고 일단 나오라는 주영의 목소리에 나는 얌전히 엘리베이터 안으로 들어갔다.

"버튼은 어떻게 누르는 거예요? 그걸 알려주고 갔어야죠!"

"저도 몰라요. 그땐 로봇이 대신 눌러줬어요."

"그럼 꼭대기로 가는 로봇이 있을 때까지 계속 엘리베이터에서 기다려요?"

"그렇지 않을까요?"

주영의 대책 없음에 한숨이 절로 나왔다. 주영이 씩씩대는 내 어깨를 잡아 흔들더니 손가락을 뻗었다.

"저거 봐요. 저흰 운이 좋네요."

내 뒤에 있던 로봇의 목적지가 꼭대기 층이었나 보다. 층수를 입력한 로봇이 미끄러지듯 내 옆에 섰다. 엘리베이터가 올라가는 동안 주영을 째려봤고 그녀는 날 완전히 무시했다. 과연 주영이 컨트롤 타워에 들어가는 방법을 정말 알고 있을까? 엘리베이터가 올라갈수록 의문이 풍선처럼 부풀어 올랐다. 꼭대기 층에 다다를 때쯤엔 엘리베이터 안에 로봇 하나와 우리밖에 없었다. 나는 불안감을 감추며 물었다.

"컨트롤 타워로 들어가는 방법을 아는 건 맞아요?"

"네, 그건 확실해요."

"어떻게 들어가는데요?"

때마침 엘리베이터 문이 열렸다. 환한 빛이 쏟아졌다. 문 앞에 바로 원기둥 모양의 둥그런 벽이 보였는데 은은한 빛이 나는 처음 보는 소재로 되어 있었다. 꼭대기 층의 천장은 아주 높았고 외벽은 다른 층과 마찬가지로 밖이 보이는 유리 재질이었다. 로봇이 우리보다 먼저 내리더니 곡선으로 된 벽 앞으로 다가갔다. 잠시 서 있기만 했는데 매끈했던 벽이 열리고 로봇이 그 안으로 사라졌다.

로봇이랑 같이 들어갔어야 했다고 탄식하며 달려가 봤지만 이미 문을 닫힌 뒤였다. 이음새가 하나도 보이지 않는 게 신기해서 만져 보았다. 보송보송하면서도 매끈한 게 마치 신생아의 솜털 난 머리를 만지는 느낌이었다.

로봇과 같은 장소에 섰지만, 벽에선 아무런 반응이 없었다. 주머니에서 회로판을 꺼내자 빛나던 벽 위로 회색의 직사각형이 나타났다. 엘리베이터와 똑같은 모양이었다.

"주영 씨, 어떡하죠? 다른 로봇이 오길 기다릴까요?"

하지만 주영은 내게 대답하는 대신 회색 모양을 뚫어져라 쳐다보았다.

"주영 씨."

내가 다시 불러도 그녀는 미동 없이 눈싸움하듯 벽만 노려볼 뿐이었다. 그리고 벽 위로 숫자가 떠올랐다. 6, 2, 5, 7, 9.

"어떻게 한 거예요?"

"잠시만요. 집중해야 하니까 조금 있다가 얘기해요."

숫자는 계속 이어졌다. 주영은 어떤 방식으로 숫자를 입력하고 있는 걸까. 그것보다 번호를 알고 있는 게 더 신기했다. 19층에 왔을 때 봤던 걸까? 의문이 점차 커지는 와중에 벽이 부드럽게 열리고 빛나는 흰 바닥이 드러났다. 넓은 공간의 중간에는 은은하게 빛나는 긴 탑이 서 있었다. 바닥과 탑 모두 벽과 같은 재질로 보였다. 그리고 밖에서 볼 때 빛이 났던 벽은 안에서 밖을 바라보자 아주 깨끗한 유리처럼 외부가 선명히 보였다. 우리보다 먼저 들어갔던 로봇은 느리지만 꾸준하게 탑으로 향하고 있었다.

"들어가요. 로봇이 뭘 하는지 확인하죠."

성큼성큼 들어가는 주영과 다르게 망설여졌다. 고민할 시간도 없이 벽이 닫히기 시작했고 나는 본능적으로 안으로 들어섰다. 흰 바닥은 잠시만 있어도 눈이 피곤했다. 외투를 머리 위로 덮은 채로 저 멀리까지 걸어간 주영을 따라잡으려 뛰기 시작했다.

바닥은 벽을 만졌을 때처럼 딱딱하지 않고 부드러웠다. 그래선 힘껏 달렸는데도 속도가 나질 않았다. 내가 탑 근처에 갔을 때 주영은 팔짱을 끼고 몸을 앞으로 기울인 채 로봇이 하는 행동을 지켜보고 있었다. 로봇이 탑 앞에 서자 탑 전체가 한 번 빛나더니 구식 컴퓨터의 CD롬이 열리는 것처럼 판판한 고정대가 앞으로 튀어나왔다. 그에 반응하듯 로봇의 몸 가운데가 열리고 긴 은색 팔이 튀어나왔는데 집게처럼 생긴 팔의 끝에는 익숙한 물체가 집혀 있었다.

"주임님, 백업 칩이에요."

"그걸로 뭘 하려는 걸까요?"

의문은 곧 풀렸다. 흰색 고정대 위에 백업 칩이 놓인 순간 탑의 꼭대기에 거대한 스크린이 떴기 때문이다. 스크린 속엔 초췌한 얼굴의 한 여자가 앉아 있었다. 공간은 온통 흰색에 사무실 같은 느낌이었는데 어쩐지 익숙한 기분이었다.

"시뮬레이션 종료 프로토콜을 진행합니다."

방향 없이 공간 전체에서 울리는 것 같은 웅웅대는 목소리를 끝으로 정지했던 화면이 재생됐다. 여자가 입을 열었다.

「저는 제 선택으로 시뮬레이션 실험에 참여함을 증명합니다.」

시뮬레이션 실험? 익숙한 단어에 얼굴을 찌푸리는데 또다른 목소리가 들렸다.

내 서랍 속의 여자

「걱정하지 마세요. 98가지 시뮬레이션으로 환자분이 가장 행복한 삶을 찾아드릴 겁니다.」

여자는 혼자 있는 게 아니었다. 영상을 찍는 카메라 옆에 누군가가 있는지 여자의 시선이 영상 왼쪽으로 향했다.

「가장 행복한 삶이란 걸 어떻게 찾아내죠?」

「말씀하신 대로 행복이란 주관적이죠. 시뮬레이션에 개인 특성에 맞는 다중 트리거를 심을 겁니다. 가장 혐오스러운 기억으로 고등학교 때의 경험을 적으셨네요.」

「네, 맞아요. 괴롭힘을 심하게 당했거든요.」

여자가 시선을 떨구며 손가락을 만지작댔다. 화면 밖에서 손이 튀어나와 여자의 손등 위를 덮었다.

「이런 식의 트리거를 심을 수 있겠네요. 불안, 고통, 의심 같은 감정을 느끼면 시뮬레이션 속 환자분은 갑자기 졸업한 고등학교를 떠올리게 될 겁니다. 거기에 다시 가봐야 할 것 같은 예감을 느끼는 거죠. 그리고 첫 번째 트리거는 무엇이든 될 수 있지만 두 번째 트리거는 사물입니다. 예전에 쓰던 사물함 같은 게 좋겠네요. 그 안에 환자분의 사진을 넣어놓을 거예요. 들어오실 때 사진 찍으셨죠?」

「네.」

「시뮬레이션 안에서 사진을 찾게 되면 시나리오 실패로 간주해 시뮬레이션이 종료됩니다. 트리거를 다중으로 심는 이유는 우리가 일상적인 상황에서도 부정적인 감정을 느끼기 때문이에요. 어떤 시나리오에선 첫 번째 트리거에 굉장히 빨리 도달했지만, 죽을 때까지 두 번째 트리거에 도달하지 않을 수도 있어요. 그 반대도 마찬가지고요.」

이제야 저 장소를 어디서 봤는지 기억났다. 창고의 서랍 속에 있던 사진 속에서. 외투 주머니에 손을 넣자 주영이 준 아이스픽과 사진이 만져졌다. 손안에 땀이 차기 시작했다.

"그 남자의 말이 맞았네요."

화면을 바라보던 주영이 말했다. 처음엔 그녀가 내게 말하고 있는 걸 알아채지 못했다가 뒤늦게 물었다.

"어떤 남자요?"

"병원에 다녀온 날, 한 사람만 저를 볼 수 있었다고 했잖아요."

주영이 내 앞으로 다가와 팔을 잡아챘다. 주영의 백업 칩을 붙여놓은 쪽이었다. 테이프를 떼어낸 주영이 백업 칩을 손에 넣고 굴렸다.

"그 남자는 자기가 이탈한 시나리오라고 했어요. 시나리오가 실패하면 칩이 바로 회수된대요. 어디에 있든 뭘 하든 간에요. 그러면 존재가 사라지는 거죠. 저처럼 투명인간이 되는 게 아니라 진짜 사라져 버리는 거예요. 우리가 센터에서 봤던 사람들처럼요."

손안에 있는 사진을 꽉 쥐었다. 분명 영상 속 남자는 사진을 보는 순간 시나리오는 실패로 간주된다고 말했다. 하지만 나는 사진을 찾았지만, 칩을 회수당하지도, 기억에서 사라지지도 않은 채 이곳에 와 있었다.

주영이 주머니에서 아이스픽을 꺼냈다.

"하지만 중도에 이탈하면 달라요. 종료되지 않은 시나리오로 여겨져서 사라지는 걸 피할 수 있어요. 일종의 에러죠. 게다가 같은 이탈자들끼리는 서로를 보고, 만지고, 이야기도 할 수 있어요. 하지만 언제 고쳐질지 모르니 칩이 회수되기 전에 망가뜨려야 한다고 했어요. 복구가 아예 불가능하게요."

"섣불리 결정하지 마요. 그걸 부수면 무슨 일이 일어날지 모르잖아요. 그 남자의 말을 진짜 믿어요?"

"저도 처음엔 안 믿었어요! 시뮬레이션이니 시나리오니 무슨 소설 같잖아요? 그런데 남자가 이곳을 알려줬고, 이제 그 말이 다 사실이란 걸 알게 됐네요."

"잠깐만요!"

아이스픽을 높게 들어올린 주영을 말렸다. 이탈자들이 얼마나 많을지는 몰라도 내겐 시나리오 종료나 칩 분쇄 둘 다 비슷한 자살 방법으로만 들렸다. 시뮬레이션이고, 그 남자고, 모두 거짓말일 수도 있었다. 만약 시나리오 종료가 시

167

뮬레이션의 종료를 말한다면 나는 이미 사라졌어야 하니까. 주머니 속에 있는 사진이 그 증거였다.

손을 뿌리치는 주영을 멈추기 위해 사진을 꺼내 들었다.

"이걸 봐요. 집에서 찾은 거예요. 이 사진을 보면 시뮬레이션이 종료된다고 했죠? 근데 전 이렇게 살아 있잖아요. 이거 봐요."

"알 수 없는 에러 발생. 종료 프로토콜을 진행합니다."

다시 한번 웅웅대는 소리가 들렸다. 고개를 들어 소리의 근원지를 찾는데 비명 소리가 들렸다.

"주임님!"

주영이 가리키는 데로 몸을 돌리자 탑 위의 화면이 바뀌어 있었다.

내 서랍 속의 여자였다. 그녀가 우울한 얼굴로 말했다.

「저는 제 선택으로 시뮬레이션 실험에 참여함을 증명합니다.」

뒤통수를 더듬거렸다. 매끄럽기만 하고 만져지는 게 없었다. 온몸에 소름이 돋았다.

"여기가 어디지?"

주영 쪽으로 시선을 돌리자 한 손엔 아이스픽 다른 한

손엔 백업 칩을 든 주영이 어리둥절한 얼굴로 양손을 번갈아 보고 있었다. 고개를 들어 날 발견한 주영이 물었다.

"누구세요?"

나는 탑 쪽으로 뛰어갔다. 툭 튀어나온 선반 위에 놓인 백업 칩을 집었지만 떼어지지 않았다. 내 손이 백업 칩에 닿는 순간 꿈에서 깨어난 듯한 주영이 길길이 날뛰었다.

"주임님! 칩을 부숴요! 빨리요!"

자기 백업 칩을 바닥에 놓은 주영이 아이스픽을 높이 치켜들었다. 날카로운 송곳 끝이 백업 칩을 무참히 두 동강 내기 전에 눈을 질끈 감았다. 그리고 다시 눈을 떴을 때 주영은 사라지고 없었다.

"주영 씨, 거기 있는 거죠? 살아 있는 거 맞죠?"

보이지 않는 걸 알면서도 주위를 두리번거렸다. 나는 여전히 주영을 기억하고 있었다. 주영이 만난 남자의 말이 사실이라면 주영은 다시 투명인간이 되어 날 지켜보고 있을 것이다. 그때 건물 전체가 한 번 진동했다.

"에러의 원인을 찾을 수 없습니다. 긴급 종료 프로토콜을 진행합니다."

긴급 종료 프로토콜이 뭔지는 금방 알 수 있었다. 빨리 감기를 한 것처럼 영상이 두 배는 빠르게 진행됐다. 나는 답을 줄 사람도 없는데 '어떡하지'라는 말만 계속했다. 머릿속이 엉망이었고 어느샌가 내 뺨 위로 눈물이 줄줄 흘러내리고 있었다. 고정대에서 떼어지지 않는 백업 칩을 잡아당기며 쓸데없는 짓을 하다 문득 고개를 들었고, 비명을 질렀다.

투명한 벽 너머로 보이던 하늘이 까맸다. 밤이라 까만 것과는 달랐다. 암흑이었다. 등대처럼 빛나던 빌딩 숲이 먼 곳에서부터 차례대로 전원이 꺼지듯 어두워졌다. 내 머리 위에선 여전히 사진 속 여자가 속사포로 사연을 늘어놓고 있었다.

나는 아이스픽을 머리 위로 들어 올렸다. 머릿속으로 부모님과 친구들, 그리고 영수의 얼굴이 차례로 스쳤다. 손이 덜덜 떨렸다. 송곳의 끝이 날카롭게 빛났다. 나는 힘껏 아이스픽을 찍어 내렸다.

최흥준

잊혀진 아이

최홍준

서강대학교 신문방송학 전공. 만화로 처음 창작활동을 시작했으며 최근에는 소설과 시나리오 집필에 주력하고 있다. 네이버 웹툰에서 〈버퍼링〉을 정식 연재했고, 〈잊혀진 아이〉로 2023년 대한민국 과학소재 스토리공모전 단편소설 부문 최우수상을 수상했다. 2024년 OTT플랫폼 콘텐츠 기획개발 스토리집 창작 5기에 〈렌터RENTER〉가 선정되었다.

해원의 두통이 잦아진 것은 그 여자아이가 꿈에 나오면서부터였다. 아이는 대략 대여섯 살처럼 보였는데 저녁 시간이 한참 지난 후에도 홀로 놀이터에 남아 누군가를 기다리는 듯했다. 홀로그램으로 구현된 디지털 펫을 매만지며 장난을 치고 있었지만, 표정은 어딘가 모르게 서글퍼 보였다. 이름이 뭐니? 해원은 매번 비슷하게 물었지만 아이는 그저 멀뚱멀뚱 바라볼 뿐이었다. 꿈속에서도 해원은 아이의 얼굴이 왠지 낯익다고 생각했다. 어디선가 본 적이 있는 아이임이 분명했다. 하지만 희미한 기억은 금방이라도 손에 잡힐 듯 아슬아슬하게 머릿속을 둥둥 떠다닐 뿐 좀처럼 붙잡히지 않았다. 해원이 애써 아이의 이름을 기억해 내려고 할 때마다 머리가 깨질 듯이 아팠고, 그 증상은 날이 갈수록 심해졌다.

지난 월요일 아침 출근길에도 두통은 어김없이 찾아왔다. 해원은 시간을 훨씬 아낄 수 있다는 이유로 자율주행차보다는 도심 항공기(UAM)를 선호하는 편이었고 그날도 수직이착륙할 때마다 부풀었다 쪼그라드는 건물들의 모습을 멀티콥터 창밖으로 바라보며 생각에 잠겨 있었다. 졸다가 정류장을 몇 번 지나친 적이 있어서 잠을 쫓기 위해 이런저런 생각을 하기 시작했는데 꿈에서 본 그 아이를 떠올린 것이 화근이었다. 이명이 들릴 정도로 이마 주위가 욱신거렸다. 그럼에도 그 통증의 원인이 콕 집어서 아이 때문이라고, 당시에는 생각하지 못했다. 이런저런 문제는 항상 있었고 그런 문제들을 떠올리다 보면 모든 것이 뒤죽박죽 섞여서 머리가 복잡해지는 것은 당연했으므로.

"이번 정거장은 선릉입니다."

다행히 두통이 시작된 지 얼마 지나지 않아 기계음이 섞인 안내방송과 함께 멀티콥터는 빌딩 숲 사이로 착륙했다. 해원은 분주한 회사원들 틈에 섞여 기내를 빠져나오자마자 곧바로 담당 의사와 영상통화를 했다.

"처방해 준 약을 드셨는데도 계속 그렇다는 말씀이죠?"

해원이 그렇다고 하자 화면 속 의사는 난감하다는 표정으로 진료 데이터가 담긴 태블릿을 이리저리 손가락으로 눌러댔다. 의사는 뭔가 망설이는 것 같았다. 단순히 신체적인 문제가 아니라는 것쯤은 해원도 짐작하고 있었다.

"최근 크게 스트레스를 받은 적이 있습니까?"

의사는 마침내 해야 할 말을 했다.

해원의 회사는 신규 서비스 발표를 앞두고 있었고 그녀는 해당 프로젝트의 책임자로서 신경 써야 할 일이 한둘이 아니었다. 안정된 교사 일을 그만두고 지금의 회사로 옮긴 지 벌써 3년이나 된 만큼 이번 발표는 그녀의 커리어에서 중요한 것이었다. 이런 상황에서 스트레스가 전혀 없다고 하면 거짓일 게 뻔했다. 그럼에도 해원은 스마트 시티에서 살아가는 모든 도시인이 그렇듯이 정신건강에 관해서만큼은 사실대로 말하기가 꺼려졌다.

"아뇨. 딱히 그럴 만한 일은 없었어요."

해원은 방어적인 태도를 취했다. 하지만 의사는 애초에 해원의 답에는 관심이 없는 듯 보였다.

"마지막으로 검사받으신 게 1년 6개월 전이네요. 아무래도 이참에 검사를 다시 받아보시는 게 좋겠어요."

의사는 직업적인 미소를 지으며 검사라는 단어를 언급했다. 여기서 그가 말한 검사란 두말할 것도 없이 트라우마 수치 검사였다. 의심에 가득 찬 의사의 표정을 보니 쉽게 빠져나가기는 어려워 보였다.

"네, 그렇게 하죠."

해원은 가늘게 떨리는 목소리를 애써 진정시키며 답했다. 의사는 곧바로 돌아오는 수요일을 검사 날짜로 권유했고 그날 딱히 급한 일정이 없는 것을 확인한 해원은 그 자리에서 바로 예약을 했다. 트라우마 수치의 중요성을 누구보다 잘 알고 있기에 그날 이후로 해원은 좀처럼 불안한 기분을 떨칠 수가 없었다.

해원이 기억하기로 이토록 의학이 빠른 속도로 발전한 것은 2030년이 지나면서였다. 물론 여기에는 인공지능의 고도화가 기여한 바가 컸다. 인간의 지능을 초월한 인공지능이 일상화되면서 많은 변화가 있었고, 특히 의학 분야에서 그 성과가 두드러졌다. 이전 세대를 괴롭혔던 질병 대부분이 극복되었으며 더 이상 신체적인 고통을 호소하는 환자는 찾아보기 어려울 만큼 시민들의 건강은 좋아졌다.

하지만 아이러니하게도 건강이 좋아지면 좋아질수록 사람들은 이전보다 더 왕성하게 사회적 교류를 시도했는데 그것이 더욱 서로를 지치게 하고, 아프게 하고, 또 눈물 흘리게 했다. 그런 연유로 날이 갈수록 정신적인 문제를 호소하는 사람들이 많아졌다. 어째서인지 인공지능은 이 문제에 대해서만큼은 뚜렷한 답을 내놓지 못했다. 인간의 불안과 우울 혹은 분노 같은 것을 인공지능은 예측하지 못했고,

열등감이니 자존감이니 하는 것들 또한 이해하지 못했다고 해원은 믿었다.

그 결과 평균수명이 늘어나는 것 이상으로 크고 작은 범죄나 사건·사고가 급증했고 이는 스마트 시티를 중심으로 운영되는 국가 시스템에 큰 위협이 되었다. 결국 정부는 국가 차원에서 사람들의 정신건강을 집중적으로 관리하기 시작했는데, 트라우마 수치 검사는 그 대표적인 사례이자 핵심이었다. 사람들이 가지고 있는 정신적인, 혹은 정서적인 문제들. 그러니까 그 다양하고도 복잡한 문제들을 트라우마라는 하나의 상징적인 단어로 뭉뚱그리고 한 단계 더 나아가 수치로 그 강도를 줄 세워 감시하기로 한 것이다. 해원은 수치로 사람을 판단한다는 사실에 종종 위화감을 느끼곤 했지만 어쨌거나 그것은 편리한 수단임에는 분명했다.

몇몇 고위 관료들과 이름난 의사들이 한날한시 고층 건물 꼭대기에서 만나 허용된 기준치라는 것을 정한 것도 그로부터 얼마 지나지 않은 시점에서였다. 그들은 그것으로 정상과 비정상을 구분하기 시작했다. 안전한 사람들과 위험한 사람들, 즉 건강한 멘탈을 가진 사회인 부류와 바이러스처럼 무기력을 퍼뜨리는 우울증 환자, 암묵적인 사회 부적응자 그리고 잠정적인 범죄자가 포함된 반사회인 부류로 사람들을 구분 지었다. 그리고 마침내 정부는 트라우마 수치가 비정상적으로 높은 사람들을 도시 밖으로 추방하기로 합의했다.

   트라우마 수치가 허용된 기준치를 초과할 시 스마트 시티의 일원으로서 정상적인 기능을 수행할 수 없는 것으로 본다.

   이것이 정부의 입장이었다. 언제나 그랬듯이 몇 번의 의미 없는 시위와 청원들이 지루하게 오고 간 뒤에 사람들은 새로운 제도에 놀랄 만큼 빠르게 적응해 갔다.

   언젠가 해원은 도시 밖으로 추방되는 사람들의 모습을 본 적이 있었다. 시민들에게 경각심을 일깨워 주기 위해 만들어진, 일종의 정부 친화적 프로파간다가 노골적으로 반영된 다큐멘터리 안에서였다. 애써 담담한 듯 수송용 트램 안으로 올라타는 그들의 표정에는 자신들을 버리기로 한 정부에 대한 분노라든가 정상적인 사회인으로 인정받지 못한 것에 대한 좌절 같은 게 없었다. 그들은 여전히 자기 내면의 문제에 빠져 허우적대고 있었고 그들의 눈동자는 녹이 슬어 탄력을 잃은 용수철처럼 자신의 감정에 아주 느리게 반응하는 것처럼 보였다.
   해원이 어느 날 사라진 이웃집 여자를 다시 보게 된 것도 그 다큐 안에서였다. 여자는 해원이 초등학교 교사로 근무할 때 살았던 오피스텔의 이웃으로 간혹 마주칠 때면 서로 어색하게 인사를 주고받거나 어쩌다 겨우 안부를 묻는 정도의 사이였다. 해원은 평소 낯을 가리는 성격에 그다지 활발한 편도 아니었기 때문에 언제나 활짝 웃으며 반갑게 인사를 하는 여자의 모습은 부러움의 대상이었다. 마치 상냥한 이웃을 연기하기 위해 태어난 사람 같았다. 그런 그녀가 어째서 저기 있는 것일까. 해원은 자신이 생각하는 것보다 훨씬 더 자신의 이웃에 대해 알지 못했다는 것을 깨달았다. 그런 생각이 들자, 여자의 얼굴이 문득 낯설게 느껴졌다.

자세히 보니 더 이상 여자는 전처럼 활짝 웃는 표정도 경쾌한 몸놀림도 아니었다. 다른 추방자들과 마찬가지로 여자는 무거운 공기로 만들어진 거대한 막 안에 갇힌 영혼처럼 이리저리 흔들리며 트램 안으로 빨려 들어가고 있었다. 그때의 모습이 해원의 뇌리에 여전히 또렷하게 남아 있다. 하지만 여자의 트라우마 수치가 어째서 허용된 기준치를 초과했는지에 대해서는 여전히 알 수가 없었다. 그녀가 어떤 일로 힘들어 했는지, 얼마나 힘들어 했는지, 정말로 아무것도 아는 게 없었다. 해원은 괜히 슬퍼졌다.

"정말 302호 여자분이었어요?"

그 무렵 같이 일했던 동료 교사 미진은 별로 놀란 표정도 아니면서 그렇게 물었다. 미진은 아이들의 수행평가에 관한 일로 퇴근길에 해원의 오피스텔에 잠시 들러 같이 상의하곤 했는데 그때 여자와 몇 번 마주친 적이 있었다.

"네, 전혀 예상 못했는데 깜짝 놀랐어요."

해원의 말에 미진은 안타깝다는 뉘앙스로 고개를 끄덕였다. 해원은 미진의 그런 반응이 어디까지나 형식적으로 보였다.

"혹시 선생님은 302호 그분 보면서 이상하다고 느낀 적이 있었나요?"

해원은 물었다.

"네?"

미진이 되물었다.

"어딘가 모르게 우울해 보였다거나 그런 거요."

해원은 302호 여자가 사실은 우울한 사람이었다는 걸 눈치채지 못한 자신에 대해 죄책감을 느꼈다. 설마 나만 눈치채지 못하고 있었던 걸까? 당시 해원은 자신이 그렇게 무심한 사람이었나 스스로에게 실망하고 있었다.

"글쎄요. 한 번도 이상하다고 생각해 본 적은 없는데."

"그렇죠?"

"네."

미진의 대답에 해원은 비로소 안도감이 들었다.

잊혀진 아이

"근데 그거 아세요?"

"어떤 거요?"

"도시 밖에서 벌어지고 있는 일들이요."

갑작스러운 미진의 말에 해원은 당황했다. 꽉 조여진 나사처럼 매사에 성실하고 모범적인 미진이 도시 바깥에서 벌어지는 일 따위에 관심이 있으리라고는 한 번도 생각해 본 적이 없었기 때문이다. 해원의 기억에 따르면 그때 미진은 마치 그 분야의 전문가이기라도 한 것처럼 도시 밖 상황을 세세하게 알고 있었다.

"제대로 된 끼니조차 구하기 어려워서 거리엔 굶주린 사람들로 가득하대요. 그나마 가진 것을 뺏으려고 서로를 공격하고 심지어 죽이기까지 한다더군요."

미진은 미리 준비된 원고를 읽는 사람처럼 막히지 않고 술술 이야기했다. 빼앗은 식량으로 마약을 구하러 다니는 남자들의 이야기, 버려진 건물 안에 숨어 벌벌 떨기만 하는 힘없는 노인과 여자들의 이야기, 이런 모든 것들에 지쳐 자살을 선택한 사람들의 이야기까지. 해원 역시 이전에 도시 바깥세상에 대한 소문을 얼핏 들은 적이 있었다. 사람들 말로는 그곳이야말로 유일하게 살아서 경험할 수 있는 지옥이라고 했다. 그럴 만도 했다. 도시 밖은 더 이상 정부가 관리하지 않으니까. 누구의 지배도 받지 않는 세계. 하지만 누구의 지배도 받지 않는다는 사실이 반드시 평화를 보장하는 건 아니었다.

해원은 미진의 이야기를 듣고 있는 것만으로도 도시 밖의 끔찍한 풍경이 생생하게 그려지는 것 같았다. 기본적인 욕구도, 평범한 일상도, 작은 희망조차도 누릴 수가 없는 곳. 해원은 그곳에서 초점 잃은 눈빛으로 버려진 건물 안을 헤매고 있을 이웃집 여자의 모습을 떠올리며 자신도 모르게 몸서리를 쳤다. 그때 미진이 들려준 이야기들은 다시 떠올리기 싫을 만큼 기분 나쁜 것이었다고 해원은 기억했다.

트라우마 검사 예약을 마친 해원이 그 사실을 회사 사람들에게 말하지 않은 것은 어쩌면 당연한 일이었다.

"정 팀장님, 두통은 좀 어떠세요?"

맞은편에서 일하는 최 대리가 넌지시 물었을 때도 해원은 웃으며 약을 먹었더니 이제 괜찮아졌다고 둘러댔다. 괜한 일로 부하 직원의 걱정을 사는 게 싫기도 했지만, 그보다는 굳이 흠이 될 만한 인상을 주변에 심어주지 않으려는 마음이 더 컸다.

트라우마 수치가 단순히 위험한 사람들을 격리하기 위한 용도로만 쓰이는 건 아니었다. 도시 안에서 뭔가 중요한 일을 할 때도 남들보다 건강한 정신상태를 갖추고 있음을 증명해야 했다. 인공지능은 인간이 알지 못하는 영역에서 의사결정을 하므로 뛰어난 효율성에도 불구하고 중요한 일을 맡기기에 부적합했다. 잘못을 저질렀을 경우 책임을 물을 수 없다는 점 또한 컸다. 그래서 여전히 중요한 결정은 사람들이 했다. 그중에서도 특히 건강하고 밝은 마인드를 가진 사람을 사회는 점점 더 선호하게 됐다. 그에 비하면 전문 지식이나 정보는 아무것도 아니었다. 데이터는 누구에게나 열려 있으니까.

이것은 회사 안에서도 마찬가지였다. 승진하기 위해서는 업무 성과와 근무 태도만큼이나 정신건강이 중요했다. 그래서 해원은 몸에 특별한 이상이 없는데도 자꾸 통증이 지속된다는 사실을 숨겨야만 했다. 인사과 쪽에 굳이 이런 사실이 퍼지는 게 싫었다. 물론 나중에 정기검진 기간이 아닌데도 검사를 받았다는 사실이 알려지면 뒷말이 조금 나오기는 하겠지만 별다른 이상이 없다고 판명되면 그다지 문제가 될 일도 아니었다. 따지고 보면 가벼운 업무 스트레스는 누구나 일상적으로 겪는 것이고 그 정도로 트라우마 수치가 치솟는 일은 거의 없으니까.

별일 아닐 거야. 해원은 스스로를 다독이며 준비한 발표 자료들을 하나씩 훑어보며 수정 사항을 체크했다. 막상 별일 아니라고 생각하니 정말 그런 것 같다는 생각이 들었다.

일에 집중하는 동안 해원을 괴롭히던 통증도 조금씩 누그러지는 것 같았다. 오후를 지나 퇴근이 가까워졌을 무렵 해원은 그날 검사 예약을 했다는 게 믿기지 않을 정도로 극히 정상적인 컨디션을 되찾았다.

∞

해원이 불현듯 아이의 이름을 기억해 낸 것은 그로부터 2주가 지나서였다. 회사의 정기 채용을 앞두고 새롭게 인턴 사원들이 선발되었는데 그중 한 명의 이름을 보고 우연히 생각이 났다. 특이한 이름이어서였을까? 신입 사원 명단에서 벼리라는 이름을 보자마자 곧바로 아이의 얼굴이 떠올랐다. 벼리. 그래, 아이의 이름도 벼리였다.

해원은 어려운 문제를 풀어낸 것처럼 기뻤다. 하지만 막상 이름을 알게 되자 얌전히 지내던 다른 질문들이 앞다퉈 손을 들기 시작했다. 벼리와는 무슨 사이였을까? 벼리는 왜 자꾸 꿈에 나오는 것일까? 그리고 벼리는 지금 어디에 있을까? 뭔가 기억을 해내려고 하면 할수록 다시 통증이 심해졌다.

해원은 결과적으로 2주 전과 달라진 게 하나도 없다는 생각이 들었고 곧바로 좌절감이 밀려왔다. 사실 지난주에 검사 결과를 통보받을 때만 해도 해원은 모든 것이 제자리로 돌아가는 중이라 믿었다. 예상한 대로 검사 결과에는 큰 문제가 없었다. 이전과 비교했을 때 트라우마 수치가 조금 증가하긴 했지만, 그것은 어디까지나 정상 범위 안에서의 변화였고 담당 의사 말로도 우려할 만한 수준은 아니라고 했다. 그럼에도 여전히 아이는 계속 꿈에 나왔고 아이의 정체에 대한 미스터리나 이와 관련한 통증 역시 그 자리를 맴돌 뿐 해결된 것은 아무것도 없었다.

주말을 앞둔 금요일. 결국 해원은 외근 핑계를 대고 일찍 회사를 나왔다. 이 문제를 더 이상 방치할 수 없다는 생각이 들어서였다. 해원은 과거 자신이 아이들을 가르쳤던 학교로 향했다. 미혼인 자신이 알고 있는 아이들이라고 해봤자 교사로 근무하던 시절 만났던 아이들이 전부였다. '아이의 이름이 벼리라는 것을 알았으니까, 학교로 가면 분명 뭔가 실마리를 찾을 수 있을 거야.' 해원은 이번에야말로 끝을 보겠다고 다짐했다.

오랜만에 찾은 학교는 모든 것이 그대로였다. 해원이 복도를 걸으며 교실 안을 바라보자, 담임교사와 반 아이들이 VR 헤드기어를 착용한 모습으로 가상현실 공간에서 체험학습을 하는 익숙한 장면이 눈에 들어왔다.

해원은 예전 추억들이 떠올랐다. 반복적인 생활에 답답함을 느껴 지금의 회사로 옮기긴 했지만, 학교는 해원의 첫 직장이었고 교사라는 직업에 나름대로 자부심이 있었다. 비록 문제가 생겨 찾아오긴 했어도 오랜만에 와보길 잘했다는 생각이 들었다. 해원은 교무실 복도 의자에 앉아 일과 수업이 끝날 때까지 차분히 기다리기로 했다. 여기까지 온 김에 예전 동료들과 인사도 나누고 안부도 물을 참이었다.

"선생님 저 기억하시죠? 3년 전에 이직한 정해원이요."

한 시간 남짓 기다린 끝에 해원은 자신이 일할 때 학년 주임이었던 남자 교사를 만날 수 있었다. 남자 교사는 해원을 마주하자 반갑다기보다는 뭔가 당황한 눈치였다.

"아…… 정해원 선생님, 물론 기억하죠. 잘 지내시죠?"

해원은 남자 교사와 형식적으로 안부를 주고받았다.

"그런데 학교는 어쩐 일로 오시게 된 거죠?"

남자 교사가 조심스럽게 물었다.

"아이를 찾고 있어요."

"아이요? 어떤 아이?"

해원의 대답에 남자 교사의 미간이 좁아졌다.

"제가 예전에 담임을 맡았을 때 벼리라는 아이가 혹시 우리 학교에 다녔나 해서요. 저희 반 아이는 아니었던 거 같은데……. 혹시 다른 반이거나 아예 다른 학년이었을 수도 있고요. 좀 알아봐 주실 수 있으시겠어요?"

해원은 기왕 말을 꺼낸 김에 남자 교사에게 직접 부탁을 했다. 딱딱하고 예의 없는 교무과 직원들보다는 그래도 아는 사람이 더 낫지 않을까 싶어서였다. 차마 아이가 꿈에 자주 나와서라고 솔직히 말할 수는 없는 노릇이어서 적당히 주변 사람에게 부탁받았노라 핑계를 대는 것도 잊지 않았다.

"당장 아이를 만나려고 찾는 건 아니에요. 그냥 궁금해서요. 어떤 아이였는지."

해원의 말에 남자 교사는 알겠다며 고개를 끄덕였다. 그정도 부탁이라면 별로 어렵지 않다는 식으로 대답했지만, 그의 표정만큼은 어딘가 불편해 보였다. 해원은 당장 자신의 궁금증을 해결하고 싶은 마음이 더 앞섰기 때문에 남자의 미세한 표정 변화를 애써 외면했다.

"일단 여기서 잠시 기다려 주세요. 금방 확인해 보겠습니다. 그렇지만 크게 기대하지 않으시는 게 좋을 거예요. 제가 학년주임도 자주 하고 우리 학교 애들이라면 대부분 알고 있는데 벼리라는 아이는 한 번도 본 적이 없거든요."

남자 교사는 거의 단정적인 투로 말하고 교무실 안으로 들어갔다. 하긴 초등학교라고 해 봤자 전체 정원이 50명도 안 되는 것이 보통이니까. 한 반 인원이 그 정도에 육박하던 시절에 비하면 요즘 교사들은 아이들에 대해 빠삭히 알고 있었다.

해원은 학교에 들어서면서 느꼈던 긍정적인 기운이 사그라지는 것 같았다. 그리고 그제서야 남자 교사의 반응이 마음에 걸렸다. 오랜만에 만난 직장 동료라고 하기에는 해원을 경계하는 느낌이 강했다. 흡사 뭔가를 숨기려는 사람처럼. 한참 해원의 의심이 깊어질 때쯤 복도 저편에서 낯익은 얼굴의 여자가 교무실 쪽으로 걸어왔다. 미진이었다.

해원은 반가운 마음에 미진을 향해 손을 흔들었다. 같은 비즈니스 관계라고 해도 남자 교사와는 비교할 수 없을 정도로 미진과 자주 어울려 지냈었다. 마치 잊고 지낸 학창 시절의 친구를 다시 만난 기분이 들었다. 하지만 상기된 해원과 달리 미진은 마치 봐서는 안 될 사람을 마주친 것처럼 화들짝 놀란 듯 보였다. 급기야 미진은 해원을 못 본 척 가던 방향으로 계속 걷기 시작했다. 그 모습이 꼭 해원으로부터 도망치려는 사람 같았다. 그런 미진의 반응에 해원은 당황했다. 학교를 그만두기 전 미진과 안 좋은 일이라도 있었던 것일까? 빠르게 기억을 더듬었지만, 결코 그런 일은 없었다. 문득 남자 교사의 굳은 얼굴마저 되살아났다. 해원은 모두에게 친절했고 그들 역시 한없이 선량한 사람들이었다. 그런 그들이 어째서 해원을 이토록 불편해하는지 이해할 수 없었다. 해원은 그 이유가 반드시 알고 싶어졌다.

"미진 선생님, 잠시만요!"

해원은 곧바로 미진을 쫓아가 그녀의 손목을 붙잡았다.

"저 기억하시죠? 정해원이에요."

그제서야 미진은 어색하게 인사를 받아줬다. 하지만 여전히 당황한 기색이 역력했고 수업 준비를 핑계로 곧바로 자리를 뜨려고 했다.

"왜 저를 피하시는 거죠? 저한테 무슨 문제라도 있었나요?"

해원이 다그치듯 미진의 얼굴을 똑바로 바라봤다. 미진은 해원의 진심 어린 질문에 무척 동요하는 듯했다. 애써 해원의 시선을 피하는 미진의 눈은 격앙된 감정을 억누르기 위해 발버둥 치는 사람처럼 붉게 충혈되어 있었다. 그들이 뭔가 숨기고 있다는 의심이 확신으로 변하는 순간이었다. 그때 교무실 문이 열리며 남자 교사가 나왔다. 미진과 해원 쪽을 보더니 갑자기 무서운 얼굴로 변했다.

"안 됩니다. 절대 안 돼요."

남자 교사가 성난 사람처럼 두 사람이 있는 쪽을 향해 성큼성큼 다가왔다. 해원이 놀란 사슴처럼 얼어붙어 있는 사이 미진이 해원의 손을 확 잡아끌었다. 해원은 반응할 사이도 없이 미진의 손에 이끌려 복도를 같이 내달렸다. 이게 대체 무슨 상황이지? 해원의 머릿속이 하얘졌다.

"멈추세요. 제발!"

남자 교사가 고함을 치며 뒤쫓아왔다. 거리는 계속 좁혀졌다. 미진은 작정한 듯 빈 교실 안으로 해원을 끌고 들어갔다. 그러더니 남자 교사가 들어오지 못하게 얼른 문을 잠갔다.

"미진 선생님, 갑자기 왜 이러시는 거예요?"

해원은 달리느라 호흡이 가빠진 상태로 애원하듯 물었다. 미진은 문을 열지 못하도록 자기 몸으로 막아선 채 해원을 바라봤다. 밖에서는 남자 교사가 문을 거칠게 두드렸다.

"이 문 당장 여세요!"

남자 교사의 외침 소리가 들려왔다. 미진은 붉어진 얼굴로 해원을 바라보며 떨리는 목소리로 말했다.

"해원아…… 너는 여기 오면 안 돼. 너는 이제 다른 세상 사람이야. 우리는 더 이상……"

미진은 뭔가 계속 말하려다 갑자기 고개를 저었다.

"아니야, 미안해. 더는 말할 수가 없어. 이건 모두 너를 위한 일이야."

미진은 다시 평정심을 찾으려는 듯 고개를 떨구며 크게 숨을 몰아쉬었다. 하지만 그 순간 해원을 정말 당혹스럽게 만든 건 전혀 다른 이유에서였다. 해원이 아는 미진은 단 한 번도 자신에게 반말을 한 적이 없었고 '해원아'라고 부른 적도 결코 없었다. 해원은 순간 자신의 눈앞에 서 있는 미진이 아득히 멀게 느껴졌다. 하마터면 '당신 대체 누구야?'라는 말이 저절로 튀어나올 뻔했다.

"……미진 선생님은 저를 원래 그렇게 불렀나요?"

해원의 질문에 미진은 잠시 의아해 하더니 곧바로 애처로운 표정으로 입술을 깨물었다. 문밖에는 어느새 다른 교직원들까지 와 있었다. 남자 교사는 문을 개방하기 위해 어딘가로 전화를 걸었다. 통제실 직원과 연락이 닿으면 문은 금방 열릴 것이다. 시간이 얼마 남지 않은 것을 짐작한 미진이 해원의 눈을 더 이상 피하지 않고 똑바로 마주 보며 물었다.

"넌 이제…… 행복하지?"

해원은 갑작스러운 미진의 물음에 말문이 막혔다.

"행복한 거 맞지? 그렇지?"

해원은 현재의 삶에 크게 불만이 없었다. 이것이 행복인지는 모르지만 적어도 불행하다고 느낀 적은 없었다. 해원은 천천히 고개를 끄덕였다.

"그래…… 그럼 된 거야. 그걸로 된 거야."

그렇게 말하는 미진의 눈시울엔 어느새 눈물이 가득했다. 해원은 그녀의 눈물을 이해할 수 없었다. 아니 지금 자신에게 무슨 일이 벌어지고 있는지, 앞으로 어떤 일이 벌어질 것인지, 도무지 아무것도 짐작할 수 없었다. 문이 열리고 교직원들이 들어왔다. 남자 교사가 화난 표정으로 미진에게 뭔가 말했다. 다른 교직원들도 뭔가 한마디씩 했다. 하지만 해원에겐 아무 말도 들리지 않았다. 홀로 다른 공간에 떨어진 것 같았다. 해원은 넋이 나간 사람처럼 한동안 멍하니 그 자리에 서 있었다. 그러다 불현듯 이 모든 상황을 설명할 수 있는 단어 하나가 뇌리를 스쳤다.

'캐주얼 메모리!'

분명 그것이었다.

∞

해원이 예약한 드론 택시가 학교 정문 앞에 서 있었다. 해원은 택시에 올라타자마자 곧바로 자신의 회사 이름을 말하며 최대한 빨리 가달라고 했다. 스마트 시티 안에서 캐주얼 메모리와 관련된 일을 하는 회사는 오직 단 하나. 바로 해원이 다니는 회사밖에 없었기 때문이다.

리로드 테크놀로지 사(社). 해원이 근무하는 이 회사는 인간의 특정 기억을 제거하는 리로드 기술로 주목받는 스타트업이었다. 말이 스타트업이지 정부의 트라우마 관리 정책과 맞물리면서 회사는 엄청난 시가총액을 자랑하는 유니

잊혀진 아이

콘으로 빠르게 성장했고 사실상 지금은 대기업이나 마찬가지였다.

무엇보다 회사의 핵심이라고 할 수 있는 리로드 기술은 환자가 가진 모든 기억을 스캐닝한 후 트라우마와 관련된 나쁜 기억만을 선택적으로 제거할 수 있는 획기적인 기술이었다. 가족이나 친한 지인의 죽음, 어린 시절 당한 폭력이나 학대, 애인과의 결별 또는 이혼과 같은 개인적 기억에서부터 대형사고나 재난으로 생긴 외상적 기억들까지. 보통 트라우마를 촉발하는 이런 기억들은 어지간한 심리 치료나 약물로는 사실상 극복하기가 어려웠다. 반면 리로드 기술을 쓰게 되면 마치 메스로 감염된 부위만을 깨끗하게 도려내듯 아픈 기억을 완전히 제거할 수 있었다. 때때로 트라우마를 일으킨 사건을 전후로 해서 상당히 많은 양의 기억을 통째로 제거해야 하는 경우도 있었지만, 과거에서 벗어나지 못해 도시 밖으로 추방당할 위기에 처한 사람들에게 리로드는 혁신적인 대안이었다.

실제로 리로드 테크놀로지가 정식 서비스를 시작한 이후로 많은 추방 대상자가 리로드 시술을 받았고 그 결과 그들의 트라우마 수치는 일반인들에 버금갈 정도로 크게 낮아졌다. 많은 사람들이 리로드를 통해서 새 삶을 찾았고 과거의 상처로부터 구원받았다. 그 어떤 회사도 리로드 테크놀로지만큼 시민들의 정신건강에 획기적으로 기여하지 못했다. 리로드 테크놀로지는 모두가 인정하는 훌륭한 회사였다. 해원은 회사의 일원이라는 사실에 자부심이 있었고 자신이 맡은 일 또한 적성에 잘 맞았다.

해원이 속한 서비스 관리 파트는 리로드 기술을 통해 기억을 지운 사람들이 과거의 트라우마에 다시 노출되지 않도록 관리하는 일을 주로 했다. 창업 초기 시절 회사는 단순히 기억을 지우는 시술만으로 서비스를 제공했다. 하지만 그런 방식은 많은 부작용을 초래했다. 그중 한 가지를 예로 들자면 사고로 아내를 잃은 후 심한 우울증에 걸린 한 30대 남자의 사연이 있었다.

그는 아픈 과거에서 벗어나기 위해 아내와 관련된 모든 기억을 지우길 원했다. 결국 남자는 아내를 만나서 결혼하기까지의 모든 기억을 지웠다. 처음에는 모든 것이 순조로웠다. 남자는 더 이상 우울하지 않았고 한동안 손을 놓았던 사업도 다시 시작할 수 있었다. 하지만 좋은 날은 그리 오래 가지 못했다. 남자는 기억이 사라진 기간 동안 자신에게 무슨 일들이 있었는지 집착하기 시작했고 회사의 경고에도 불구하고 다양한 노력 끝에 애써 지운 고통스러운 장면들을 다시 떠올리는 데 성공했다. 스스로 원점으로 돌아온 것이다. 결국 남자는 슬픔을 견디지 못해 자살했고, 이는 사회

잊혀진 아이

적으로 큰 이슈가 되었다. 이 일로 회사가 타격을 입은 것은 당연했다.

이후 회사는 기억이 지워진 빈자리에 평화롭고 일상적인 기억, 즉 인공적으로 만들어진 캐주얼 메모리를 주입하기 시작했다. 이 방법은 매우 효과적이었다. 대체된 기억들로 인해 고객들은 더 이상 자신이 리로드 시술을 받았다는 사실조차 알지 못했으니까. 물론 주변 사람들과 비밀 유지협약을 맺고 직장이나 거주 지역을 바꾸는 등 추가적인 노력이 필요했지만 더 이상 이전과 같은 사고는 없었다. 이 과정에서 자연스럽게 지금의 서비스 관리 파트가 자리 잡게된 것이다.

해원이 회사에 도착했을 때는 이미 퇴근 시간을 훌쩍 넘긴 후였다. 해원이 팀장으로 있는 메모리 기획팀 직원들 역시 거의 퇴근을 한 상태였는데 개발자인 최 대리는 여전히 홀로 남아서 깨알 같은 코드들과 씨름하고 있었다. 최 대리는 늦은 시간에 회사로 다시 돌아온 해원을 보자 놀란 눈치였다.

"팀장님, 외근지에서 바로 퇴근하시는 거 아니었어요?"

최 대리가 물었다.

"두고 간 게 있어서요."

해원은 적당히 둘러대고 자신의 자리에 앉아 노트북을 켰다. 회사 인트라넷에 접속하기 위해서 인증을 하고 회신을 기다리는 시간이 평소와 달리 유난히 길게 느껴졌다. 해원이 슬쩍 고개를 들어 주변을 살폈다. 최 대리는 별다른 의심 없이 다시 코딩에 열중하고 있었다. 새로운 버전의 캐주얼 메모리에 쓰일 코드들일 것이다.

지난해 해원은 회사 대표에게 기존의 캐주얼 메모리가 가지는 단조로운 패턴의 문제점을 지적한 보고서를 제출했고 대표로부터 좋은 반응을 얻었다. 기존의 캐주얼 메모리는 단순히 지워진 기억의 빈자리를 채우는 역할에만 급급했기 때문에 그 안에서 보이는 주변 인물들의 캐릭터 또한 틀에 박힌 듯 전형적이었다. 어른들은 하나같이 근면하고 성실했으며 아이들은 예의 바르고 쾌활했다. 이는 주변인의 실제 성격이나 행동과는 차이가 있었기 때문에 기억이 대체된 사람들에게 어느 정도 혼란을 주는 요소였다.

하지만 캐주얼 메모리의 특성은 회사의 기밀 사항 중 하나로 일반인들은 전혀 알 수가 없었다. 그렇기에 자신의 기억이 대체되었다는 사실을 감히 상상할 수 없었고 그 과정에서 느끼는 불편은 전적으로 고객 쪽에서 감수해야 했다.

해원은 회사가 한 단계 더 성장하기 위해서는 보다 나은 고객 경험이 필요하다고 주장했다. 주변인의 특성을 상당 부분 반영할 수 있는 개인화 기능이 탑재된 새로운 버전의 캐주얼 메모리로 업데이트하고, 이를 통해 기억과 실제의 격차를 가능한 한 좁혀서 고객들이 느끼는 혼란을 줄여 주자는 것이었다. 일시적으로 비용은 증가하겠지만 장기적으로는 회사의 가치 상승을 충분히 기대할 수 있는 제안이었다. 대표는 해원의 제안을 받아들였고, 그녀에게 메모리 기획팀의 팀장 자리를 맡겼다.

해원은 얼마 남지 않은 업데이트 일정에 맞춰 최선을 다해 새로운 버전의 캐주얼 메모리를 준비했다. 그즈음 회사 여기저기서 소문이 돌았다. 이번 업데이트가 성공적으로 마무리되면 대표가 해원을 임원급으로 승진시킬 거라는 식의 소문이었다. 단지 소문일 뿐이었지만 해원은 내심 기뻤다. 안정적인 교직을 그만두고 지금의 회사로 옮길 때부터 그녀가 꿈꿔 왔던 미래가 그리 멀지 않아 보였다.

하지만 학교에서 미진을 마주친 후로 해원은 모든 것이 혼란스러워졌다. 실제로 만나 본 미진은 해원의 기억 속 미진과 너무 달랐다. 해원이 아는 미진은 서로 편하게 이름을 부를 정도로 절친한 사이도 아니었고 성격 또한 지금처럼 감정에 충실한 타입도 아니었다. 그녀는 농담을 잘 하지 않았고 잘 웃지도 않았으며 무엇보다 절대 눈물을 흘리지 않았다. 믿음직한 어른을, 모범적인 교사를, 훌륭한 시민을 잘

짜여진 각본대로 오차 없이 수행하는 사람이었다. 기계처럼 근면하고 성실하게.

틀에 박힌 딱딱한 사람처럼 여겨지긴 했어도 그런 그녀의 정체를 의심해 본 적은 추호도 없었다. 하지만 실제를 마주하고 나서야 비로소 깨달았다. 자신의 기억 속에 있는 미진은 실제 사람이 아니었다. 그것은 누군가 만들어 낸 코드일 뿐이었다.

해원이 생각에 잠긴 사이 로딩 화면이 사라지고 고객 데이터베이스에 접근을 수락한다는 메시지가 나타났다. 해원은 떨리는 손동작으로 자신의 이름을 검색창에 입력했다. 짧게 호흡하고 엔터키를 눌렀다. 잠시 후 화면 위로 검색 결과가 나타났다.

│ 정해원(여)
│ 현 리로드 테크놀로지 메모리 기획팀 팀장
│ 2042년 상반기 리로드 1회 실시

해원은 모니터에서 한동안 눈을 떼지 못했다. 어째서 자신의 이름이 리로드 고객 명단에 존재하는지 도무지 이해할 수 없었다. 단 한 번도 상상하지 못한 일이었다. 대다수의 다른 고객들이 그랬던 것처럼.

∞

다음날 해원은 대표에게 면담을 요청했다. 바쁘다는 핑계로 대표가 거절할지도 모른다고 생각해 업데이트 일정과 관련해서 상의할 문제가 있다고 했다. 대표는 해외 투자자들과의 미팅이 끝난 오후 2시 정도쯤 해원을 자신의 집무실로 불렀다. 집무실이 위치한 펜트하우스로 향하는 엘리베이터 안에서 해원은 자기 심장이 거칠게 뛰는 소리를 들었다. 대표는 치밀한 사람이었다. 회사 안에서 벌어지는 일에 대해서는 뭐든 보고 받기를 원했다. 그런 그라면 분명히 자신의 일에 대해서도 잘 알고 있을 것이라고 해원은 생각했다.

펜트하우스에 도착하자 비서가 집무실 안으로 해원을 데려갔다. 시원스럽게 쭉 뻗은 큰 키에 모델처럼 잘생긴 얼굴의 대표가 해원을 반갑게 맞이했다. 오랜만에 대표의 얼굴을 마주하자, 해원은 그동안 자신이 얼마나 그를 존경하고 있었는지 새삼 깨달았다. 리로드 테크놀로지의 창업자이자 CEO 이우진. 그는 리로드 기술을 직접 개발한 것은 물론 뛰어난 경영 감각으로 회사를 지금의 위치까지 끌어올린 입지전적인 인물이었다.

무엇보다 그는 스스로 리로드 기술의 엄청난 신봉자였다. 주기적인 리로드 시술로 우진은 트라우마 수치 제로의 완벽한 인간으로 거듭났다. 덕분에 우진은 언제나 밝고 친절한 미소로 주변을 대했고 그런 그를 싫어하는 사람은 없었다. 우진은 단순히 성공한 사업가를 뛰어넘어 유명 방송의 고정 패널로 참여하고 있을 정도로 대중적인 인기까지 겸비한 스타이자 도시 안에서 살아가는 사람들의 진정한 롤모델이었다. 해원 역시 그런 우진을 보면서 꿈을 키워 왔다.

"정 팀장님, 안 그래도 한번 뵈려고 했습니다. 업데이트 준비하시느라 요즘 고생 많으시죠?"

우진은 해원을 접객용 소파로 안내하며 물었다. 보조개가 파일 정도로 환하게 웃는 그의 미소에 해원은 자신이 우진을 찾아온 이유를 잠시 잊어버릴 뻔했다.

"사실 오늘 제가 대표님을 뵙자고 한 건 다른 이유 때문입니다."

회사 업무에 관한 이야기를 짧게 주고받은 뒤 해원은 애써 용기를 내어 입을 열었다.

"다른 이유라…… 혹시 회사 생활에 무슨 문제라도?"

우진이 사무실 한쪽에 놓인 에스프레소 머신을 작동시키며 물었다.

"아뇨. 회사 생활에는 만족하고 있습니다. 대표님이 신경 써주신 덕분이죠. 그보다는 대표님께 한 가지 여쭙고 싶은 게 있어서요."

해원이 말하는 동안 진한 커피 향기가 사무실 안으로 퍼졌다.

"아, 저한테요? 네, 뭐든 물어보시죠. 저의 은밀한 사생활에 관한 거라면 좀 곤란하겠지만요."

우진은 괜한 농담과 함께 특유의 미소를 지으며 해원 앞으로 커피잔을 내밀었다.

"대표님은 알고 계셨죠? 제가 리로드를 받은 사실이요."

해원은 처음으로 우진의 눈을 똑바로 바라보며 물었다. 순간 커피잔을 들고 있던 우진의 손이 미세하게 떨렸다. 커피잔 안에서 작은 물결이 일었다.

"적당히 몰랐다는 식으로 말씀하진 말아 주세요. 저도 여기까지 오느라 고민이 많았어요."

해원이 말하자, 우진은 어쩔 수 없다는 표정으로 커피잔을 해원 앞에 내려놓았다.

"네, 맞습니다. 해원 씨는 직원이기 이전에 우리 회사의 고객이었습니다."

"역시…… 제 예상이 맞았군요."

"하지만 어디까지나 그것은 해원 씨의 결정이었습니다. 저희는 결코 누군가에게 리로드를 강요하지 않습니다."

해원은 우진으로부터 공식적인 답변을 듣게 되자 이미 알고 있던 사실임에도 현기증이 이는 듯했다.

"그런데 어떻게 아시게 된 겁니까? 프로그램에 무슨 오류라도 생겼나요?"

우진은 진심으로 궁금한 듯했다.

"제 질문이 기분 나쁘셨다면 죄송합니다. 리로드 기술을 처음 개발한 사람으로서 단지 궁금했을 뿐입니다. 제가 모르는 심각한 오류라도 생겼나 해서요."

우진의 말에 해원은 역시 리로드의 창시자이자 신봉자답다는 생각이 들었다. 우진이 리로드에 대해 얼마나 큰 애착을 가졌는지 새삼 실감이 났다.

"아뇨. 걱정하시는 심각한 오류 같은 건 없었습니다. 저 역시 내부자가 아니었다면 리로드를 받았을 거라고 감히 의심조차 못 했을 테니까요. 다만…… 이전에 알던 동료를 만났다가 우연히 알게 됐습니다. 캐주얼 메모리 속의 동료와는 많은 차이가 있더군요. 흰히 내부 정보를 들여다볼 수 있는 입장이라 어렵지 않게 상황 파악이 가능했던 거 같아요."

"음…… 해원 씨 말대로 역시 지금의 캐주얼 메모리는 문제가 있군요. 조금 더 일찍 이 문제를 알았더라면 좋았을 텐데."

우진은 안타까운 듯 머리를 긁적였다.

"대체 저한테 무슨 일이 있었던 거죠?"

해원은 애원하듯 물었다. 회사의 중요한 프로젝트를 맡

은 해원의 과거를 대표인 우진이 모를 리 없었다.

"해원 씨의 마음은 이해하지만, 꼭 이렇게까지 하셔야겠습니까? 이게 얼마나 위험한 일인지는 누구보다 잘 알고 계실 텐데요."

처음 보는 우진의 진지한 표정이었다. 해원도 자신이 하려는 일이 위험하다는 것쯤은 잘 알고 있었다. 하지만 그렇다고 해서 그냥 넘어갈 수는 없는 문제였다. 회사 내부 사람인 해원에게는 더욱 그랬다.

과거 해원은 도시 밖으로 추방되는 사람들을 보면서 그들을 동정했다. 동시에 자신은 그들과 다르다는 사실에 묘한 안도감을 느꼈다. 회사 내에서도 능력을 인정받는 직원이 되자 그 안도감은 점차 우월감으로 변했다. 트라우마에서 헤어 나오지 못해 결국 리로드 시술을 받으려고 회사를 방문한 사람들을 보면서, 어딘가 모르게 풍기는 그들의 나약함을 때로는 비웃은 적도 있었다. 스마트 시티의 훌륭한 일원이 된 사람만이 가질 수 있는 강한 자부심 같은 것이 해원을 지배하고 있었다. 그런 자신이 리로드를 했다는 사실은 한껏 높아진 자존심에 커다란 상처를 입혔다. 해원은 자신도 모르는 사이에 스스로를 기만하고 있었고, 우진을 포함한 몇 명의 회사 간부들 역시 그녀의 과거를 알았음에도 모르는 척 위선을 부렸다고 생각하니 밀려오는 수치심에 견딜 수가 없었다. 해원은 그 이유라도 알아야 했다. 그것이 지금 상황에서 그녀가 받을 수 있는 유일한 보상이었다.

"모든 걸 자세하게 알려달라는 건 아니에요. 대강이라도 좋으니까, 이유를 알아야겠어요. 어째서 제가 그런 선택을 해야 했는지."

"과연 납득할 만한 일이었는지…… 그게 궁금하신 거로 군요."

우진의 말에 해원은 말없이 고개를 끄덕였다. 한동안 침묵이 흘렀다.

"그것은 불행한 사건이었습니다."

우진은 서서히 입을 열었다.

"해원 씨는 기억하시는 대로 초등학교 교사였습니다. 아시다시피 인공지능의 도입 이후로 사회적인 기여도나 인기가 크게 줄어든 직업이죠. 그래도 당신은 항상 웃음을 잃지 않으려고 노력했습니다. 주변 사람들과도 무리 없이 잘 지냈고요. 사람들은 그런 당신을 좋은 이웃으로 여겼습니다. 짐작건대 당신은 자기 삶에 꽤 만족했던 것 같습니다. 당신은 아이들도 무척 좋아했습니다. 대개 그 나이대의 어린애들은 말썽을 부리기 일쑤였고 많은 교사들이 단순히 직업적으로 아이들을 대한 것에 비해 당신은 그들의 순수함을 진심으로 사랑했습니다. 하지만 그게 화근이었죠. 여느 때

처럼 당신은 학교 일과를 마치고 퇴근하는 길이었습니다만,
하필 그때……"

우진은 거기까지 이야기하다 잠시 멈추고 해원을 바라
봤다.

"이야기가 좀 길어져도 괜찮겠습니까?"

해원은 괜찮다고 대답했다. 오히려 시간이 부족한 쪽은
우진일 테니까. 그런 해원의 걱정을 알았는지 우진은 손목
에 찬 스마트 워치를 힐끔 하더니 자신 역시 오후에 별다른
미팅이 없는 관계로 시간은 충분하다며 그녀를 안심시켰다.
우진은 커피를 한 모금 마신 후 이야기를 이어나갔다.

"그날 당신은 퇴근길에 집 앞에서 한 아이와 마주쳤습니
다. 정확히 말하자면 당신이 살고 있던 아파트 단지 내의 작
은 놀이터에서였는데, 어린 여자아이가 혼자 놀고 있는 걸
발견한 거죠."

어린 여자아이라는 말에 해원은 잊고 있었던 이름이 다
시 떠올랐다. 벼리. 잠시 놓치고 있었지만 애초에 학교를 찾
아간 것도 벼리 때문이었다.

"죄송하지만 혹시 그 아이 이름이…… 벼리인가요?"

우진은 해원의 말에 크게 놀라는 눈치였다.

"맞아요. 벼리. 그런 이름이었어요. 설마 그렇게 세세한
내용까지 벌써 기억이 돌아온 겁니까?"

"아뇨. 아이의 얼굴과 이름만요. 더는 아무리 기억하려고 해도 머리만 아파질 뿐이에요."

"그렇군요. 사실 그 정도도 놀라운 일입니다. 지운 기억이 저절로 되살아나다니……"

우진 역시 리로드가 완벽하다고 생각하지는 않았다. 하지만 해원이 아이의 이름까지 기억하고 있다는 사실에 개발자로서 적지 않은 충격을 받은 듯했다.

"계속 말씀드리자면……. 그때 당신이 아이를 발견한 시간은 주변이 어둑해질 만큼 늦은 시간이었습니다. 혼자 있는 아이가 신경 쓰일 법도 했죠. 당신은 아이에게 다가가 어디 사느냐, 왜 혼자 있느냐, 여러 가지를 물었습니다. 하지만 아이는 왠지 모르게 당신에게 짜증을 내더니, 막무가내로 공격하기 시작했어요. 당신이 은연중에 아이를 화나게 한 건지도 모릅니다. 화가 난 아이는 심지어 당신을 할퀴고 깨물기까지 했죠. 당신은 당황스러웠어요. 놀라서 손을 뿌리쳤을 뿐인데 아이는 마치 보란 듯이 시끄럽게 울기 시작했습니다. 그래도 다른 때라면 아이를 잘 타일렀을 거예요. 하지만 그날은 학교에서 큰 행사가 있었고 하루 종일 아이들에게 시달린 당신은 무척 피곤한 상태였어요. 그래서 더 이상 아이의 투정을 상대하고 싶은 생각이 들지 않았던 것입니다.

결국 당신은 우는 아이를 남겨두고 도망치듯 아파트 안으로 들어갔습니다. 지친 탓에 아이를 외면하긴 했어도 그게 당신의 본심은 아니었어요. 당신은 엘리베이터를 타고 올라가면서도 계속 그 아이가 신경 쓰였습니다. 다행히 어느 순간 아이의 울음소리는 더 이상 들려오지 않았어요. 울다 지쳐버린 걸까. 아이에 대한 걱정을 완전히 떨쳐버리지 못한 당신은 아파트 복도 창밖으로 아래를 내려다봤습니다. 그런데 아이는 혼자가 아니었어요. 빈 놀이터 안으로 어느새 마스크를 쓴 한 수상한 남자가 들어와 있었습니다. 아이는 남자가 건넨 막대 사탕 같은 것을 입에 물고 있었죠. 뭔가 느낌이 좋지 않았어요. 그러다 문득 최근에 본 뉴스가 떠올랐죠. 늦은 시간 혼자 있는 아이들만 노려 납치해 죽인다는 어떤 연쇄 살인마에 대한 뉴스였어요. 순간 불길한 예감이 등줄기를 타고 흘렀습니다. 다급해진 당신은 다시 내려가려고 마음먹었죠. 엘리베이터를 기다릴 여유조차 없이 계단으로 뛰어 내려갔습니다. 어찌나 마음이 급했던지 당신은 발을 헛디뎌 계단에서 구르기도 했습니다. 그래도 당신은 포기하지 않고 놀이터를 향해 내달렸어요. 당신이 놀이터에 도착했을 때 마스크를 쓴 남자는 잠든 아이를 끌어안고 막 떠나려던 참이었죠. 당신의 예감이 맞았던 겁니다. 그 남자가 바로 뉴스에 나왔던 그 연쇄 살인마였어요.

'거기 멈춰요.'

당신이 소리쳤습니다. 두려움보다는 아이를 구해야겠다는 본능이 먼저였으니까요. 하지만 그게 실수였습니다. 남자는 자신의 범행을 목격한 사람을 순순히 남겨두는 타입이 아니었거든요.

남자는 잠든 아이를 시소에 앉히고는 당신을 미끄럼틀 밑으로 거칠게 끌고 들어갔습니다. 당신은 비명을 질렀지만 공교롭게도 그 시간대는 정부에서 권장하는 명상최면 프로그램의 생방송 시간이었습니다. 아시잖아요. 리로드가 지금처럼 대중적으로 유행하기 전에는 명상최면 방송만큼 정신 건강에 좋은 게 없었으니까요. 아파트 안의 모든 사람이 명상최면에 빠져 있는 동안 남자는 미리 준비한 흉기로 당신의 가슴과 어깨, 팔 그리고 다리를 수차례 찔렀습니다. 피투성이가 된 채 쓰러진 당신은 남자가 다시 아이를 끌어안고 사라지는 모습을 그저 지켜볼 수밖에 없었습니다. 점점 흐려지는 의식 속에서 말이죠. 아마 그 시간에 몰래 담배를 피우러 나온 중학생들이 아니었다면 당신은 영영 깨어나지 못했을 거예요."

우진은 마치 자신이 그 일을 겪은 사람처럼 절레절레 고개를 저었다. 우진이 해원의 표정을 살폈을 때 해원은 이미 넋이 나간 사람처럼 멍한 상태였다. 사건 자체도 충격적이었지만 자신이 그런 일을 겪었다는 게 전혀 실감 나지 않는 그 생경함이 더 충격이었다. 날카로운 흉기가 뚫고 지나갔을 자신의 팔과 다리를 살폈다. 의학의 힘은 야속할 만큼 대단했다. 작은 흉터 하나 남아 있지 않았다. 애초에 상처 같은 건 존재하지도 않았다는 듯이.

"그래서…… 아이는…… 그 아이, 벼리는 어떻게 됐죠?"

해원이 겨우 정신을 차리고 물었다. 우진은 대답 대신 고개를 떨궜다. 대답을 들은 것이나 마찬가지였다. 나중에 안 일이었지만 벼리는 3일 후 한 농수로에서 발견됐다. 이미 숨이 끊어진 뒤였다.

해원이 대표의 집무실에서 나온 것은 오후 3시쯤이었다. 시간을 계산해 보니 대략 1시간 넘게 대화를 한 것 같았다. 길다면 길고 짧다면 짧은 시간. 하지만 대표를 만나기 전의 해원과 만난 후의 해원은 전혀 다른 사람이 되어 있었다. 전에는 단순히 평범한 회사원이었다면 지금은 뭔가 더 복잡해졌다. 연쇄 살인 사건의 피해자이자 생존자 그리고 동시에 유일한 목격자였다. 끔찍한 기억을 지운 채 살아가려고 안간힘을 쓰는, 평범해지려고 발버둥 치는 그런 회사원이 된 것이다.

대표의 이야기를 듣고 나서도 여전히 알 수 없는 점투성이였지만 해원은 더 이상 묻기를 포기했다. 해원의 마음속에서 본능이라고 할 만한 어떤 것의 목소리가 들렸다. 이 정도면 과거의 선택을 납득할 수 있다고. 그러니 그만하라고. 이 이상은 감당할 수 없으니까 제발 그만하라고.

그날 해원은 평소보다 일찍 퇴근했다.

∞

그 후에도 해원은 되도록 자신에게 일어난 일들을 떠올리지 않으려고 애썼다. 회사에서는 전보다 더 열심히 일했다. 쉬는 날이면 미뤄왔던 집 안 청소를 했고, 근처 마트에 나가 아직 다 쓰지도 못한 생필품들을 샀다. 일부러 부산스럽게 몸을 움직였다. 괜한 상념에 빠지지 않기 위해서 노력했다. 잊혀진 기억에 집착하다 결국 자살한 남자 고객의 사연이 더 이상 남의 일처럼 여겨지지 않았다.

해원은 자신도 그렇게 될까 봐 두려웠다. 의도치 않게 끔찍한 사건에 휘말렸을 뿐이고 그 충격에서 벗어나기 위해 할 수 있는 선택을 했을 뿐이다. 겨우 아물어 가는 상처를 괜히 긁어내서 일을 키울 필요는 없다. 해원은 그렇게 스스로를 다독였다.

물론 고비가 없었던 것은 아니다. 아무리 생각하지 않으려고 해도 풀리지 않는 의문들이 수시로 그녀를 괴롭혔다.

벼리는 우리 아파트에 사는 아이였을까? 혹시 벼리의 부모는 내가 아는 사람들이었을까? CCTV에 범인의 인상착의가 찍혔을까? 의식을 되찾은 나는 제대로 증언했을까? 그래서 결국 범인은 잡혔을까? 하지만 무엇보다 해원을 자꾸 뒤돌아보게 하는 것은 꿈속에서 자신을 새초롬하게 바라보던 벼리의 표정이었다. 꿈에 본 벼리는 해원에게 뭔가 할 말이 있어 보였다. 이제 와 생각해 보니 자신을 지켜주지 못한 해원을 원망하는 표정 같기도 했다. 어째서 처음 보는 아이에게 좀 더 친절하지 못했던 것일까? 아이에 대한 죄책감은 해원이 자신의 과거를 외면하는 데 있어 유일한 걸림돌이었다.

해원은 화장을 지우고 멍하니 거실에 앉아 있다가 자신도 모르는 사이 노트북을 열어 뉴스를 검색했다. 벼리, 유괴, 살인. 정신을 차려 보니 어느새 끔찍한 단어들이 검색창에 쓰여 있었고 관련 기사들이 주르륵 쏟아졌다.

비극으로 끝난 한벼리 양 유괴 사건. 유일한 목격자 정모 씨 의식불명. 범인의 행방은 여전히 오리무중.

자극적인 기사 제목들이 날짜와 상관없이 뒤죽박죽 뒤섞인 채로 화면을 가득 메웠다. 해원의 기대와 달리 여전히 범인은 잡히지 않았고, 몇 달 전까지도 비슷한 일이 벌어지고 있었다. 그러고 보니 얼마 전에도 비슷한 사건을 다룬 뉴스 보도를 언뜻 본 것 같기도 했다. 하지만 대부분의 도시 사람이 그렇듯 해원 역시 그런 끔찍한 사건에는 별로 관심을 두지 않았다. 공중파에서도 그런 뉴스들은 짧은 단신으로만 보도했다. 남의 불행을 자세히 알 권리보다는 시민들의 정신건강에 해를 끼쳐서는 안 된다는 의무가 더 중요해진 지 이미 오래였다. 해원은 뭐에 홀린 것처럼 화면에 떠 있는 뉴스 중 하나를 클릭하려다 문득 집무실을 나서기 전 우진이 한 말을 떠올렸다.

"괜히 모든 것을 알려고 하지 마세요. 어차피 그것은 지나간 과거일 뿐입니다. 당신에겐 이제 빛나는 미래가 기다리고 있습니다."

해원은 겨우 현실로 돌아온 사람처럼 화들짝 놀라 노트북을 닫았다. 그래, 이런다고 달라지는 건 없다. 해원은 서서히 냉정함을 되찾았다. 업데이트 발표일이 점점 다가오고 있었다. 해원은 한동안 모든 뉴스에 대한 관심을 차단했다. 자신의 업무와 관련된 일을 제외하면 세상이 어떻게 굴러가든 더 이상 그녀와는 상관없는 일이었다. 그래서 그녀는 미처 알지 못했다. 업데이트 발표를 일주일 앞두고 한동안 잠잠했던 유괴 살인 사건이 또다시 발생했다는 사실을. 해원이 목격했던 그것과 똑같은 수법이었다.

형사라는 남자가 해원을 찾아왔을 때 그녀는 이미 냉정함에 익숙해져 있었다. 해원이 퇴근하려고 회사를 막 나서는데 낯선 남자가 불쑥 나타나 말을 건넸다. 20대 중반을 갓 넘긴 아직 앳된 얼굴의 젊은 남자는 광역 수사대 강력팀 소속 형사라며 신분증을 꺼내 보였다. 유달리 깨끗한 신분증으로 미뤄보건대 배속된 지 얼마 되지 않은 신입 형사 같았다. 신분증에 적힌 남자의 이름은 김민준이었는데 어디 조용한 카페에서 잠시 얘기를 나눌 수 있겠냐며 정중하게 부탁을 했다.

　"무슨 일 때문이죠?"

　해원이 물었다.

　"자세한 건 가서 말씀드리겠습니다."

　민준은 주변을 의식한 듯 말을 아꼈는데 그다지 심각한 얼굴은 아니었다.

　"네, 그렇게 하시죠."

　회사 업무상 경찰에서 협조를 구하는 일이 자주 있었기 때문에 해원은 이번에도 당연히 비슷한 일로 찾아왔을 거로만 생각했다.

　민준은 젊은 나이에도 꽤 신중한 성격처럼 보였고 어떨 때는 조금 차가운 느낌마저 들었다. 카페 안에서는 담배를 피우지 못하게 되어 있어서 그런지 그는 쉴 새 없이 손가락을 움직였는데 금단현상의 일종이라며 양해를 구했다. 해원은 요즘에도 담배를 피우는 사람이 있다는 사실이 조금 신기했을 뿐 그다지 개의치 않았다. 두 사람의 대화는 자연스럽게 해원의 회사 이야기로 시작되었다. 최근 논란이 되는 리로드 기술과 관련한 몇 가지 이슈들, 예를 들어 전과자들도 리로드를 통해 범죄 성향을 줄일 수 있는가와 같은 주제들로 이런저런 이야기를 주고받다가 디저트로 주문한 조각 케이크가 거의 사라질 때쯤 민준은 자신이 해원을 찾아온 진짜 이유에 대해 말하기 시작했다.

"사실은 제가 요즘 수사하고 있는 사건이 하나 있습니다. 오랜 시간 경찰 조직을 괴롭혀 온 사건이라 형사라면 누구나 그 사건을 해결하고 싶어 합니다. 저 역시 마찬가지고요."

민준은 그의 길고 가느다란 손가락으로 빈 커피잔을 툭툭 치면서 계속 말을 이어나갔다.

"하지만 뛰어난 지능을 가진 범인은 거의 흔적을 남기지 않았습니다. 어째서인지 범행 현장의 모든 CCTV에도 기록이 남아 있지 않았고요. 내부적으로는 범인이 상당한 수준의 해킹 실력을 갖추고 있다고 추측하고 있습니다. 범인의 실마리를 찾기가 매우 어려운 상황이죠. 다행히 딱 한 번 범인이 자신의 범행 장면을 다른 누군가에게 들킨 적이 있습니다. 그 사람이 바로 범인의 모습을 본 유일한 목격자인 것이죠. 저는 그 사람을 만나고 싶어 했지만, 선배들이 안 된다고 하시더군요. '그 사람은 목격자인 동시에 피해자였고 당시 생긴 트라우마로 인해 그때의 기억을 모두 지웠다. 더구나 리로드 시술로 기억을 지운 사람은 수사 도중 트라우마가 다시 생길 가능성이 있기에 참고인 대상으로 삼지 않는 것이 원칙이다.' 이렇게들 말씀하시더군요."

이야기를 듣고 있던 해원의 표정은 이미 심각하게 굳어져 있었지만, 민준은 상관하지 않았다.

"하지만 제가 조사를 해본 결과 리로드 시술을 받았다고 해서 기억이 완벽하게 사라지는 것은 아니라고 하더군요. 그러니까 '당시 있었던 사건 자료들이나 최면 같은 방법들을 통해서 일부 기억을 되살리는 것도 가능하다. 또한 참고인 대상으로 삼을 수 없다는 원칙 역시 어디까지나 권고사항일 뿐이며 이 사건처럼 중대한 범죄의 경우 본인의 선택에 따라 협조가 가능하다.' 어쨌든 전부 가능은 하다는 겁니다. 물론 도의적인 책임은 조금 있겠지만……"

민준이 자신의 할 말은 적당히 끝났다는 듯 해원을 특유의 차가운 눈초리로 바라봤다. 해원은 자신도 모르게 불쾌한 감정이 치솟았다. 민준의 차가운 눈빛 탓도 있었지만, 오랫동안 리로드 서비스와 관련된 일을 해온 사람으로서 느끼는 당연한 반감이었다. 트라우마를 견디지 못해 기억을 지운 사람은 사실상 큰 수술을 받은 환자나 다름없었고, 환자의 상처가 재발하는 것을 걱정해 그가 기억을 지웠다는 사실조차 함부로 말하지 않는 것이 시민들 간의 기본적인 예의였다. 미진이 울면서도 끝내 해원에게 제 입으로 진실을 말하지 않았던 것처럼 그것은 인간으로서 지켜야 할 마땅한 도리였다. 하지만 지금 이 남자는 사건을 해결하겠다는 핑계로 아무렇지도 않게 해원의 환부를 마구 헤집으려 하고 있었다.

"실례되는 말씀인지 모르겠지만 혹시 알고 계셨습니까? 본인이 기억을 지웠다는 것을요."

민준은 아직 목격자가 누구인지 밝히지 않았음에도 불쾌감 가득한 해원의 표정을 보고 흥미롭다는 듯 물었다. 말로만 그럴 뿐 전혀 미안한 기색이 없었다. 해원은 민준의 앳된 모습 뒤에 숨겨진 비정함에 다시 한번 치를 떨었다.

"당신 지금 무슨 짓을 하고 있는 줄 알아요?"

해원이 끓어오르는 분노를 꾹꾹 눌러가며 말했다.

"어디까지 기억하고 계시는지 알면 대화가 좀 더 편해질 거 같아서요. 말씀해 주실 수 있겠습니까?"

민준은 아랑곳하지 않고 정보 수집에만 열을 올리고 있었다. 해원은 기가 막혀 잠시 할 말을 잃었다.

"힘드신 줄 알지만, 협조를 부탁드리겠습니다."

해원으로부터 대답이 없자 민준은 형식적으로나마 고개를 숙였다. 하지만 여전히 부탁하는 사람의 표정이 아니었다.

"거절하겠습니다. 아무것도 협조할 수 없어요. 어째서 제가 범인을 잡는데 제 인생을 희생해야 하는 거죠?"

해원이 말했다.

"며칠 전에도 한 아이가 죽었어요. 더 이상의 희생은 안 됩니다. 놈을 막기 위해서는 당신의 도움이 꼭 필요합니다."

민준은 인정에 호소했지만, 진심으로 아이들의 죽음을 슬퍼하거나 안타까워하는 것 같지 않았다. 자신이 원하는 것을 위해 타인의 불행을 이용하는 위선자의 태도처럼 보여서 불편했다. 해원은 슬슬 지쳐가고 있었다.

"저도 알고 있어요. 희생당한 아이들이 너무 안 됐다는 거. 벼리는 지금 생각해도 정말 불쌍하고 가여워요. 하지만 과거의 저 역시도 충분히 괴로워했을 거예요. 그러니까 리로드를 했겠죠. 그 아이들에게 더 이상 미안해 하지 않아도 될 만큼 아주 괴로워했을 거라고요. 전 할 만큼 했다고 생각합니다. 그러니 더는 괴롭히지 말아 주세요."

해원은 솔직하게 속내를 털어놓았다. 그러나 민준은 새로운 정보에만 민감하게 반응했다.

"오, 맞아요. 한벼리. 아이의 이름을 알고 계시는군요. 혹시 아이와 관련한 다른 사실들도 기억하시나요?"

그런 민준의 반응에 해원은 기가 찼다.

"아뇨. 아이의 얼굴과 이름 그뿐입니다. 그 이상은 알고 싶지도 않고요."

"음…… 그렇군요. 아직은 가운데가 텅 빈 도넛 같은 상태로군요."

민준은 실망하는 표정이었다. 묻지도 않았는데 자기 혼자 주석까지 덧붙였다.

"핵심이 빠져 있다는 이야기죠."

아직 갈 길이 멀어 보인다는 투였다. 해원은 여전히 자기중심적인 태도로 말하는 민준과 더 이상 대화하는 것은 의미가 없다고 생각했다. 해원이 테이블 위에 올려놓은 지갑과 핸드폰들을 챙겼다. 그 모습에 다급해진 민준이 자신의 안주머니에서 뭔가를 꺼냈다. 담뱃갑 사이즈의 휴대용 영상 재현 장치였다.

"일단 이거 한번 봐주시겠습니까? 며칠 전 죽은 아이의 부모들 인터뷰 영상인데 이걸 보시면 마음이 좀 바뀌실 수도……"

최근 나오는 영상기기들은 버튼 하나만 누르면 증강현실 홀로그램을 통해, 촬영한 영상 속의 인물과 실제로 마주하는 착각을 불러일으킬 만큼 정교한 재현이 가능했다. 심지어 내장된 인공지능이 영상에 저장된 인물의 대화나 행동을 분석해 그 인물의 성격과 가치관까지 유추해 냈다. 그 결과로 해당 인물이 실제로 한 말을 단순히 전달하는 것을 넘어서 그 이상의 추가적인 대화까지도 가능했다. 민준은 영상 재현을 활용해 해원과 피해자 부모들 간의 간접적인 대화를 유도할 셈이었다. 협조를 거부하는 참고인의 동정심을 이끌어내기 위해 경찰에서 흔히 쓰는 수법으로 해원이 그 사실을 모를 리 없었다.

"죄송하지만 먼저 일어나보겠습니다."

해원은 붙잡으려는 민준의 손을 뿌리치고 카페를 나왔다. 조금 전에 마신 커피의 씁쓸한 맛이 여전히 입안을 맴도는 것 같았다.

집으로 돌아온 뒤에도 해원의 기분은 좀처럼 풀리지 않았다. 아무리 생각해도 민준의 수사 방식은 문제가 있어 보였다. 자신뿐만 아니라 다른 리로드 시술자들에게도 이런 식으로 계속 수사를 한다면 이건 회사 차원에서 대응해야 할 문제라는 생각이 들었다. 해원은 핸드백에서 경찰 고위 간부의 명함을 찾아 꺼내 들었다. 회사가 스마트 시티 내에서 기여하고 있는 바가 큰 만큼 아직 팀장급인 해원임에도 쟁쟁한 유력 인사들과 일적인 교류가 가능했다. 간부에게 직접 전화해서 오늘 있었던 일을 이야기한다면 이제 갓 초보 딱지를 뗀 신입 형사쯤은 얼마든지 곤란하게 만들 수 있었다.

경찰 간부는 해원의 전화를 반겼다. 그는 퇴임을 고민하고 있었고 암암리에 차기 임원으로 거론될 정도로 회사와는 긴밀한 사이였다. 리로드 시술자들을 참고인 대상에서 제외하라는 권고사항을 경찰 쪽에 제안한 것도 그였다. 해원은 망설이다 결국 형식적인 안부만 전하고 통화를 끝냈다. 자신보다 한참이나 경험이 부족한 사회 초년생을 상대로 이게 지금 무슨 짓인가 하는 생각이 들었다. 형사라고는 해도 민준은 아직 어려 보였고 그 나이대에서는 대개 그러듯이 의욕만큼이나 실수가 많은 법이니까.

해원은 자신의 신입 시절을 떠올리며 민준에 대한 나쁜 감정을 서서히 지워나갔다. 물론 업데이트 발표일이 코앞으로 다가온 탓도 있었다. 해원은 노트북을 펼쳐 발표 자료를 다시 한번 꼼꼼하게 검토했다.

업데이트 발표는 성공적이었다.

회사 건물 1층에 위치한 대형 세미나실에서 진행된 발표에는 회사 경영진을 포함한 다양한 사람들이 참관했다. 계열회사의 임직원은 물론 공공기관의 주요 인사들까지 대거 포진한 큰 행사였고 스마트 시티 내에서 회사가 가지는 인기를 반영하듯 인터넷으로 생중계되었다.

해원은 오랜 시간 공들여 준비한 만큼 실수 없이 준비한 내용들을 소개했다. 적당히 위트를 섞어가며 시종일관 유쾌한 분위기를 유지하면서도 새롭게 업데이트되는 캐주얼 메모리의 인간 친화적인 면모와 그 중요성을 강조하는 것 또한 잊지 않았다. 마침내 해원이 업데이트 전후의 부작용 예상 건수를 비교하는 그래프를 화면에 띄우자 여기저기서 환호성이 들렸다. 발표가 끝나고 청중들은 일제히 기립박수를 쳤다. 해원의 발표를 생중계로 지켜본 사람들이라면 누구나 리로드 기술에 대해 한층 더 친숙함을 가지게 됐으리라. 해원이 단상을 내려오자, 팀원들이 가장 먼저 그녀를 반겼고 잠시 후 우진이 감격스러운 표정으로 다가와 악수를 한 뒤 우아하게 포옹했다. 새로운 스타의 출현을 예고하듯 기자들이 모여들었다. 사방에서 플래시 세례가 쏟아졌다. 해원은 지금이야말로 자기 인생에서 최고의 순간이라고 느꼈다. 평소 잦았던 두통도 전혀 없었다. 모든 것이 완벽했다.

그날 밤 회사 연회장에서 파티가 열렸다. 성공적인 업데이트 발표를 기념하는 자리였다. 해원은 이날을 위해 특별히 준비한 디자이너 브랜드의 의상으로 갈아입고 각계에서 초대된 유력 인사들과 즐거운 만남을 가졌다. 우진은 직접 해원을 데리고 다니면서 앞으로 회사를 이끌어나갈 핵심

인재 중 하나라며 사람들에게 소개했다. 어느 정도 인사가 끝나고 단둘이 대화할 기회가 생기자, 우진은 다시 한번 그녀를 격려하는 것을 잊지 않았다.

"정말 수고 많으셨습니다. 예전 일 때문에 많이 혼란스러우셨을 텐데."

우진이 말했다.

"아니에요. 오히려 대표님께서 말씀해 주신 게 저 자신을 바로잡는 데 큰 도움이 됐어요."

해원이 답하자, 우진은 활짝 웃었다.

"해원 씨의 미래는 무척 빛날 겁니다. 이건 제가 장담할 수 있어요."

우진이 술잔을 들며 건배를 권했다.

"감사합니다. 회사를 위해서 열심히 하겠습니다."

두 사람은 서로 술잔을 부딪쳤다. 우진은 잔을 비우다 말고 뭔가 아쉬운 듯 입을 삐죽거렸다.

"근데 해원 씨가 너무 회사 생각만 하는 거 같아서 좀 서운한데요?"

"네?"

"회사도 좋지만 가끔은 제 생각도 해주셨으면 해서."

우진이 웃으며 농담했다. 해원은 그것이 농담인 걸 알면서도 뺨이 살짝 붉어졌다. 조각상 같은 우진의 얼굴이 그날 따라 더 또렷해 보였다. 그때 갑자기 연회장 입구 쪽에서 소란스러운 소리가 들렸다. 초대받지 않은 손님 하나가 연회장 안으로 들어오려고 하면서 경호원들과 마찰이 생긴 모양이었다. 해원이 소리가 나는 쪽을 향해 고개를 돌렸다. 어디선가 본 듯한 젊은 남자가 경찰 공무원증을 꺼내 들고 있었다. 김민준이었다.

"강력팀 형사입니다. 일 문제로 정해원 씨를 잠깐 만나러 왔을 뿐입니다."

해원은 소란이 더 커지는 것을 지켜볼 수 없어서 우진에게 양해를 구하고 민준에게 다가갔다.

"오늘은 회사의 중요한 행사가 있는 날입니다. 제가 전에 분명……"

해원이 말을 다 끝내기도 전에 민준이 끼어들었다.

"당신이 그랬죠? 맞죠?"

"무슨 말씀이죠?"

해원은 민준이 무슨 소리를 하는지 알 수가 없었다.

"당신이 제 상관에게 말해서 저를 팀에서 제외시킨 거 아닙니까?"

해원은 순간 착각을 할 뻔했다. 분명 경찰 간부와 통화를 하기는 했지만, 결코 민준의 이름을 꺼낸 적도 무언가를 부탁한 적도 없었다.

"도와주지는 못할망정 방해를 하면 어쩌자는 겁니까?"

민준은 지난번 만남 때와는 다르게 평정심을 잃은 듯했다. 애써 눌러 놓은 민준에 대한 적개심이 다시금 끓어올랐다. 해원은 오해를 풀어야 한다는 생각보다는 마음속에 담아놓은 말들을 시원하게 내뱉는 쪽을 택했다. 돌이켜 생각해 보면 자신이 그때 왜 그런 선택을 했는지 의문이었다.

"네, 그래요. 제가 부탁드렸습니다. 아직 젊으신 분이라 세상 돌아가는 걸 잘 모르시는 것 같아서요. 이번 기회에 사람 배려하는 법도 좀 배우시고 그랬으면 좋겠네요. 세상에는 일보다 더 중요한 것들이 있으니까요."

해원은 하지도 않은 일을 했다고 말하며 몇 마디를 추가로 덧붙였다. 따지고 보면 그녀 역시 비슷한 계략을 꾸몄던 것도 사실이니까. 다분히 감정적인 행동이었다. 사과 대신 충고를 하는 해원의 태도는 민준을 자극했다.

"내가 지금 순전히 내 일 때문에 이러는 줄 아십니까? 제발 범인 좀 잡아달라고 매달려야 하는 건 그쪽 아니냐고!"

민준은 자기 양팔을 붙잡고 있는 경호원들의 손을 거칠게 뿌리치며 큰 소리로 말했다. 사람들 중 일부는 놀라서 몇 걸음씩 뒤로 물러섰다. 연회장 안의 모든 시선이 두 사람에게로 쏠렸다. 웅성웅성 수군거리는 소리가 해원의 귀에도 들렸다.

"회사에서 저를 곤란하게 만드는 게 목적이었다면 어느 정도 성공하신 거 같으니까 이제 그만 가주시죠."

해원은 자신이 낼 수 있는 가장 차가운 목소리로 말하며 맞섰다.

"세상엔 일보다 더 중요한 게 있다고 했죠? 지금 당신 회사 일보다 이게 더 큰 문제라니까!"

민준은 거의 고함을 질렀다.

"저 사람 밖으로 내보내 주세요."

뒤늦게 사태를 파악한 우진이 경호원들에게 지시했다. 형사라는 말에 소극적인 태도로 일관하던 경호원들이 우진의 말이 떨어지기가 무섭게 곧바로 민준을 에워쌌다. 덩치큰 장정들 앞에서는 아무리 혈기 왕성한 젊은 형사라고 하더라도 속수무책이었다. 민준은 거의 어린아이처럼 질질 끌려 나갔다. 민준은 끌려 나가면서도 소리치는 것을 멈추지 않았다.

"당신 그 아이가 누군지 알아? 벼리가 누군지 아냐고!"

민준이 돌아서는 해원을 향해 외쳤다. 악에 받친 목소리였다. 해원은 순간 가슴 위로 무거운 돌덩이가 쿵 하고 내려앉는 느낌이 들었다. 심연, 그 무저갱 안에 영원히 묻어두고자 했던 어떤 불안감이 선명한 빛을 내뿜으며 무서운 속도로 떠올랐다. 어쩐지 절대 열어서는 안 될 그런 상자의 모습이었다. 아이를 꿈에서 처음 봤을 때부터 불쾌하게 피부 위를 스멀스멀 기어 다니던 그 막연한 불안감은 어느새 해원이 가장 상상하기 싫었던 형태의 괴물로 바뀌어 있었다.

"당신 딸이야. 바로 당신 딸이라고!"

멀리서 들려오는 민준의 날 선 한마디가 해원의 숨을 멎게 했다. 짐작조차 두려워서 끝내 외면하고 있던 그 한 단어가 이제는 반대로 모든 현실을 낯설게 만들었다. 바닥이 일렁거리고 사람들의 얼굴이 흩뿌려진 물감처럼 흘러내렸다. 동시에 격렬한 두통이 다시 찾아왔다. 아이를 떠올릴 때마다 느꼈던 고통이 정점을 향해 치달았다. 해원은 곧바로 의식을 잃고 쓰러졌다. 정체 모를 장면들이 파노라마처럼 스쳐 지나갔다.

"유치원 일찍 끝나면 바로 집으로 가라고 했잖니."

여자는 놀이터에서 혼자 놀고 있는 아이에게 볼멘소리를 했다. 주변이 어둑해질 만큼 늦은 시간이었다.

"이렇게 자꾸 밖으로 돌아다니면 엄마 화낸다."

여자는 자신이 미혼모라는 사실을 이웃들에게 알리지 않았다. 아이는 밖에서 노는 걸 좋아했지만 지금의 대단지 아파트로 이사 온 뒤로는 좀처럼 외출을 허락받지 못했다.

"얼른 집에 가자."

여자가 재촉하자 아이는 고개를 저었다.

"싫어. 여기서 더 놀다 갈래."

여자가 무시한 채 아이에게 손을 뻗었다. 아이가 심통 난 표정을 짓더니 별안간 여자의 손등을 할퀴었다. 놀란 여자는 아이의 어깨를 거칠게 움켜쥐었다. 그러자 아이가 여자의 팔을 힘껏 깨물었다. 여자는 자신도 모르게 신경질적으로 아이를 밀쳐냈다. 아이가 모랫바닥 위로 철퍽 쓰러졌다. 그날은 학교 행사로 무척 피곤한 하루였다. 여자는 그런 것도 모르고 투정만 부리는 아이가 야속했다.

잠시 기억이 끊겼다. 어딘가 고장 난 형광등처럼 눈앞에 장면들이 사라졌다 다시 나타났다. 이번에는 아파트 복도였다. 아이는 곁에 없었다. 아이를 어딘가 두고 온 모양이다. 창밖으로 아래를 살피자, 아이는 여전히 놀이터에 있었다. 마스크를 쓴 남자가 아이에게 다가가고 있었다.

또다시 깜박. 여자는 피를 흘리며 누워 있었다. 아이를 둘러맨 채 사라지는 남자의 뒷모습이 보였다. 남자의 어깨 위에서 아이는 잠들어 있었다. 여자는 안간힘을 써서 아이의 이름을 불렀다. 벼리야, 한벼리…… 목소리가 나오지 않왔다. 점점 시야가 흐려졌다. 다시 긴 어둠이 찾아왔다.

∞

다음날 해원이 병원에서 정신을 차렸을 때 맨 먼저 찾아 온 사람은 우진이었다. 해원은 의식을 되찾은 지 얼마 되지 않은 탓에 꿈과 현실의 경계에서 여전히 몽롱한 상태였다. 자신이 누워 있는 곳이 유명 대학병원의 VIP 병실이라는 사실을 깨닫는 데까지도 한참의 시간이 걸렸다. 알고 보니 우진이 그녀를 위해 특별히 마련해 준 병실이었다. 우진은 해원이 의식을 되찾았다는 연락을 받자마자 곧바로 병원으로 달려왔다고 했다. 해원의 현재 상태에 대해서 리로드의 개발 자인 자신이 직접 설명하는 게 좋다고 생각한 모양이었다.

"드문 케이스죠."

우진은 그렇게 말한 뒤 병실 창문을 터치해 채광 조절 기능을 활성화했다. 어두웠던 병실이 조금 환해졌다.

"리로드를 받은 사람 중에서도 거의 만 명 중 한 명꼴로 발생하는 그런 지극히 예외적인 케이스……"

우진은 아주 드물게 리로드로 지워진 기억이 시간의 경 과에 따라 특별한 이유도 없이 자연적으로 다시 회복되는 경우가 있는데, 해원이 바로 그런 경우에 해당한다고 했다.

해원은 그제서야 자신을 지속해서 괴롭혔던 통증과 아이에 관한 꿈들이 일종의 전조현상이었음을 깨달았다.

"하필 그런 불운이 해원 씨에게 벌어지다니 개발자로서 무척 유감입니다."

우진은 그녀를 우울하게 만들지 않으려는 듯 평소보다 더 활짝 웃었다. 해원은 더 이상 그런 그의 미소가 찬란하게 느껴지지 않았다. 오히려 자신을 비웃고 있는 것처럼 기분 나쁘게 느껴졌다.

"죽은 아이가 제 딸이라는 사실을 대표님도 알고 계셨나요?"

해원이 힘없는 목소리로 물었다. 해원은 더 이상 화를 내거나 따져 물을 만한 기력도 없었다.

우진은 뭔가 변명거리를 찾는 사람처럼 한동안 말이 없었다.

"······네, 자꾸 뭔가를 속이는 사람이 된 것 같아서 죄송하지만 있는 그대로 말할 수는 없었습니다. 해원 씨를 지켜주고 싶은 마음이 더 컸으니까요."

우진은 사실대로 고백했다. 해원은 자신을 향한 배려만큼 혹은 그 이상으로 현실과의 아찔한 간극이 생기는 기분이었다. 그녀에게 현실은 이제 아득히 먼 존재가 됐다.

"감당하기 힘든 과거라고 생각했어요. 사실대로 말했다

면 회사 일까지 영향을 줬을 거예요. 해원 씨도 그러길 원치 않았을 거 같은데, 아닌가요?"

우진이 지친 눈빛의 해원을 바라보며 말했다. 우진의 목소리에서 점점 서늘함이 느껴졌다. 해원은 우진을 마냥 원망할 수 없었다. 여태껏 딸아이의 존재를 부단히 외면하고 부정한 사람은 다름 아닌 자기 자신 아니었을까? 그런 질문이 해원 스스로를 괴롭혔다.

"그보다 더 큰 문제가 있어요. 해원 씨가 이번 일로 쓰러지면서 병원 측에서 새롭게 검사를 실시했는데 결과가 좋지 않아요. 트라우마 수치를 말씀드리는 겁니다."

우진의 표정은 제법 심각했다. 단순히 해원을 겁주려는 말 같지는 않았다.

"기억이 되살아나면서 트라우마 수치가 급격히 증가하고 있어요. 이 정도 속도라면 보름도 못 견딜 겁니다. 허용치를 넘어서면 어떤 일이 벌어지는지 알고 계시죠?"

해원은 자신도 모르게 이웃집 여자의 모습이 떠올랐다. 초점 잃은 눈빛으로 트램에 올라타는 이웃집 여자의 얼굴이 묘하게 바뀌더니 어느새 해원의 얼굴로 변했다. 오싹한 기운이 순식간에 해원의 등줄기를 타고 올라왔다. 해원은 말하는 법을 잊어버린 듯 침묵으로 일관했지만, 우진은 개의치 않은 듯 계속 말을 이어갔다.

"제가 회사의 대표로서가 아니라 해원 씨를 아끼는 동료로서 말씀을 드리자면, 이번 기회에 다시 리로드 시술을 받으라는 겁니다. 두 번이나 같은 우연이 벌어질 일은 없을 테니까요. 더구나 해원 씨가 직접 기획한 캐주얼 메모리라면 부작용도 이전보다 훨씬 덜 할 겁니다."

우진은 해원 쪽으로 몸을 기울여 그녀의 작은 어깨에 손을 얹었다. 실로 다정한 사람의 몸짓이었지만 그의 손은 한없이 차가웠다.

"절 보시면 아시겠지만, 반복적인 시술을 한다고 해서 문제가 될 건 전혀 없어요. 아니 오히려 그 반대겠죠. 저한테는 불필요한 감정의 찌꺼기 같은 게 전혀 없답니다. 하루하루가 상쾌하고 행복합니다. 이참에 해원 씨도 저처럼 트라우마 제로 퍼센트의 인간에 도전해 보는 건 어떨까요? 해원 씨처럼 유능한 인재라면 시술 비용은 회사 측에서 얼마든지 지원해 드릴 수 있습니다."

우진은 말이 끝나기가 무섭게 해원에게 다시 한번 자신의 해맑은 미소를 보여주었다. 해원은 이제 우진의 과한 미소가 조금은 두렵기까지 했다.

"우리에겐 미래가 있어요. 큰 이변이 없는 한 해원 씨의 이사 선임에 대한 안건이 다음 이사회에서 처리될 겁니다. 이 정도면 제가 하려는 말이 뭔지 확실하게 아셨을 거로 생각합니다. 비생산적인 감정 소모는 그만하고 원래 자리로 돌아갑시다."

우진은 말을 끝내고 해원을 향해 손을 내밀었다. 악수를 기다리는 손이었다. 하지만 해원은 끝내 악수하지 않았다.

"……생각을 정리할 시간을 주세요. 아직은 모든 게 혼란스러워서요."

해원이 말라버린 목소리로 답했다. 우진은 멋쩍게 웃으며 손을 거뒀다.

"네, 그럼 며칠 쉬면서 천천히 생각해 보세요. 회사 쪽은 제가 알아서 처리해 놓겠습니다."

우진은 몸조리 잘하라는 인사를 하고 병실을 나서려다 뭔가 생각난 듯 돌아섰다.

"아이에 대한 기억 때문에 당신이 다시 불행해지는 것은…… 그 아이도 원치 않을 겁니다."

그것이 우진의 마지막 당부였다. 해원은 우진이 병실을 나간 뒤에도 한동안 멍하니 창밖을 바라봤다. 해원은 유리창에 비친 자기 모습에서 아무런 감정도 읽어내지 못했다. 해원이 악수를 거부한 것은 현실적인 태도로 일관하는 우진 때문이 아니었다. 정작 해원을 괴롭힌 것은 딸의 부재를 깨달았음에도 전혀 슬픔을 느끼지 못하는 자기 자신에 대한 혐오였다. 아직 파편적으로만 존재하는 딸의 기억은 현재의 해원에게 단순히 정보 그 이상의 무엇도 아니었다. 딸이 있었다는 사실에도, 그런 딸이 끔찍하게 죽었다는 사실에도, 해원의 눈에서는 눈물 한 방울 흐르지 않았다. 그녀는 그런 자신이 소름 끼쳤다. 괴물처럼 느껴졌다. 멀리 창밖으로 아이의 비명소리가 들리는 것 같았다. 하지만 그 소리는 너무 희미해서 얼마든지 스스로를 속일 수 있었다. 애초에 그런 비명소리 따위는 존재하지 않았다고.

이튿날 해원은 퇴원 수속을 마치고 도망치듯 집으로 돌아왔다. 회사는 우진의 선처로 길게 휴가를 받아놓은 상태였다. 업데이트가 성공적으로 출시된 이후라 비교적 여유가 있었다. 해원은 집에 머물면서 딸아이와 관련된 사소한 흔적이라도 찾으려고 온 집 안을 샅샅이 뒤졌다.

어째서 미혼인 자신에게 딸이 있었을까, 딸아이의 아빠는 누구였을까와 같은 기본적으로 떠오르는 질문의 답을 구하기 위한 것도 있었지만 그녀가 가장 궁금해 한 질문은 죽은 딸이 자신에게 어떤 의미였을까 하는 것이었다.

해원의 미래를 결정짓는 질문이기도 했다. 하지만 딸아이에 대한 흔적은 아무것도 남아 있지 않았다. 너무나 깨끗해서 혹시 자신이 속고 있는 건 아닌가 하는 생각이 들 정도였다. 이렇게 완벽할 정도로 흔적을 지웠다는 것은 그만큼 견디기 힘들었다는 방증이기도 했다. 고작 찾아낸 물건이라고는 드레스룸 깊숙한 데 숨겨 놓은 담배가 전부였다. 괴로움에 못 이겨 몰래 담배를 꺼내 피우는 생소한 자신의 모습이 머릿속에 그려졌다.

해원은 문득 겁이 났다. 만약 자신의 기억이 전부 되살아나면 그제서야 비로소 실감하게 될 상실감과 고통을 도저히 가늠할 수가 없었다. 자식을 잃은 부모의 심정, 흔히들 억장이 무너진다고 하는 그 고통을 과연 내가 견딜 수 있을까? 살아보겠다고 겨우 빠져나온 그 지옥 안으로 다시 걸어들어가 영영 헤어 나오지 못하는 것은 아닐까? 해원은 하루에도 몇 번씩 비겁한 스스로를 질책했다가 이내 다시 무서워서 도망치기를 반복했다. 그러는 사이 의미 없는 날들이 빠르게 흘러 지나갔다.

해원이 선뜻 결정을 내리지 못하는 사이 우진으로부터 영상전화가 걸려 왔다. 해원이 휴가를 낸 지도 벌써 2주라는 시간이 흘러 있었다. 우진으로서는 기다릴 만큼 기다린 셈이었다.

"병원에서 연락받으셔서 이미 알고 계시겠지만 해원 씨의 트라우마 수치는 이미 위험 수위에 다다랐습니다. 더 이상 리로드를 미루는 것은 위험해요. 강제 이주 명령이 떨어지면 그때부턴 회사에서도 손을 쓰기가 쉽지 않습니다."

우진은 차분한 표정으로 말했지만, 어딘가 모르게 강압적인 말투였다. 해원이 느끼기에 그것은 사실 협박에 가까웠다. 우진은 당장 시술받는 게 어렵다면 다른 방법도 있다고 했다. 일종의 임시방편이라며 비밀리에 개발 중인 알약을 보내줄 테니 그거라도 복용하는 게 어떠냐고 권했다. 그 약은 기억 회복을 일시적으로 막아주는 효과가 있다고 했다. 실제로 우진과의 통화가 끝난 지 채 한 시간도 지나지 않아 무인 드론을 통해 작은 소포가 해원의 집으로 배송되었다. 약통 안에는 푸른빛을 띤 알약들이 빼곡히 들어차 있었다.

그날 오후에는 보건복지부 산하의 공무원들이 집으로 찾아왔다. 그들은 병원으로부터 전달받은 내용을 바탕으로 한 계고장을 건넸다. 조만간 도시 밖으로 추방될 수 있으니 트라우마 수치를 허용범위 아래로 되돌릴 수 있는 대책을 어서 찾으라는 경고였다. 지난 몇 년간의 경험을 통해 리로드가 이행되는 과정에서 스스로의 선택보다는 사회적인 강요가 더 많은 영향을 끼친다는 사실을 해원은 누구보다 잘 알고 있었다.

다들 이런 식으로 트라우마를, 기억을 지워나갔다.

정식으로 강제 이주 명령이 떨어지기까지 겨우 이틀밖

에 남지 않았을 때도 해원은 여전히 결정을 내리지 못하고 있었다. 퇴원할 때만 해도 며칠 고민하면 어떤 식으로든 결정이 날 거라는 순진한 믿음이 있었다. 하지만 그런 희망은 날이 흘러갈수록 점점 희미해졌다. 차라리 딸아이에 대한 기억이 지금보다 더 많았다면 결정을 내리기가 더 수월했을지도 모른다. 하지만 아이에 대한 기억은 여전히 사건을 전후로 한 몇 시간 내에서, 그것도 조각조각 분리된 형태로만 존재했다. 아무런 감정도 느껴지지 않는 단계에서 쉽게 아이의 존재를 지운다는 것이 해원에게는 어딘가 모르게 불편했다. 하지만 도무지 그 불편함의 정체가 무엇인지 해원은 알 수가 없었다. 단순히 죄책감과는 다른 무엇이었다. 한참 고민에 빠져 있느라 해원은 자신의 집 초인종이 울리는 소리조차 한동안 듣지 못했다.

그날 밤 해원의 집 앞에서 계속 문을 두드린 사람은 민준이었다. 민준은 어디선가 술을 마시고 잔뜩 취한 상태였다. 인터폰으로 민준의 얼굴을 확인한 해원은 그냥 돌려보낼 생각이었다. 하지만 민준은 직접 얼굴을 마주 보고 대화하기를 원했다.

"오늘은 싸우러 온 게 아닙니다. 진심으로 사과를 드리고 싶어서 온 거예요."

해원은 잠시 망설이다 집 안으로 그를 들였다. 한때는

벼리와 자신의 관계를 알려준 민준이 원망스럽기도 했지만 결국 어떻게든 알게 됐을 거라고 생각하니 나쁜 감정은 무뎌졌다. 따지고 보면 민준이야말로 해원에게 진실을 말해 준 유일한 사람이었다. 해원은 자신이 연회장에서 민준을 함부로 대한 것도 마음에 걸렸다.

취한 민준은 형사라기보다는 그 나이 또래의 평범한 청년 같았다. 해원이 마실 거리를 내오는 동안 민준은 긴장한 듯 뻣뻣한 모습으로 집 안을 둘러보고 있었다.

"이해하세요. 뭘 좀 찾느라 정신이 없었거든요."

해원은 주스가 담긴 잔에 큼지막한 아이스 볼을 담아 민준에게 건넸다. 거실에는 아이의 흔적을 찾느라 책이나 옷가지들이 정리가 안 된 채 여기저기 쌓여 있었다. 일부러 말하지는 않았지만 민준 역시 해원의 현재 상황을 어느 정도 짐작하는 것 같았다.

"제가 너무 경솔했습니다."

민준은 술기운을 쫓으려는 듯 주스를 단숨에 들이켜더니 고개를 떨군 채 말했다.

"그땐…… 사건에서 손을 떼라는 지시를 받고 정신이 반쯤 나가 있었거든요."

민준의 목소리는 사건에 몰두해 해원을 몰아붙일 때와는 다르게 한결 부드러웠다.

"아뇨. 저도 그날 너무 무례하게 반응했던 건 사실이니까요. 서로 실수한 걸로 해두죠."

"맨 처음 리로드로 기억을 지운 목격자를 다시 찾아간다고 했을 때부터 선배들은 저를 극구 말렸습니다. 아무리 수사가 중요하다 해도 그건 경우가 아니라고. 저는 그때 오히려 선배들이 답답하다고 생각했어요. 큰 사건을 해결하는 과정에서 어느 정도의 희생은 당연한 거라 믿고 있었으니까요. 그 당시 저는 저 스스로를 이상하게 여기지 않았습니다. 저는 선배들에 비해서 젊고 의욕이 넘쳤어요. 단순히 세대 차이라고만 생각했죠. 하지만 해원 씨에게 그 말을, 절대 하지 말았어야 할 그 말을, 복수에 눈이 먼 사람처럼 기어이 내뱉는 저를 보면서 스스로도 많이 놀란 게 사실입니다."

민준은 괴로운 듯 머리를 움켜쥐었다. 달라진 민준을 보고 있자니 해원은 마치 처음 만났을 때 민준이 보여준 차가운 태도가 본연의 모습이라기보다는 직업적인 사명감과 형사라는 자부심에 의해서 단련된 껍데기에 불과한 건 아닐까 하는 착각마저 들었다.

"실망한 건 저뿐만이 아니었어요. 그 일을 전해 들은 다른 팀원들조차 저를 사람 취급 안 했으니까요. 대놓고 욕을 하는 선배도 있었죠. 네가 한 짓은 살인이나 마찬가지라고. 그제서야 깨달았어요. 생각보다 제 상태가 심각하다는

238   잊혀진 아이

걸. 예전엔 분명 저도 그러지 않았거든요. 그렇게까지 공감 능력이 부족한 사람은 아니었는데. 어느 순간 제가 많이 변했다는 것을 알았어요. 제 눈엔 더 이상 다른 사람들이 보이지 않게 된 거죠. 괴물 같다고 느꼈어요. 내가 과연 형사 자격이 있나 하는 생각까지 들더군요. 제가 하는 일은 특히나 더 다른 사람을 위해 존재하는 일이잖아요. 그렇게 생각하고 나니 해원 씨가 저를 수사팀에서 제외해 달라고 청탁을 한 게 어쩌면 합당한 일이라고 느껴지더군요. 저 같은 놈한테는 꼭 필요한 처분이었던 거죠."

약간 울먹이듯 말하는 민준의 목소리는 잠겨 있었다. 해원은 민준이 진심으로 용서를 구하고 있다고 느꼈다.

"너무 자학할 필요는 없어요. 나쁜 사람이 되기 위해서 노력하는 사람은 없으니까. 저도 사실은 비슷한 생각을 한 적이 있어요. 때로는 아무런 감정이 느껴지지 않을 때가 있거든요. 무감각해지는 거죠. 다른 사람에 대해서도, 저 스스로에 대해서도."

해원은 자신을 원망스러운 눈빛으로 바라보는 벼리의 얼굴을 떠올리며 말했다. 민준은 함부로 자신을 탓하지 않는 해원에게 감사한 듯 고개를 숙였다. 해원은 서로에 대한 오해를 풀 좋은 기회라고 생각했다.

"그리고 사실 민준 씨를 수사팀에서 빼달라고 부탁한 사람은 제가 아니에요. 물론 아예 그런 생각을 안 했던 건 아니지만. 암튼 저는 그런 부탁을 하지 않았어요."

해원이 사실을 말하자, 민준은 조금 당황하는 듯했다.

"해원 씨가 아니라면 대체 누굴까요? 분명 리로드 테크놀로지와 관련된 사람을 통해서 제 이야기가 나온 것으로 알고 있거든요."

"음, 회사에 저 말고도 그런 부탁을 할 사람이 또 있었으려나…… 민준 씨가 조사하는 사건하고 우리 회사하고는 크게 상관도 없었을 텐데."

해원은 무심결에 한 말이었지만 순간 민준의 눈썹이 꿈틀거렸다. 바로 전까지만 해도 여리기만 했던 이십 대 청년의 얼굴에 다시금 차가운 형사의 그림자가 비쳤다.

"그러니까 그게…… 제가 해원 씨를 조사하다 보니 몇 가지 이상한 점이 있었거든요. 유독 이 사건과 관련한 피해자들에 대해서 해원 씨의 회사인 리로드 테크놀로지가 앞장서서 지원을 해줬더군요. 물론 몇몇 분들은 그런 호의를 거절하기도 했지만, 대다수의 피해자 부모들은 회사의 도움을 통해 무상으로 리로드 시술을 받았습니다. 어떨 때는 지원이라기보다는 일종의 압력처럼 느껴졌을 법한 일들도 있었고요."

민준의 목소리는 어느새 완전히 형사의 그것으로 변해

있었다. 차가운 칼로 허공을 베듯 날카로운 긴장감이 서려 있는 목소리였다.

"……해원 씨가 맨 처음 리로드를 했을 때도 모종의 압력이 있었다고 저는 생각하고 있습니다."

잠시 숨을 고르더니 민준은 거의 확신에 찬 눈빛으로 말했다.

"그 말은 꼭 우리 회사 내부에 사건과 직접적으로 관련된 사람이 있다는 것처럼 들리는군요."

해원은 여태껏 아이와 자신에 대해서만 몰두해 있었으므로 그 외의 부분에 대해서는 그다지 생각을 해본 적이 없었다.

"네, 그 가능성을 완전히 배제할 수는 없다고 봅니다. 그래서 더 제가 해원 씨에게 집착했던 거죠. 그 사건 이후에 해원 씨가 회사에서 일하게 된 것도, 해원 씨가 사건의 목격자인 것과 어느 정도 연관이 있지는 않을까? 어쩌면 해원 씨의 지워진 기억 속에 사건을 해결해 줄 확실한 단서가 있기 때문이지 않을까? 물론, 이건 어디까지나 제 개인적인 추리일 뿐입니다."

민준은 망설임 없이 단숨에 말했다. 추리라고는 하지만 본인의 마음 안에서는 이미 확고하게 진실로 굳혀진 듯 보였다. 거실 안의 분위기가 너무 진지해졌다고 느꼈는지 민준이 머쓱한 표정을 지었다.

"이것 참. 말하다 보니 제가 괜히 또 해원 씨한테 부담을 주는 거 같네요. 오늘은 일 이야기를 하러 온 게 아니에요. 어차피 저는 이제 정식 수사팀도 아니니까요."

민준은 미안한 얼굴로 머리를 긁적였다. 민준의 시선은 거실 테이블 한편에 놓인 계고장을 향해 있었다. 계고장이 의미하는 바가 무엇인지 모를 리가 없었다.

"사건과 별개로 해원 씨의 인생이 달린 문제니까 전적으로 해원 씨가 선택할 문제라고 생각합니다. 진심이에요."

민준은 말없이 듣기만 하는 해원에게 힘주어 말했다. 해원은 무표정한 얼굴로 천천히 고개를 끄덕였다. 그리고 한참 만에 입을 열었다.

"네, 지금의 저는 다른 누군가를 위해 줄 처지는 못 돼요. 제게 중요한 문제는 범인을 찾는다든가 사건의 진상을 밝힌다든가 하는 것들이 아니에요. 누군가는 이기적이라고 말할 수도 있겠지만 암튼 제 생각은 그래요."

해원은 왜 그런 말들을 하고 있는지 스스로도 이해할 수 없었지만 그게 솔직한 심정이었다.

"네, 충분히 동감합니다. 아무도 해원 씨를 비난할 수 없다고 생각해요. 도시 안에서 나고 자란 사람들에게 추방은 사실상 사형선고나 마찬가지니까요."

민준은 담담하게 말했다. 하지만 해원은 민준이 애써 자신의 본심을 억누르고 있음을 본능적으로 알았다. 사건을 해결하고자 하는 본인의 욕망을 감추기 위해 민준은 자신도 모르는 사이 테이블 위에다 손가락을 연신 두드리고 있었다. 그의 가늘고 긴 손가락은 어느 때보다 초조해 보였다. 해원은 민준의 그런 노력이 고맙게 느껴졌다.

"담배 피우셔도 괜찮아요."

해원은 민준의 마음을 읽은 듯 말했다. 민준도 담배라는 말에 한동안 이어진 무거운 대화의 터널에서 빠져나왔다.

"정말 그래도 되겠습니까?"

민준은 담배를 찾기 위해 점퍼 주머니에 손을 찔러 넣었다. 술기운이 남아선지 주머니 안을 이리저리 헤집다가 귀찮은 듯 주머니에 담긴 물건들을 전부 거실 테이블 위에 늘어놓기 시작했다. 차 키, 핸드폰, 휴대용 하드디스크, 라이터, 반창고 등등 여러 잡동사니가 나왔지만, 그 안에 담배는 없었다. 민준이 난감한 표정을 짓자, 해원은 집안을 살피다 발견한 담배가 떠올랐다.

"마침 집에 담배가 있거든요."

"다행이네요. 전 아무거나 괜찮아요. 그럼, 부탁 좀 드리겠습니다."

민준은 가볍게 묵례했다. 그는 해원이 일어서기도 전에

안도감과 피로감이 동시에 밀려왔는지 소파 안으로 깊숙이 몸을 기댔다. 뭔가 큰일을 해치운 듯 크게 한숨을 내쉬며 손바닥으로 얼굴을 비비적대는 민준의 모습이 친숙하게 느껴졌다.

해원이 안방 서랍에 넣어둔 담배를 들고 다시 거실로 나왔을 때 민준은 이미 깊은 잠에 빠져 있었다. 마치 긴 여행을 마치고 이제 막 둥지에 도착한 새처럼 편안해 보였다. 해원은 깨우는 것을 포기하고 잠든 손님 곁에서 얕은 숨소리를 들으며 가져온 담배를 만지작거렸다. 세상이 조용해지자 다시금 상념에 빠져들었다. 이젠 정말 결정을 해야 할 때라고 생각했다. 어느 쪽을 선택하든 후회가 남을 것이다. 하지만 그것이 바로 삶이라는 것을 해원 역시 잘 알고 있었다. 아이에겐 미안한 일이지만 어쩔 수 없는 일이다. 민준에게도. 다른 피해자의 부모들에게도. 모든 살아남은 자들의 잠언인 '산 사람은 살아야 한다'라는 말은 그 흔함에도 불구하고 거부할 수 없는 강한 힘이 담겨 있었다. 해원은 자신의 마음이 한 방향으로 굳어지는 것을 느꼈다.

그녀는 몸에 밴 습관처럼 자연스럽게 담뱃갑에서 담배를 꺼내 물었다. 해원은 여태껏 담배를 피운 적이 없지만 자기가 모르는 해원은 그렇지 않았다는 게 새삼 신기하게 느껴졌다. 거실 테이블에 놓인 민준의 라이터를 집어 들어 담배에 불을 붙이고 한 모금 깊게 빨아들였다. 매운 연기에 몸이 놀란 듯 연신 기침이 나왔다. 자신이 모르는 또 다른 해원에게도 실로 오랜만에 피우는 담배였을 테니까. 기침 소리에 민준이 잠시 뒤척거리는가 싶더니 다시 소파 깊숙이 빠져들었다.

어느 정도 적응이 되자 해원은 제법 기침 없이도 담배 연기를 깊게 들이마실 수 있었다. 몽롱하고 나른한 기운이 금세 온몸으로 퍼졌다. 담배를 피우는 행위가 하나의 의식처럼 느껴졌다. 무언가를 잊었다는 사실조차 잊어야 하는 그런 자신을 위한 의식이었다. 딸 벼리의 존재도, 조금 전 민준과 나눈 대화도, 지금 하는 생각들도 모두 이 담배 연기처럼 사라질 것이다. 애초에 거기 없었던 것처럼. 해원은 원래 자신이 있던 자리로 돌아가야 할 시간이라고 생각했다. 해원은 짧막해진 담배를 빈 주스 잔에 비벼서 껐다.

하필 그 순간 테이블 위에 놓인 민준의 휴대용 하드디스크가 해원의 눈에 띈 것은 말로 설명하기 어려운 일이었다. 사실 그것을 발견했어도 굳이 그 안에 담긴 영상을 재생할 필요는 없었다. 하지만 해원은 이미 스스로 마음을 굳혔다고 믿었고 그것이 오히려 그동안 그녀가 무의식적으로 두르고 있던 방패들을 완전히 내려놓게 했다. 해원은 더 이상 자신의 결심을 되돌릴 수 있는 것은 없다고 생각했기 때문에 한결 편한 마음으로 피해자 부모의 인터뷰 영상을 재생시켰다.

하드디스크의 재생 버튼을 누르자 잠깐의 로딩 시간을 거쳐 거실 공간 한쪽으로 빛을 뿜어내기 시작했다. 눈부신 섬광이 거실 안으로 퍼지면서 순간 앞이 보이지 않았다. 서서히 시력이 돌아왔을 때는 이미 거실이 아닌 경찰서 내부의 진술 녹화실로 주변이 바뀌어 있었다. 물론 홀로그램으로 만들어진 허상일 뿐이었지만 실제와 거의 구별이 안 될 정도로 현실적이었다. 담배 연기에 취한 해원은 홀로그램이 만든 가상현실 안으로 완전히 빠져들었다.

진술 녹화실 안에는 민준과 30대의 젊은 부부 한 쌍이 책상을 사이에 두고 마주 앉아 있었다. 그들은 갑작스러운 해원의 등장에 놀란 듯 잠깐 곁눈질로 쳐다보긴 했지만, 그 이상의 반응은 하지 않았다. 녹화실은 웬만한 대기업 사무실이라고 해도 좋을 만큼 깨끗했고 조명 또한 적당한 조도를 유지해 경쾌한 느낌을 줬다. 원목으로 된 직사각형 모양의 긴 책상은 대략 여섯 명 정도가 둘러앉을 수 있을 만큼 여유가 있었다. 피의자든 참고인이든 그들의 정서적인 부분까지 신경 쓴 듯한 도시 행정기관의 배려가 곳곳에 묻어났다.

건물 밖이 훤히 내다보이는 창문 역시 고화질 디스플레

이로 구현된 인테리어였다. 굳이 진짜 창문이 없다는 점을 의식하지 않는다면 누구도 이곳이 범죄와 관련된 이야기를 주고받는 공간이라는 사실을 눈치채지 못할 정도였다. 민준은 책상 건너편에 마주 앉은 부부를 향해 최대한 차갑게 보이지 않는 표정으로 입을 열었다.

"우선 따님 일에 대해서는 진심으로 유감스럽게 생각하고 있습니다. 저희로서도 최선을 다했지만 결국 아이를 구하지 못한 점은…… 다시 한번 사과드리겠습니다."

민준이 의자에서 살짝 일어나 고개를 숙였다. 해원은 민준의 말이 미리 준비한 형식적인 멘트라는 것을 대번에 알 수 있었다.

"힘드시더라도 그날 있었던 일에 대해서 자세히 말씀해주시기를 바랍니다. 참고로 모든 대화 내용은 자동으로 녹화되고 있습니다."

민준은 곧바로 자신의 일에 집중했다. 술에 취하지 않은 민준은 확실히 그 나이대의 평범한 젊은이가 아니었다. 원래 해원이 알던 냉정한 수사관의 모습이었다. 부부는 잠을 거의 못 잔 듯 초췌해 보였다. 남편은 그나마 담담해 보였지만 아내 쪽은 너무 많은 눈물을 흘린 탓인지 눈 아래가 벌겋게 달아올라 있었다. 화장기도 하나 없는 맨얼굴이었다. 부부는 어느 쪽도 먼저 말을 꺼내지 못했다.

"천천히 말씀하셔도 됩니다. 많이 괴로우실 테니까요."

민준은 예상보다 시간이 걸리겠다고 판단한 모양인지 몸을 조금 뒤쪽으로 기울여서 고쳐 앉았다. 한동안 침묵이 흘렀고 모두가 적막해진 분위기에 익숙해지려 할 때쯤 남편이 먼저 조심스럽게 입을 열었다. 차분하고 무거운 목소리였다.

남편은 중간부터 이야기하는 법을 모르는 사람처럼 두 사람이 어떻게 만나게 되었는지, 딸을 얼마나 힘들게 얻었는지 처음부터 구구절절 설명하기 시작했다. 민준은 그편이 수사에 더 도움이 된다고 판단했는지 남편의 말을 일부러 막지는 않았다. 덕분에 해원은 부부에 대해서 많은 것을 알 수 있었다.

두 사람 모두 해원과 비슷한 또래의 직장인이었다. 아내 쪽이 남편보다 두 살 연상이었는데 대기업에 속하는 한 통신회사의 마케팅 부서에서 만난 두 사람은 이른바 사내 커플이었다. 두 사람 모두 안정된 직장에서 일했고 남들만큼은 여유가 있는 편이었기에 자연스럽게 아이를 갖길 원했다.

하지만 아이는 쉽게 생기지 않았고 결국 의학의 도움을 받아야 했다. 예전과 달리 시험관 아기 시술 성공 확률이 비약적으로 높아진 탓에 몇 번의 시도 끝에 아이를 가질 수 있었지만 그렇다고 해서 결코 만만한 일은 아니었다. 특히 아내는 그 과정에서 여러 번의 휴직을 해야 했고 임신과 출산까지 마치고 나자, 부하 직원이었던 남편이 어느새 자기 상관이 되어 있었다.

해원은 기운 없이 듣고만 있는 아내의 얼굴을 보면서 문득 잊혀진 자신의 과거에 대해서 생각했다. 미혼모인 자신이 딸의 존재를 숨기려고 한 이유를 어쩌면 알 것도 같았다. 기술의 발전에도 불구하고 사람들의 의식 수준은 전과 크게 다르지 않았고 무엇보다 도시 안의 삶은 여전히 여성들에게 불리했다.

"힘들게 낳은 딸아이에게 문제가 있다는 사실을 안 것은 아이가 세 살이 막 됐을 무렵이었어요."

남편의 말에 따르면 아이는 그때까지 말을 하지 못했다고 한다. 처음에는 그저 또래보다 조금 말이 늦는다고 생각했지만, 아이가 유난히 웃지도 울지도 않는 모습에 조금씩 불안해졌고 결정적으로 어른들도 깜짝 놀랄 만큼 큰 천둥번개가 치던 날에도 전혀 반응하지 않는 아이를 보면서 뭔가 확실히 잘못되었음을 깨달은 것이다. 뒤늦게 찾은 병원에서 아이에게 자폐 스펙트럼 장애 증상이 보인다는 진단을 받은 이후로 부부의 삶은 점점 비탄의 수렁으로 빠져들었다.

한동안 부부는 어째서 자신들이 이런 시련을 겪어야 하

는지 이해할 수가 없었다. 부부는 한때 이혼 위기를 맞이하기도 했다. 이런 상황에서 그나마 부부에게 희망을 준 것은 한 편의 다큐멘터리였다.

그 다큐에는 자폐 진단받은 아들을 둔 평범한 주부가 맞춤형 인공지능의 도움을 받아 어느 정도 사회생활이 가능한 어른으로 키워낸 그 험난한 여정이 담겨 있었다. 일반 가정용과는 다르게 유아 행동 발달에 대한 추가적인 데이터 학습 기능이 내장된 특수 인공지능은 그만큼 큰 비용을 지불해야 했지만, 그때그때 문제가 되는 아이의 행동을 분석하고 그에 맞는 적절한 부모의 행동을 제시해 줄 수 있었다.

물론 인공지능은 방법만 제시할 뿐이었고 누군가 실제 아이와 지속적으로 살을 맞대고 얼굴을 비비면서 직접적인 행동으로 옮겨줘야 겨우 효과를 볼 수 있는 식이었다. 하지만 아무것도 보이지 않는 어둠과도 같은 절망 속에서 헤매던 부부에게는 이조차도 감사한 일이었다. 부부는 곧바로 자폐 아동을 위한 특수 인공지능을 구입해서 자신들의 가정용 로봇에 업로드했다. 그때부터 부부는 모든 생활의 초점을 아이에게 맞춘 채 기약 없는 전쟁을 시작했다. 그것은 끝이 보이지 않을 만큼 긴 터널이었지만 부부는 절대로 포기하지 않았다.

드디어 아이가 엄마라는 말을 시작으로 세상의 모든 단

어를 빨아들이고 편의점에 혼자 들러 부부가 좋아하는 딸기향이 첨가된 아이스크림을 선물이라며 용돈을 털어서 사왔을 때 부부가 느낀 그 감격은 이루 말할 수가 없는 것이었다. 완벽하다고 할 수는 없었지만, 일곱 살이 된 아이는 또래들과 비교해도 크게 뒤처지지 않을 만큼 상태가 호전됐다. 또한 달라진 것은 아이만이 아니었다. 부부 역시 아이의 손을 맞잡고 함께 길고 긴 고통의 터널을 지나는 동안 분명 자신들이 이전보다는 한층 더 나은 사람으로 성장했다는 그런 확신에 가까운 느낌이 있었다.

돌이켜보면 결코 순탄한 과정은 아니었다. 한때는 바람과 달리 투정하고 짜증 내고 화내는 아이를 보면서 많이 원망한 적도 있었다. 괴로움이 극에 달할 적엔 자고 일어났을 때 아이가 물거품처럼 사라지게 해달라고 기도하며 잠이 든 적도 있었다. 하지만 그때마다 아이가 내지르는 뜻을 알 수 없는 괴성에 놀라 잠이 깼고 현실은 여전히 그대로였다. 출구 없는 미로를 쉽게 빠져나갈 방법 같은 건 없었다. 참고 인내하며 스스로를 다스리는 법을 가르치는 동시에, 부부 역시 참고 인내하며 스스로를 다스리는 법을 배워야 했다. 부부가 아이를 기르는 동안 아이는 부부를 부모로 키워냈다. 아이가 있었기에 그들은 진짜 부모가 됐다.

"그렇게 낯선 사람과도 스스럼없이 대화를 나눌 만큼 딸

아이가 사람들과 말하는데 한창 재미를 붙여가던 어느 날이었습니다. 그날도 딸아이는 평소와 마찬가지로……"

남편은 거기까지 말하고 좀처럼 말을 이어가지 못했다. 차분하던 목소리는 어느새 깊은 수렁 안에 잠겨 있었다. 말없이 지켜만 보던 민준이 분위기를 진정시키려는 듯 입을 열었다.

"힘드시면 잠깐 쉬었다가 말씀하셔도 됩니다."

민준의 입장에서는 사실 이제부터가 중요한 대목이었지만 선뜻 그 내색을 하지는 않았다. 해원은 어쩌면 민준이 며칠 후에 부부를 다시 불러내야 하는 번거로움이 있을지도 모른다는 생각이 들었다. 그만큼 녹화실 안의 공기는 이미 견딜 수 없을 정도로 무거워져 있었다. 그때 갑자기 말을 이어간 쪽은 아내였다.

"그날은 제가 아이를 데리고 공원을 산책하는 중이었어요. 아이의 증상이 호전되기까지 우리는 오랫동안 집 안에만 갇혀서 지내야 했거든요. 그래서 최근에는 부쩍 외출을 많이 했죠. 아이에게 바깥세상에 대해서 알려주고 싶은 마음도 있었지만, 다른 한편으로는 우리가 이뤄 낸 기적을 다른 사람들에게도 자랑하고 싶었나 봐요. 타인의 불행을 보면서 상대적으로 안도하는 사람들은 언제나 주변에 넘쳐났으니까요. 그런 사람들에게 우리 가족이 더 이상 불행하지 않다는 것을 보여주고 싶었죠. 의사들도 쉽지 않다고 한 일을 해낸 기쁨 탓인지 너무 들떠 있었던 거 같아요.

아이에게는 새로 산 오렌지색 원피스를 입히고 저 역시 사놓고 한 번도 꺼내 입지 못했던 옷들로 한껏 차려입었죠. 간만에 기분이 상쾌했어요. 길에서 다른 엄마들을 만나도 저는 더 이상 피하지 않았어요. 아이가 뛰노는 강아지들을 구경하는 동안 저는 오랜만에 다른 엄마들과 수다를 떠느라 정신이 없었던 거 같아요. 부슬부슬한 하얀 털로 뒤덮인 포메라니안 한 마리가 아이의 손길을 피해 저만치 달아나는 모습이 보였어요. 아이가 포메라니안의 뒤를 종종걸음으로 뒤쫓아갔어요. '은서 엄마, 은서 저렇게 놔둬도 괜찮아?' 다른 엄마 중 누군가 그렇게 말했지만 저는 괜찮다고 했어요. 은서도 이제 다른 아이들과 별반 다를 게 없다고. 다들 은서를 정상적인 아이처럼 키워낸 저를 정말 대단하다며 치켜세워 주더군요. 어쩌면 그 순간에 다른 보통의 엄마들보다 저 스스로가 더 훌륭한 엄마라고 생각했던 건지도 몰라요."

아내는 크게 한숨을 내쉬며 잠시 말을 끊었다. 해원은 그녀의 표정에서 짙은 후회의 그림자를 읽었다. 그 고통에 너무 익숙해진 탓인지 아내는 금세 숨을 고르고 말을 이어갔다.

"아이에게 얽매여 있는 동안 저 자신도 많이 억눌려 있었던 것 같아요. 요즘 드론 배송비가 너무 올라서 걱정이라든가, 유행 중인 가상현실 드라마가 너무 중독성이 강해서 시간을 너무 빼앗긴다든가. 별로 중요한 것들도 아닌데 이야기가 길어졌어요. 잠시 뒤에 포메라니안이 하얀 털을 흩날리며 우리 쪽으로 다시 돌아왔어요. 하지만 돌아온 건 강아지 혼자였어요. 고개를 들어 강아지가 달려온 방향을 바라보자 멀리 오렌지색 원피스를 입은 아이가 벤치에 앉아 있는 게 조그맣게 보이더군요. 저는 엄마들과 서둘러 작별하고 아이가 있는 곳으로 향했어요. 벤치에 거의 다다랐을 무렵에서야 그 아이가 은서가 아니라는 것을 알았죠. 비슷해 보이는 색상의 옷이라 착각을 한 거였어요.

마음속이 점점 불안해지기 시작했어요. 바깥세상은 제가 생각하는 것보다 훨씬 예측불가능하고 위험천만한 곳이라는 걸 한동안 잊어버렸던 거죠. 아이의 이름을 부르면서 공원을 헤매기 시작했어요. 30분, 1시간, 2시간. 아무리 찾아도 아이는 없었어요. 저는 곧바로 공원 관리사무실로 달려가 신고를 하고 남편에게 전화를 걸었어요. 아무래도 내가 은서를 잃어버린 것 같다고."

아내는 금방이라도 울음을 터뜨릴 것 같은 목소리였지만 더 이상 나올 눈물이 없어 보였다. 심하게 일그러진 채

잊혀진 아이

그대로 굳어버린 그녀의 표정은 보는 사람조차 지치게 할 만큼 끔찍한 것이었다. 해원은 입술이 바짝 메말라 가는 것을 느꼈다.

"남편이 급히 회사에서 돌아왔고 같이 경찰서로 갔어요. 아이가 실종됐다고 말하고 해가 완전히 떨어질 때까지 계속 뛰어다녔어요. 아이가 갈 만한 곳은 전부 찾아봤어요. 다음 날도, 그다음 날도 계속. 하지만 헛수고였죠. 경찰로부터 연락을 받은 건 그로부터 일주일쯤 지나서였어요."

아내는 드디어 자신의 임무를 다한 사람처럼 지친 표정으로 고개를 떨궜다. 남편은 이야기를 마친 아내의 손을 말없이 잡아주었다. 그리고 동시에 울음을 참느라 붉어진 얼굴을 감추기 위해 천장을 향해 고개를 들어 올렸다.

"혹시 아이가 사라진 날을 전후로 해서 수상한 사람을 본 적은 없습니까?"

민준은 일부러 부부 쪽을 바라보지 않은 채 물었다.

"네."

아내가 힘없이 대답했다. 민준은 그 밖에도 부부의 이웃들이나 회사 동료들에 대한 추가적인 질문을 하는 것도 잊지 않았다. 예상한 대로 별다른 소득은 없었다.

"부검 결과가 나오는 대로 한 번 더 모시고 싶은데 가능할까요?"

민준이 만족스럽지 못한 얼굴로 머리를 긁적이며 물었다. 진술 조사가 거의 끝나가는 분위기였다. 이들이 나누는 대화 내용에 깊이 몰입해 있던 해원도 서서히 자신의 현실로 돌아갈 채비를 하려는 참이었다.

"잠시만요 형사님, 이거 지금도 계속 녹화되고 있는 거 맞죠?"

아내가 민준의 등 뒤로 서 있는 스탠드 꼭대기에 걸려 있는 캠코더를 가리키며 말했다. 캠코더 옆면의 초록색 램프가 쉴 새 없이 반짝이고 있었다.

"여기 녹화된 내용은 누가 함부로 지울 수 없는 거잖아요? 그렇죠? 하물며 제가 원한다고 해도요."

연거푸 질문을 하는 아내의 목소리가 점차 격앙되고 있었다. 남편이 그런 아내를 진정시키려는 듯 손을 뻗어 아내가 더 이상 책상 앞으로 몸을 기울이지 못하도록 막아섰다.

"여보, 좀 진정해. 형사님이 다음에 또 뵙자고 하시잖아."

"네, 맞습니다. 강력 사건 수사 기록은 스마트 시티 개정법에 따라 공공기관의 클라우드 센터에 영구히 저장되고 있습니다."

민준이 끼어드는 남편을 무시한 채 대답했다.

"우리에게 정말 다음이 있기나 한 거예요? 당신이 우리 기억을 지우기 위해 그 회사와 이야기 중인 거 다 알고 있어요."

남편을 향한 갑작스러운 아내의 폭로에 겨우 잦아든 방 안의 기류가 다시금 거칠게 소용돌이치기 시작했다. 순간 몽롱했던 해원의 눈빛마저 또렷해졌다.

"그 회사라면……"

"네, 리로드 테크놀로지요."

아내가 힘주어 말했다.

"그렇군요. 혹시 회사 쪽에서 먼저 제안을 하던가요?"

익숙한 이름이 나오자, 민준이 호기심 어린 표정으로 물었다.

"아이가 죽은 이후로 저희 부부의 트라우마 수치는 이미 위험 단계에 이르렀습니다. 이대로 방치한다면 저와 이 사람 모두 위험해져요."

남편은 변명하듯 민준을 바라보며 말했다. 아내는 자신을 막아서는 남편의 손을 뿌리쳤다.

"당신은 회사 쪽에서 하는 달콤한 말에 넘어갔는지 몰라도 나는 아니에요."

아내는 이미 결심을 굳힌 듯했다. 해원은 냉랭해진 부부의 모습에서 눈을 뗄 수가 없었다. 부부는 분명 자신과 같은 처지에 놓인 사람들이었고 자신의 선택만큼이나 그들의 선택 역시 궁금해졌다. 무엇보다 해원의 눈길을 끈 것은 리로드를 거부하는 듯한 아내의 태도였다.

"이 영상이 증거예요. 저는 절대 제 의지로는 리로드하지 않을 겁니다. 도시 밖으로 추방되어도 좋아요. 하지만 저한테서 은서를…… 우리 은서를 빼앗으려는 행동은 절대 용납하지 않을 거예요. 우리 아이에게 어떤 문제가 있었다고 해서 제가 유별나게 구는 게 아니에요. 지금 생각해 보면 은서도 결국 다른 아이들과 똑같이 평범한 아이였어요. 제가 지금 다른 부모들과 똑같은 심정으로 괴로운 것처럼요. 하나도 다를 게 없어요."

"여보 이러지 마. 은서는 이미 죽었어. 괴롭더라도 이미 사라지고 없다는 걸 인정해야 해."

남편은 일그러진 표정으로 머리카락을 움켜쥐며 말했다. 아내는 그 모습이 안쓰러웠는지 더 이상 언성을 높이는 일 없이 조심스럽게 남편의 어깨를 다독였다. 남편은 책상에 얼굴을 파묻은 채 고개를 들지 못했다.

"맞아요. 은서는 죽었어요. 하지만 그렇다고 은서가 영원히 사라진 건 아니에요. 은서는 적어도 제 기억 속에서만큼은 아직 살아 있어요. 제 기억에서마저 그 아이를 없앤다면 정말로 그 아이는 영영 이 세상에서 사라지게 될 거예요. 저는 은서를 더 살게 해주고 싶어요. 제가 계속 은서를 기억하는 방식으로요."

아내는 말을 마치더니 캠코더 쪽을 바라봤다. 마치 누군가와 눈을 맞추듯 카메라 렌즈에 시선을 고정했다.

"은서야, 내 딸 은서야. 엄마가 너한테 꼭 해줄 말이 있어……"

아내는 카메라를 보며 아이에게 하고 싶은 말을 하기 시작했다. 해원은 그런 모습이 전혀 이상하게 느껴지지 않았다. 마치 렌즈 너머 어딘가에서 아이의 영혼이 정말로 지켜보고 있을 것 같은 묘한 기분이 들었다.

"네가 내 딸이었다는 사실에 감사해. 우리가 한때나마 함께 했다는 것에 감사해. 그리고 언제든 네가 보고 싶을 때…… 기억 속에서 다시 널 꺼내 볼 수 있다는 것에 감사해."

실제로 아이를 마주 대하고 있는 사람처럼 말했다. 그녀는 한없이 슬픈 표정을 지으면서도 아이와 함께했던 날들을 떠올리며 웃고 있었다. 갑자기 해원의 눈에서 뜨거운 눈물 한줄기가 뺨을 타고 흘러내렸다. 그것은 자신도 모르는 사이 순식간에 벌어진 일이었다. 해원은 한동안 그 이유를 알 수 없었다. 해원이 고개를 떨구며 눈물을 뚝뚝 흘리자, 방 안에 있던 모든 사람의 시선이 해원에게 집중됐다. 부부가 의아한 표정으로 해원을 바라보자, 민준은 그제서야 해원을 소개했다.

"이분도 마찬가지로 피해 아이의 어머니이십니다."

영상이 저장된 이후에 민준이 해원에 대한 데이터를 추

가로 입력해 놓은 모양이었다. 영상에 기록된 사람들이 가상현실을 통해 보는 해원과 상호작용하는 것은 전적으로 인공지능에 의해 계산된 말과 행동이었지만, 기록된 사람들의 정보를 기반으로 하는 것이기에 충분히 현실적이었다. 민준의 말을 들은 아내는 서서히 고개를 끄덕이더니 해원을 향해 다가왔다.

"이렇게 와주셔서 감사해요."

위로의 말을 들은 해원은 눈물을 훔치며 짧게 묵례로 화답했다.

"저희 아이 이름은 은서예요. 그쪽 아이는 이름이 어떻게 돼요?"

그녀는 몸을 숙여 해원의 손에 자신의 두 손을 모으며 물었다.

"벼리요, 한벼리."

해원이 잠긴 목소리로 겨우 대답했다. 그녀는 해원이 무언가 더 말하길 기다리는 것 같았다. 하지만 해원은 아이에 대해서 말할 수 있는 게 없었다. 어쩌면 그럴 자격조차 없다고 생각했다.

"저는…… 저는 사실……"

해원은 말을 더 잇지 못하고 울먹였다. 그러자 해원을 꼬옥 껴안았다.

260   잊혀진 아이

"괜찮아요. 굳이 말씀하지 않으셔도 저는 다 이해할 수 있어요. 당신이 얼마나 아픈지, 얼마나 고통스러운지, 다 알 수 있어요. 힘드실 텐데 이렇게 찾아와 주셔서, 저희 이야기를 들어주셔서 정말 감사해요."

그렇게 말하는 목소리와 가슴이 너무나도 따뜻하고 편안했다. 오래전부터 해원을 감싸고 있던 차가운 장벽들이 스르르 녹아내렸다. 해원은 그동안 자신이 잃어버린 감정들의 정체가 무엇인지 비로소 깨달았다. 그것은 바로 누군가와 함께 살아간다는 감각이었다.

언젠가부터 해원은 자신 이외의 사람들이 실제로 살아 숨 쉬는 인간이라는 실감을 거의 하지 못하고 있었다. 해원이 자신의 고통과 슬픔을 감추며 지우려고 노력하는 것처럼 다른 이들 또한 마찬가지였다. 도시 안에서 살아남기 위해 모두가 애써 외면해 버린 것들. 고통과 슬픔. 하지만 그것들이야말로 인간들의 섬을 이어주는 유일한 끈이었다.

해원의 눈에는 더 이상 앞이 보이지 않을 만큼 눈물이 그득했다. 눈물을 흘린 게 대체 얼마 만인지도 몰랐다. 해원은 손을 들어 조심스럽게 그녀의 등을 토닥였다. 그녀 역시 참았던 눈물을 흘리기 시작했다. 두 사람은 서로를 끌어안은 채 그렇게 한참을 움직이지 않았다. 얼마 후 제한된 시뮬레이션 시간을 초과한 탓인지 낯선 경고음과 함께 서서히 형상이 흐릿해지기 시작했다. 서글픈 표정으로 지켜보는 남편과 민준의 얼굴도, 익숙해진 녹화실의 풍경도 점차 둔탁한 크기의 픽셀들로 경계가 거칠어지더니 이내 사그라들었다. 해원이 눈물을 겨우 멈췄을 때는 이미 자신의 집 거실 안으로 완전히 돌아온 뒤였다. 그럼에도 해원의 손에는 여전히 따뜻한 사람의 온기가 남아 있었다.

"제가 잠깐 잠이 든 모양이네요."

어느새 눈을 비비며 민준이 깨어났다. 민준은 새벽 한 시가 다 된 것을 확인하더니 놀란 표정으로 이만 가봐야겠다며 몸을 일으켰다. 하지만 해원은 아무런 대답도 없었다. 민준은 테이블 위에 놓인 하드디스크의 전원이 켜져 있음을 깨달았다.

"그분들의 인터뷰 영상을 보셨군요……"

해원에게 민준의 목소리는 들릴 듯 말듯 희미하게 느껴졌다. 그녀의 마음속에서 무언가 변하고 있었다. 해원은 결의에 찬 표정으로 우진에게 받은 약통을 들고 화장실로 향했다. 변기 커버를 열고 알약들을 전부 쏟아냈다. 푸른빛을 띤 알약들이 소용돌이치는 물결과 함께 어둠 속으로 빨려들어갔다.

"해원 씨, 왜 그래요? 괜찮아요?"

화장실 밖에서 민준이 외치고 있었지만 하나도 들리지

않았다. 해원은 더 이상 볼 수 없음에도 언제나 그 자리에 존재하는 사람들에 대해서 생각했다. 그리고 안도했다. 자신에게도 그런 기억이 소멸하지 않고 되살아나고 있다는 것을. 누군가와 함께한 수년간의 그 기억들이 짙은 어둠 속에서도 희미하게 반짝이며 자신을 향해 빛을 발하고 있었다.

∞

해원이 도시 밖에서 민준을 다시 만난 것은 그로부터 한 달이 지나서였다.

마을회관에서 '바깥' 사람들에게 식량으로 쓰일 곡물을 수확하는 법을 배우고 있을 때였다. 폐허가 된 상가건물 1층 커피숍을 고쳐 만든 마을회관은 생각보다 아늑했다. 빛바랜 간판 위에 그려진 초록색 세이렌의 얼굴은 여기저기 벗겨져 더 이상 그 웃음을 볼 수가 없었지만, 여전히 사람들을 한곳으로 끌어모으는 힘을 가지고 있었다. 바깥 사람들은 하루가 시작되면 으레 이곳에 모여 할 일을 정했다. 각자 상황과 능력에 맞게 일을 나누고 도우면서 도시 밖의 험난한 생활을 함께 꾸려 갔다. 마을회관이 이곳 사람들의 공동체 생활에서 중요한 역할을 하는 셈이었다.

그날도 여느 때와 마찬가지로 메뉴판 위로 걸린 낡은 벽

걸이 TV에서는 도시 안의 여러 가지 소식들이 흘러나왔다. 대부분의 사람들은 일을 하러 나가고 공동체의 몇몇 위원들만 남아서 새로 온 신입들에게 농사법을 가르치고 있었다. 해원도 그 신입들 중 하나였다. 해원은 결국 리로드를 거부하고 도시 밖으로 분리되는 쪽을 택했고, 불안과 걱정에 시달렸던 처음과는 달리 도시 바깥의 삶에 서서히 적응하는 중이었다.

테이블에 빙 둘러앉아 농사에 쓰이는 기구의 이름과 사용법 등을 배우던 중에 경비 담당이 찾아와 해원을 불러냈다. 회관 앞에는 도시에서 파견 나온 민준이 기다리고 있었다. 민준은 회관 앞으로 드넓게 펼쳐진 황금색 들판을 바라보고 있었다. 도시 밖은 오랫동안 개발이 멈춘 탓에 이런 광경이 흔했다. 이전에는 시내 중심가였을 법한 자리에도 어느새 수풀들로 무성했다. 그래서 때로는 자연이 먼저 자리잡은 풍경 위로 이질적인 인공 구조물들이 뒤늦게 솟아올라 있는 것처럼 보이기도 했다.

"제가 생각했던 도시 밖과는 많이 다르군요."

민준이 들판에서 추수하는 바깥 사람들을 바라보며 말했다. 그렇게 생각하는 게 무리는 아니었다. 해원 역시 처음 이곳에 올 때만 해도 소문으로만 듣던 지옥도가 펼쳐질까 봐 두려움에 떨었다. 하지만 그것은 기우였다.

"네, 저도 처음엔 조금 놀랐어요. 듣던 것과 달라서."

"아무래도 그 많은 소문은 누군가 꾸며낸 거짓이 아닌가 싶네요."

민준은 여전히 들판 쪽을 주시하며 말했다.

"여기 사람들은 모두 마음속에 깊은 상처를 지닌 사람들이지만 그렇기에 오히려 서로를 더 잘 이해할 수 있는 거 같아요. 우리는 매일 다 같이 모여서 서로를 위해 기도하고 또 대화를 나눠요. 증상이 심한 몇몇은 병원에서 근무한 적이 있는 담당자들이 따로 돌봐줘야 하지만 대부분은 여기 생활에 대체로 만족하고 있어요. 서로가 서로에게 큰 위안이 되고 있죠."

"그렇군요. 정부가 도시 밖을 드나드는 공무원들에게 비밀 유지 계약서까지 쓰게 하면서 철저히 입단속을 시키는 데는 다 이유가 있었네요."

민준은 씁쓸한 듯 웃으며 말했다. 주변 나무들에 열린 과일을 따서 회관으로 돌아오던 몇몇 여자들이 낯선 민준을 보고 잠시 놀라는 듯했다.

"아무래도 자리를 옮겨서 이야기하는 게 좋겠어요."

해원이 말하자, 민준은 고개를 끄덕였다.

"네, 그게 좋겠네요. 마무리 단계이긴 해도 여전히 수사가 진행 중이라 괜히 밖으로 말이 새 나가면 저희 입장도 곤란하니까요."

민준의 말에 두 사람은 회관 앞을 벗어나, 듬성듬성 자라난 잔디들로 이제는 그 경계마저 흐릿한 도로 위를 천천히 걷기 시작했다.

"저는 여전히 이해가 잘되지 않아요. 그 사람이 대체 왜 그런 짓을 했는지……"

회관에서 한참 떨어져나와 과거 사거리가 있던 자리 근처에 이르자 해원이 말했다. 민준 역시 동의한다는 듯이 고개를 끄덕였다.

해원은 도시 밖으로 추방되기 바로 직전, 다행스럽게도 사건의 단서가 될 만한 것들을 기억해 냈다. 특히 아이를 안고 사라지는 사내의 걸음걸이가 낯이 익었는데 우아하면서도 경쾌한 그 걸음걸이는 임원 전용 엘리베이터를 향해 걸어가는 우진의 그것과 매우 닮아 있었다. 그 밖에도 해원이 기억해 낸 범인에 대한 몇 가지 특징은 우진을 용의자로 지목하기에 충분했다. 해원으로부터 음성메시지를 전달받은 민준은 곧바로 강력팀 선배 중 한 사람에게 이 사실을 보고했다. 리로드 테크놀로지와 전혀 관련이 없는 형사들로만 구성된 새로운 수사팀이 꾸려졌고 이어서 진행된 수사 과정에서 대부분의 의혹들이 사실로 밝혀졌다.

복잡한 코드를 다루는 데 익숙한 우진은 CCTV 영상과 같은 네트워크상의 증거들을 제거하는 데는 완벽함을 보였지만 오프라인의 세계에서는 아직 미흡한 면이 있었다. 그의 자택 곳곳에서 피해 아이들의 혈흔이 묻은 증거품들이 다수 발견되었던 것이다. 우진의 사주를 받아 수사팀 인선에 개입하거나 외압을 행사한 경찰 간부들 역시 차례로 기소됐다. 민준은 원래의 수사팀으로 복귀했고 우진의 사무실에서 그를 직접 체포하는 자리에 함께했다. 수갑을 차는 그 순간까지도 우진은 특유의 미소를 잃지 않았다고 한다.

망가진 도로를 따라 조금 더 걷자, 숲이 나왔다. 붉게 우거진 메타세콰이어 나무들이 숲을 빼곡하게 채우고 있었다. 그 나뭇잎의 빨간색이 너무나 선명해서 여러 갈래로 뻗은 나뭇가지는 마치 검붉은 혈관처럼 보였고 스산한 가을바람이 숲을 뒤흔들 때마다 하늘에서 후드득 차가운 피가 쏟아지는 느낌이었다. 그때마다 붉은 잎새들이 바람에 긁혀서 우는 소리를 냈는데 꼭 상처 입은 들짐승의 거친 숨소리 같았다. 어디선가 비린 냄새가 올라오는 착각마저 들었다.

"심리 분석가들 말로는 과도한 리로드가 주요한 원인 중의 하나일 거라고 하더군요."

민준은 높게 솟은 메타세콰이어 나무들을 신기한 듯 바라보며 말했다. 스마트 시티 안에서는 찾아보기 힘들 만큼 거대한 높이에 그는 완전히 압도된 표정이었다.

"이우진 같은 경우에는 그 횟수가 너무 많아서 인간에 대한 공감 능력을 완전히 상실해 버린 모양이에요. 진짜 괴물이 돼버린 거죠."

민준의 말에 해원은 우진의 반듯하고 정교한 미소를 떠올렸다. 범행동기를 물어도 묵묵부답으로 일관하며 피해자들에게 사죄의 말 한마디 없었다는 얘길 들으니, 우진에게는 일말의 죄책감조차 없는 듯했다. 함부로 기억을 지우게 되면 동시에 마음 한편의 어떤 감각기관까지 함께 사라질 염려가 있다는 사실을 해원은 경험을 통해서 이미 알고 있었다. 우진의 마음속에서 벌어진 일에 대해 어느 정도는 짐작이 갔다. 그런데 우진은 과연 그런 부작용에 대해서 전혀 몰랐을까. 어쩌면 알면서도 인간의 감정을 초월한 존재가 되고자 스스로를 극한까지 밀어붙인 것은 아닐까. 껍질을 벗겨내듯 우진의 미소 짓는 얼굴을 한 꺼풀 벗겨내면 그 안에는 눈, 코, 입 그 어떤 것도 없이 그저 암흑으로 가득 찬 공허가 자리하고 있을 거라는 생각이 들었다. 해원은 자신도 모르는 사이 몸을 부르르 떨었다.

"그동안 아무도 몰랐던 겁니다. 리로드가 보편화된 이후로 도시 안의 강력범죄가 오히려 급격히 증가했다는 것을. 이우진이 계속 그 사실을 숨기기 위해 전방위적으로 로비를 한 거죠. 경찰은 물론이고 정부의 유력 인사들과도 가깝게 지내면서…… 아마 해원 씨가 결정적인 증언들로 도와주지 않았다면 기소조차 어려웠을 겁니다."

민준은 이번 사건으로 리로드의 문제점이 크게 부각되었고 그 여파로 리로드는 물론이고 이와 유사한 형태의 시술들까지도 전면적으로 금지하는 법안이 의회에서 논의 중이라고 덧붙였다. 리로드 테크놀로지는 이제 비난의 대상이되었고 사실상 파산을 앞두고 있다는 말도 잊지 않았다. 해원은 회사를 위해 헌신하던 시절이 떠올랐다. 자기 딸을 죽인 남자의 신임을 받으며 행복해하던 그 시절을 생각하면 견딜 수 없을 만큼의 배신감과 수치심이 동시에 밀려왔다.

"애초에 트라우마 수치 같은 걸로 사람들을 분리하기 시작한 게 문제라고 생각했습니다. 그래서 이번 일을 계기로 정부의 입장이 조금은 바뀌지 않을까 기대했는데…… 꿈쩍도 하지 않더군요."

민준은 얕은 한숨을 내쉬며 고개를 젓더니 말을 계속 이어갔다.

"언젠가 한 선배가 술자리에서 조심스럽게 그러더군요. 지난 수십 년간 의학의 눈부신 발전으로 인간이 드디어 질병이라는 커다란 두려움에서 해방되었는데 이것은 도시정부와 같은 지배 세력의 입장에서 볼 때 반드시 좋아할 만한 일은 아니라는 거였습니다. 두려움이 없는 대상을 조종하

269

는 것만큼 힘든 일은 없단 뜻이었죠. 아직 의학이 해결하지 못하는 미지의 영역. 그것이 또 다른 공포가 된 셈이라면서 일종의 음모론 같은 걸 제기하더군요. 저는 사실 음모론 같은 건 그다지 좋아하는 성격이 아니라서 그땐 저렇게 생각하는 사람도 있구나 싶어 적당히 웃어넘기고 말았는데⋯⋯ 지금 와서 돌이켜보면 전혀 근거가 없는 이야기는 아닌 것 같아요. 세상은 언제나 새로운 신화를 필요로 하니까요."

민준은 무력한 스스로를 원망하는 듯 괜히 바닥을 툭툭 걷어차며 걸었다. 해원은 도시 안의 일에는 더 이상 미련이 없었다. 새로운 신화니, 정부의 음모니 하는 것에도 관심이 없었다. 다만 기술이 눈부신 속도로 발전한다고 해도 인간답게 살 수 있는 세상을 만드는 것과는 별개의 문제라는 생각이 들어 기분이 씁쓸했다.

이야기를 주고받는 동안 어느새 숲에서 벗어나 거대한 호수가 눈앞에 펼쳐졌다. 인간들 사이에서 벌어지는 흔해빠진 비극에는 무심한 듯 호수는 그 고고한 아름다움을 뽐내고 있었다. 호수는 깊은 수면 아래 무수한 비밀을 품고도 고요하게 시치미를 뗐다. 너무 고요해서 두 사람의 침묵마저도 삼켜버릴 것 같았다. 거울처럼 투명한 표면 위로 두 사람의 모습이 비쳤다. 잔잔하게 일렁이는 물결 탓에 두 사람 모두 서로의 표정을 읽을 수가 없었다. 우는 것 같기도 하고 웃는 것 같기도 했다.

"이번 사건을 조사하다가 새롭게 알게 된 사실이 하나 있습니다."

적막을 깨며 민준이 작은 조약돌 하나를 집어 들었다.

"리로드 테크놀로지를 압수수색하다가 우연히 고객 데이터베이스에 접속할 기회가 있었어요. 혹시나 하는 마음으로 검색을 해봤는데…… 거기 제 이름이 있더군요. 놀랐습니다. 저 역시 리로드를 했었다니……"

민준은 조약돌을 호수 위로 비스듬히 날렸다. 조약돌이 물결 위를 몇 번 통통 튀기다가 어느 순간 호수 아래로 사라졌다. 민준은 자신의 어린 시절에 대한 기억이 너무 단조롭다고 생각했었는데 아무래도 그 시절의 기억들이 캐주얼 메모리로 대체된 것 같다고 말했다.

"저는 해원 씨와 다르게 기억을 되찾을 가능성이 전혀 없다고 들었습니다."

민준은 그게 다행인지 불행인지 잘 모르겠다고 했다.

"주변에서 제 성격이 기계처럼 차갑다고들 하는데 그 이유를 이제야 알 것 같습니다. 저 스스로 생각해도 저란 사람은 타인에 대한 공감 능력이 매우 부족한 게 사실이니까요. 고백하건대 가끔 타인이라는 게 실제로 존재하는 건지 헷갈릴 때가 있어요."

민준이 다시 조약돌을 날렸다. 이번에는 조금 더 멀리 통통 날아갔다. 민준이 기뻐하는 제스처를 취했다. 하지만 민준의 얼굴에는 고장 난 사람처럼 아무런 표정이 없었다.

해가 조금씩 지기 시작하자 해원은 민준이 드론을 타고 온 거점으로 같이 걸으며 그를 배웅했다. 민준은 자신이 해원을 찾아온 본래의 목적을 잊지 않고 사건과 관련한 몇 가지 진술을 추가로 녹음했다. 우진과의 재판에서 증거로 쓰일 내용들이었다.

거점에 다다른 지 얼마 지나지 않아 드론이 도착했다. 이번에 헤어지면 다시 볼 일이 없을지도 몰랐다. 드론이 하늘 위로 솟구치는 동안 해원은 민준을 향해 작게 손을 흔들었다. 하지만 민준의 시선은 멀리 도시 쪽을 향해 있었다.

해원은 민준을 태운 드론이 희미하게 사라질 때까지 한동안 그 자리에 멈춰 서 있었다. 문득 민준이 술에 취해서 찾아온 그날의 진짜 목적이 사실 다른 게 아니었을까 하는 생각이 들었다. 해원이 은서 부부의 영상을 보게 된 것도 어쩌면 모두 그의 계획 중 하나가 아니었을까. 해원은 설사 그렇다 하더라도 민준을 원망할 수가 없었다. 그가 아니었다면 깊은 망각의 바다 안에 갇힌 자신의 딸을 영원히 건져내지 못했을 테니까.

해원은 저녁 식사 시간에 맞춰 숙소로 돌아왔다. 오래전

잊혀진 아이

버려진 낡은 오피스텔 건물을 개조한 숙소는 회관에서 10분 정도 거리에 있었고 공동체 사람들이 함께 숙식을 해결하는 곳이었다. 비슷한 시기에 이곳에 정착한 은서 부부가 숙소로 돌아온 해원을 누구보다 반갑게 맞아주었다. 해원은 그들을 실제로 처음 봤을 때, 마치 오래전부터 알고 지낸 이웃을 만난 것처럼 진심으로 반가웠던 기억이 났다.

자급자족하는 곡물과 과일 위주로 만들어진 저녁 식사가 끝나면 사람들은 오피스텔 로비에 모여 앉아 도시 안으로부터 밀수해 온 커피를 마시며 대화를 나눴다. 해원은 주로 은서 부부와 아이 이야기를 했다. 처음엔 이야기를 듣는 쪽이었지만 이젠 해원도 제법 이야기를 하는 편이었다. 시간이 지날수록 딸아이에 대한 기억들이 선명해지고 있었다. 아이와 보냈던 평범한 나날도 조금씩 그리워할 줄 알게 됐다. 동시에 아이를 잃은 비통한 심정이 서서히 가슴을 옥죄었다. 하지만 해원은 견뎌낼 생각이었다. 벼리에 대한 모든 것. 벼리가 준 기쁨과 슬픔, 벼리가 준 상처까지도. 모두 되찾고 싶었다.

그날 밤 해원의 꿈에 간만에 벼리가 나왔다. 저녁노을로 물든 놀이터에서 벼리가 혼자 디지털 펫을 매만지며 놀고 있었다. 해원이 다가가자, 벼리가 동작을 멈추고 해원을 바라봤다. 벼리는 활짝 웃고 있었다. 처음 보는 미소였다. 벼리가 먼저 해원을 불렀다. 벼리의 입술이 가지런히 모아졌다 동그랗게 벌어졌다. 해원은 벼리가 하는 말을 똑똑히 들었다.

엄마. 두 글자였다.

해원이 잠든 사이 칠흑 같은 밤하늘 사이로 별 하나가 반짝였다. 전보다 또렷하게.

잊혀진 아이